Röschen Taschenbuch

Röschen-Verlag

Johanna-Kirchner-Str. 20, D-60488 Frankfurt/Main
Internet: www.roeschen-verlag.de
E-Mail: frankdemant59@yahoo.de

Lektorat: Stefanie Reimann
Satz: SLG Peter Ripper · peter.ripper@t-online.de
Fotos: Lutz Ullrich
Druck: Faber-Druck, Mandelbachtal
1. Auflage

Das Erbe des Apfelweinkönigs

Ein Kriminalroman von Lutz Ullrich

Der Autor

Lutz Ullrich, Jahrgang 1969, studierte Politik und Rechtswissenschaften, schrieb für verschiedene Zeitschriften, betätigte sich in der Politik und arbeitet heute als Rechtsanwalt. Er lebt mit seiner Familie in der Nähe von Frankfurt. Mehr Informationen gibt es unter www.lutzullrich.de.

In der Tom-Bohlan-Reihe sind bisher folgende Bücher erschienen:

Der Kandidat (2009)
Tod in der Sauna (2010)
Tödliche Verstrickung (2011)
Stadt ohne Seele (2012)
Mord am Niddaufer (2013)
Das Erbe des Apfelweinkönigs (2014)

Handlung und Personen sind – abgesehen von historischen Personen und solchen des Zeitgeschehens – frei erfunden. Ähnlichkeiten mit lebenden oder bereits verstorbenen Personen sind rein zufällig und nicht beabsichtigt.

Prolog

Alina empfing ihren Gast mit einem strahlenden Lächeln auf den Lippen, das Freude und Aufgeschlossenheit signalisierte. Tatsächlich war es eine Maske, die ihre wahren Absichten verbarg. Sie hatte die oberen Knöpfe ihrer Bluse offen gelassen und den Rock ein wenig höher gezogen. Beides betonte ihre Figur und ließ erahnen, welche Reize das bisschen Kleidung verdeckte. Wäre doch gelacht, wenn ihre Fähigkeit, Männer zu verführen, diesmal nicht von Erfolg gekrönt wäre. Sie war fest entschlossen, alles dafür zu geben, um ihrem großen Ziel einen weiteren Schritt näher zu kommen. Mit ihrem Charme und ihren Reizen hatte sie es schon sehr weit gebracht. Sie besaß eine Villa in Frankfurts bester Lage. Sie fuhr ein teures, schnelles Auto und ihr Bankkonto war so gefüllt, dass sie bis zu ihrem Lebensende ausgesorgt hatte. Doch das war ihr nicht genug. Sie wollte mehr. Mehr Geld, mehr Macht, mehr Einfluss.

„Hallo, komm doch rein." Sie hauchte die Begrüßung eine Nuance tiefer, als es ihrer natürlichen Stimmlage entsprach.

Der Besucher ließ seinen Blick kurz über ihren Körper gleiten, während sie ihm die Wange hinhielt. Alina hatte pechschwarze lange Haare und einen sehr blassen Teint. Ihre grünen Augen verliehen ihr etwas Katzenhaftes.

Er verharrte auf der Türschwelle. Schließlich gab er sich einen Ruck und begrüßte sie mit der begehrten Geste. Küsschen links, Küsschen rechts. Der moosig holzige Duft von Paloma Picasso drang in seine Nase.

„Leg doch ab."

Er zog seine Jacke aus und gab sie ihr.

„Es ist an der Zeit, das Kriegsbeil zu begraben", sagte sie, während sie die Jacke über einen Bügel hängte. „Findest du nicht auch?"

„Haben das nicht schon unsere Anwälte erledigt?!“ Es war mehr eine Feststellung als eine Frage. Er war bemüht, seine Stimme möglichst neutral klingen zu lassen. Die vielen schlaflosen Nächte, die er ihretwegen verbracht hatte, konnte er nicht von heute auf morgen verdrängen.

„Vergiss die Vergangenheit“, sagte sie und ging voraus ins Wohnzimmer.

Wie lange war es her, dass er in diesem Haus gewesen war? Zwei, drei oder sogar mehr Jahre? Er konnte sich nicht daran erinnern. Die Einrichtung war geschmackvoll und teuer. Jedenfalls schien sie das Geld nicht zu verramschen, sondern in stilvolle Accessoires zu investieren. Auf dem Couchtisch, der vor einem ausladend großen weißen Ledersofa stand, lag ein Tablett mit einer Flasche Champagner nebst zwei Gläsern.

„Wir sollten jetzt an die Zukunft denken. Schließlich werden wir sie gemeinsam verbringen.“ Sie setzte sich auf das Sofa und schlug die Beine übereinander. Er sah sich im Wohnzimmer um und riskierte einen Blick durch das Fenster hinaus in den gepflegten und weitläufigen Garten.

„Was stehst du so steif herum? Komm neben mich.“

Um der Aufforderung mehr Gewicht zu verleihen, strich sie mit der Hand über das glatte Leder. „Ein Glas Champagner wird dir die Hemmungen nehmen.“

„Ich bin nicht gekommen, um mit dir Champagner zu schlürfen“, entgegnete er.

„Nicht? Wollen wir gleich zur Sache kommen. Auch gut.“ Sie nippte an ihrem Glas, stand dann auf und schlenderte zu ihm. Als sie dicht vor ihm stand, legte sie ihre Arme um seinen Hals und spitzte die Lippen.

Er sah ihr einen Moment lang in die Augen. Sie drückte ihren schlanken Körper gegen seinen. Zweifelsohne war Alina eine begehrenswerte Frau. Aber er konnte sich unmöglich auf sie einlassen. Sie war nicht nur attraktiv, sondern auch hinterhältig, gefährlich und geldversessen. Das hatte er in den letzten Jahren zur Genüge spüren müssen. Und natürlich war das alles nur ein weiterer Versuch, um sich noch mehr Geld unter den Nagel zu reißen. Wenn er sich jetzt auf sie einließ, begönne er ein Spiel mit dem Feuer, das er unmöglich gewinnen konnte. Er legte seine Hände auf ihren Po und ließ sie über ihre Hüften gleiten. Dabei sah er ihr unentwegt in die Augen. Sie lächelte, fühlte sich auf der Siegerstraße. Seine Hände glitten weiter nach oben. Für einen Moment oblag er der Versuchung, über ihre Brüste zu streichen, doch er widerstand, wählte stattdessen den Weg zu ihren Armen, die immer noch um seinen Hals geschlungen waren. Er nahm ihre Hände. Gespannt wartete sie, was als Nächstes passieren würde. Doch sie wurde jäh enttäuscht. Seine Hände lösten ihren Griff und er ging auf Abstand. Unverständnis breitete sich über ihrem Gesicht aus.

„Ziehst du jetzt etwa den Schwanz ein?"

„Ich bin gekommen, um das Geschäftliche mit dir zu regeln."

Er setzte sich auf das Sofa.

„Glaubst du etwa, dass du mir auf Dauer widerstehen kannst?" Sie stemmte die Hände in die Hüften und sah ihn herausfordernd an.

„Warum nicht?"

„Weil ich weiß, dass du schon lange auf mich scharf bist."

„Wie kommst du darauf?" Er lachte auf.

„Weil ich die Blicke sehe, die du mir heimlich zuwirfst. Weil ich deine Erregung spüren kann, wenn du mir nahe kommst."

„Du überschätzt dich maßlos."

„Ach ja?"

Sie kam aufreizend langsam zum Sofa. Sah ihm in die Augen, setzte sich auf seinen Schoß und begann ihre Bluse aufzuknöpfen. Er versuchte, an ihr vorbeizuschauen, doch die Ansätze ihrer Brüste lenkten ihn ab.

„Na, bekommst du Appetit?"

„Hör auf, Alina." Er schob sie unsanft zur Seite.

„Also gut. Aufgeschoben ist nicht aufgehoben." Sie setzte sich ihm gegenüber auf einen der Sessel.

„Du willst mich nicht verstehen, oder?“

„Doch, doch. Du bist momentan nicht in Stimmung. Aber ich werde dich schon irgendwann herumbekommen. Ich bekomme immer, was ich will.“ Sie lächelte wieder. „Reden wir also über das Geschäft. Ich bin dafür, dass wir das Angebot der Russen annehmen.“

„Du weißt genau, dass das für mich nicht akzeptabel ist.“ Es fiel ihm schwer, die Fassung zu bewahren.

„Genau das ist der Punkt, den ich nicht verstehe. Wir verkaufen die ganze Firma und kassieren einen Haufen Kohle. Am Ende haben wir alle ausgesorgt und machen uns ein schönes Leben. Du kannst mit mir in die Karibik auswandern und ich besorg es dir jeden Tag. Kein Problem.“

„Du willst mich wirklich nicht verstehen.“

„Von mir aus kannst du das auch mit deiner Frau machen. Es ist für alle genug Kohle da.“

„Es geht mir nicht um das Geld. Ich will die Firma behalten. Sie ist mein Leben.“

„Ja, die Firma. Sie hat in der Vergangenheit dafür gesorgt, dass wir alle gut von ihr leben konnten. Aber wer weiß, was die Zukunft bringt. Der Markt ist in Bewegung. Die Großen schlucken die Kleinen. Bist du dir sicher, dass wir mit dieser Entwicklung Schritt halten können?“

„Einen Versuch ist es allemal wert. Wir stehen so gut da wie seit Jahren nicht mehr.“

„Und genau das ist der Grund, jetzt zu verkaufen. Momentan können wir fast jeden Preis aushandeln.“

„Du redest schon wie Daniel. Dabei hast du dich doch sonst nicht für die Firmenpolitik interessiert.“

„Die Zeiten haben sich geändert. Jetzt interessiert es mich eben.“ Alina zuckte mit den Schultern und nippte an ihrem Glas.

„Wie auch immer. Du solltest noch einmal über meine Argumente nachdenken. Wenn du dir das alles in Ruhe durch den Kopf gehen lässt, wirst du einsehen, dass ich recht habe.“

„Ist das dein letztes Wort?“ Seine Stimme klang rau und belegt.

„Es gibt noch eine andere Lösung.“

Für einen Moment schlich sich Hoffnung in seine Gedanken.

„Du könntest mich auszahlen.“

„Welche Summe schwebt dir da vor?“

„Die Hälfte von dem, was uns die Russen zahlen würden.“

„Du spinnst komplett!“ Er sprang auf und stürmte wutschnaubend aus dem Zimmer.

Alina blieb sitzen. Als die Tür laut krachend ins Schloss fiel, schreckte sie kurz zusammen. Zugegebenermaßen war das Treffen nicht ganz so gelaufen, wie sie es sich vorgestellt hatte. Sie hatte gedacht, leichter ans Ziel zu kommen. Aber es gab noch andere Mittel und Wege. Sie war der festen Überzeugung, am längeren Hebel zu sitzen. Nachdem sie den Rest des Glases geleert hatte, ging sie in die Küche, öffnete den Kühlschrank und nahm den Rinderbraten heraus. Sie stellte ihn auf die Arbeitsplatte und sah aus dem Fenster hinaus in den Garten. Es war ein sonniger Tag. Der Himmel war blau und wolkenlos, die Vögel zwitscherten. Ab und an wurde die fast idyllische Ruhe allerdings von einem vorüberfliegenden Flugzeug gestört. Seit die neue Landebahn am Frankfurter Flughafen fertig war, kam dies leider immer öfter vor. Ein Grund dafür, dass sich die Stimmung in der Siedlung, die von Einfamilienhäusern und Villen geprägt war, deutlich verschlechtert hatte. Auch jetzt schwirrte wieder etwas durch die Luft. Allerdings war es sehr viel kleiner als ein normales Verkehrsflugzeug, flog deutlich leiser und auch bei weitem niedriger als die großen Jumbojets. Das Objekt schwebte beinahe lautlos über den Gartenzaun. Es sah aus wie ein Modellflugzeug und nahm nunmehr Kurs auf ihr Haus. Was hatte das zu bedeuten? Und wo kam es her? Das Nachbargrundstück, von dem aus sich das unbekannte Flugobjekt näherte, stand seit einiger Zeit zum Verkauf. In den vergangenen Wochen waren dort hin und wieder Makler mit Interessenten aufgetaucht, aber bislang hatte sich noch niemand zum Erwerb entschließen können. Das Flugobjekt schwebte jetzt vor dem Küchenfenster wie ein Helikopter vor der Landung. Es stand beinahe in der Luft. Alina stutzte, versuchte mehr von dem merkwürdigen Fluggerät zu erfassen. Vor einigen Wochen waren Meldungen durch die Gazetten gegangen, dass die großen Versandhäuser darüber nachdachten, die Bestellungen zukünftig durch Drohnen ausliefern zu lassen. Schwebte vor ihrem Fenster etwa ein Prototyp dieser Geräte? Oder war es ein Spionagehelikopter, den man auf sie angesetzt hatte? Das Ding flatterte immer noch vor ihrem Fenster. Fast schien es so, als grinste seine Schnauze sie an. Ein perfide wirkendes Lächeln. Hinterhältig und gemein. Sie lehnte sich nach vorne. Ihr Kopf war nur noch Millimeter von der Fensterscheibe entfernt. Was hatte das zu bedeuten? Irgendetwas blinkte jetzt an der Unterseite. War da nicht eine kleine Öffnung, die sich auf sie richtete? Das Blinken wurde stärker. Es erinnerte sie an einen Countdown. Plötzlich sonderte das Gerät einen Gegenstand ab. Er war nicht besonders groß. Ein kleiner giftiger Pfeil. War er metallen oder schwarz? Alina konnte es nicht genau erkennen. Genaugenommen war es auch kein Absondern. Es war ein Abfeuern. Und der Gegenstand raste mit einer irren Geschwindigkeit auf die Fensterscheibe zu, durchdrang sie in Sekundenbruchteilen und bohrte sich in Alinas Kopf. Ihre Augen weiteten sich vor Überraschung. Oder war es Entsetzen? Die Zeit, die ihr noch blieb, reichte nicht aus, um das Geschehen in Gänze zu erfassen. Sie spürte, wie ihre Knie weich wie Butter wurden und schließlich einknickten. Sie taumelte und fiel rücklings auf den Küchenboden.

1.

Tom Bohlan, braungebrannt und um fünf Kilo leichter, saß auf der Terrasse eines runden Bungalows und blickte den Hang hinunter über sattes Grün. Viel weiter unten schimmerte das Mittelmeer, präziser gesagt die Istrische Adria. Links und rechts der Terrasse stand jeweils ein Olivenbaum. Ein Grashüpfer, der irgendwo in der Umgebung saß und auf Brautschau war, machte Lärm für eine ganze Kolonie. Aber das störte den Kommissar nicht. Bohlan war entspannt.

Seit fast zwei Wochen weilte er im kroatischen Nirgendwo. Kein Handy, kein Fernseher, keine Zeitung. Der nächste Supermarkt lag dreißig Kilometer entfernt, was eine Fahrt von über einer halben Stunde über Landstraßen bedeutete. Zwei Dörfer weiter gab es einen kleinen Laden, der die wichtigsten Grundnahrungsmittel führte. Der Ort, an dessen Rand sein Feriendomizil lag, war eher eine Ansammlung von Häusern. Es gab eine Kirche und ein kleines Restaurant. Straßennamen hingegen nicht. Jedes Haus hatte einfach eine Nummer. Es war genau der Ort, den Bohlan brauchte. Es war die Ruhe, nach der er sich gesehnt hatte. Nein, er litt weder an allgemeiner Erschöpfung noch brauchte er eine Burn-out-Prophylaxe. Er wollte einfach seine Ruhe haben. Andere wären in seiner Situation vielleicht in einen Single-Urlaub mit Dauerparty und Stampfmusik geflüchtet. Aber zu dieser Spezies gehörte Bohlan nicht. Er war jemand, der Problemsituationen mit sich alleine austrug. Seitdem sich das Horrorszenario als Realität entpuppt hatte, sah er dieser mit festem Blick in die Augen. Seine Ex-Freundin tobte mit einem Markus-Lanz-Verschnitt durch die Betten – eine unerträgliche Vorstellung. Aber was konnte er dagegen tun? Richtig. Überhaupt nichts. Er musste sein Leben neu ausrichten, und der beste Anfang dafür war, sich erst einmal von dem ganzen Rummel zurückzuziehen. Nach einiger Suche hatte er das Haus im Internet gefunden und sofort für zwei Wochen gebucht. Er war über Tausend Kilometer mit dem Auto gefahren und hatte dabei alte CDs gehört. Eagles, Stones, Toto und anderes, das seit Jahren ungehört in seinem Regal vor sich hin dümpelte.

Die Hausverwalter hatten ihn ein wenig irritiert angesehen, als er sie bei der Ankunft darum gebeten hatte, den Fernseher aus dem Haus zu entfernen. Zunächst hatten sie angeboten, das alte Röhrengerät gegen ein modernes auszutauschen, doch Bohlan hatte auch das ebenso brüsk wie resolut zurückgewiesen. Er wollte absolute Ruhe. Und dazu gehörten auch Abende und Nächte ohne Glotze. Natürlich hätte er es auch einfach unterlassen können, den Fernseher einzuschalten. Doch er wusste, dass er schwach werden würde, wenn die Langeweile ihn befiel und die Versuchung vor dem Sofa stand. Nach einigem Hin und Her hatten die Verwalter das Gerät in ihr Auto geschleppt und waren kopfschüttelnd davongerauscht, nicht ohne Bohlan zuvor auf die Möglichkeit hinzuweisen, das WLAN-Netz verwenden zu können. Natürlich gegen Aufpreis. Selbstredend hatte er auch diese Option freundlich abgelehnt. Die zwei Dutzend Bücher, die er sich eingepackt hatte, mussten als Unterhaltung für den Urlaub reichen.

Die Tage waren tatsächlich genauso eintönig und gleichmäßig verlaufen, wie er sich dies gewünscht hatte. Bohlan schlief, so lange er konnte, frühstückte auf der Terrasse und verbrachte den Vormittag in einer Hängematte, die zwischen zwei Feigenbäumen gespannt war. Wenn es ihm zu heiß wurde, sprang er in den Pool. Mittags aß er einen Salat und machte sich nach der Siesta auf den Weg zum Strand, wo er eine halbe Stunde im Meer schwamm und sich anschließend auf einem der Felsen sonnte. Gegen Abend lief er zurück zu seinem Bungalow, stellte sich unter die Dusche und brach gegen acht Uhr in den kleinen Ort auf, dessen einzige Attraktion ein kleines Restaurant war. Hier speiste er zu Abend, trank ein Bier und kehrte gegen zehn zurück. Bei Kerzenschein las er, gegen die Müdigkeit kämpfend, in einem der Krimis. Eigentlich las Bohlan keine Bücher, schon gar keine Krimis. Mord und Totschlag gab es in seinem realen Leben genug. Doch irgendwie hatte ihn die fixe Idee befallen, dass er aus dem Leben der fiktiven Kommissare Rückschlüsse auf sich selbst ziehen konnte. Erstaunlicherweise handelte es sich bei den meisten Krimihelden um wahrhaft verschrobene Existenzen. Einige soffen, andere kifften, wiederum andere hatten permanent Stress mit ihrer Frau. Die Krimiwelt wimmelte von neurotischen Gestalten, sexsüchtigen Ermittlern und lebensuntauglichen Kommissaren. Wirklich glücklich schien keiner von ihnen zu sein. Die Fiktion kam Bohlan seltsam real vor und doch machte ihm das Lesen Spaß. So verschroben die Kommissare auch waren, sie schafften es doch immer, den Fall aufzuklären und dabei zu überleben. Und das gab Bohlan Mut. Zur Hälfte des Urlaubs beschloss er daher, entgegen seiner sonstigen Gewohnheiten, eine Postkarte zu schreiben. Aber nur eine einzige. Wahllos nahm er sie aus dem Kartenständer des kleinen Ladens. Er schrieb die Karte direkt vor Ort, versah sie mit einer Marke und warf sie in den Briefkasten. Es standen nur zwei Sätze drauf: „Danke für die Krimi-Tipps“ und „Freundliche Urlaubsgrüße an den besten Buchhändler der Welt“. Adressiert war die Karte an Udo Falkenstein, der in einer Buchhandlung im Nordwestzentrum arbeitete und das Lektürepaket zusammengestellt hatte. Tatsächlich reichten die Bücher genau für den Urlaub. Er hatte noch zwanzig Seiten in dem letzten Buch zu lesen und morgen würde er abreisen. Bohlan tauschte T-Shirt und Badeshorts gegen Hemd und Leinenhose und machte sich auf den Weg zum Restaurant. Bei dem Gedanken an den Teller mit frischem Fisch und Gemüse lief ihm das Wasser im Munde zusammen.

„Was ist los mit dir?“ Veronique Wagenknecht strich ihrem Mann über die Wangen. Sie lagen nebeneinander im Bett, hatten wieder einmal versucht, sich zu lieben.

„Ich weiß auch nicht“, entgegnete Johannes. Seine Stimme klang abwesend. „Es ist momentan einfach alles so viel. Der Stress in der Firma. Die Streitereien mit Alina. Die ungewisse Zukunft.“

Er sah Veronique an, versuchte, Blickkontakt zu ihr zu halten. Doch er schaffte es nicht. Ihre kiwigrünen Augen blickten besorgt zurück.

„Manchmal denke ich, es wäre das Beste, wenn du die Kelterei verkaufen würdest.“ Sie strich sich die blonden Haare aus dem Gesicht.

„Die Kelterei verkaufen?! Niemals. Sie ist schon immer im Familienbesitz. Ich will nicht in die Geschichte als derjenige eingehen, der das, was Generationen vorher aufgebaut haben, an reiche Geldsäcke verscherbelt.“

„Das verstehe ich. Andererseits ...“, Veronique brach ab.

„Was denn andererseits?“

„Es macht auch keinen Sinn, bis zur Erschöpfung zu schuften. Erst recht nicht, wenn dabei unsere Beziehung und unsere Familie in die Brüche gehen.“ Veronique hatte all ihren Mut zusammengenommen, um das Unaussprechbare zu sagen.

„Aber wir sind momentan auf einem wirklich guten Weg. *Apfel trifft Holunder* hat wie eine Bombe eingeschlagen und Niklas Volkmann hat noch ein Menge in petto.“

„Wenn du meinst.“ Veronique zuckte mit den Schultern und stand auf.

„Wo willst du hin?“, rief ihr Johannes hinterher. Doch sie hatte bereits die Schlafzimmertür erreicht.

„Ins Bad. Duschen“, rief sie über die Schulter zurück.

Im Bad angekommen, schlüpfte sie in die Kabine, zog die Tür hinter sich zu und betätigte den Duschknopf. Das Wasser prasselte auf ihre Haut. Es war eine Wohltat, die Körper und Seele wieder zum Leben erweckte. Sie nahm den Kopf in den Nacken und ließ das Wasser über ihre Haare sprudeln. Ihre Gedanken kreisten um Johannes. Seit geraumer Zeit war er meist gestresst und genervt. Er hatte nichts mehr gemeinsam mit dem Mann, in den sie sich einst verliebt hatte. Der ganze Ärger hatte kurz nach dem Tod seines Vaters angefangen. Heinz Wagenknecht, der Übervater. Der Familienpatriarch, der stets alle Fäden in den Händen gehalten hatte. Immer begleitet von Daniel Servatius, dem begnadeten Finanzjongleur. Gemeinsam hatten sie aus der kleinen Kelterei ein mittelgroßes Getränkeunternehmen gemacht. Im Zuge des wirtschaftlichen Erfolgs war Wagenknecht in die High Society Frankfurts aufgestiegen. Er war ein gern gesehener Gast auf den Partys, versprühte überall gute Laune und richtete pompöse Feste aus.

Mehr Probleme indes hatte er mit seinem Privatleben gehabt. Seine Frau, Johannes' Mutter, war früh verstorben. Seitdem war sein Liebes- und Sexleben aus dem Ruder gelaufen. Er hatte unzählige Affären und zeigte sich den Geliebten gegenüber immer mehr als großzügig. Kein Wunder also, dass er auch im hohen Alter noch im Stande gewesen war, junge, gut aussehende Frauen zu seinen Eroberungen zu zählen. Alina hatte er schließlich geheiratet und zur Miterbin gemacht. Ein Umstand, der dazu führte, dass die seit einigen Jahren wirtschaftlich schwierige Lage der Kelterei auch noch mit einem saftigen Erbstreit belastet wurde. Seit einigen Wochen indes schien es an dieser Front etwas Beruhigung zu geben. Einerseits freute sich Veronique darüber. Weniger Stress in der Firma könnte auch bedeuten, dass es zwischen ihr und Johannes wieder besser lief. Aber diese Hoffnung hatte sich bislang nicht erfüllt. Im Gegenteil. Und seit es Gerüchte gab, Johannes würde sich mit Alina ohne Anwälte treffen, keimte in ihr ein schlimmer Verdacht.

2.

Tom Bohlan stieß die Tür zum Kommissariat mit einer kräftigen Armbewegung auf. Beinahe ein wenig zu schwungvoll. Die Tür schwang zur Seite, rappelte gegen den Kleiderständer, der hinter ihr stand, und brachte diesen bedrohlich ins Wanken. Erschrocken rissen Will, Steinbrecher und Steininger die Köpfe nach oben und gingen in Habachtstellung, als gelte es, das Kommissariat mit Klauen und Zähnen gegen jedwede Art von Eindringlingen zu verteidigen. Natürlich wussten die drei, dass von der aufgestoßenen Tür keine wirkliche Gefahr drohen konnte. Die einzigen störenden Besucher, die hier ab und an auftauchten, waren Klaus Gerding und Felicitas Maurer. Und selbst die machten sich in der letzten Zeit ziemlich rar. Gerding, der Chef der Mordkommission, war merklich zahmer geworden, seit Maurer in Frankfurt aufgetaucht war. Die neue Staatsanwältin erschwerte den Kommissaren das Leben dadurch, dass sie sich mit Vehemenz in die Ermittlungsarbeit einschaltete und meistens anderer Meinung war als Bohlan. Gerding fühlte sich mehr und mehr bemüßigt, seine Truppe moralisch zu unterstützen. Ein weiterer Grund war, dass er in großen Schritten auf die Pension zusteuerte, was zu einer beinahe täglich wachsenden Altersgüte führte.

Felicitas Maurer hingegen unterhielt seit einiger Zeit eine Affäre mit Jan Steininger und wollte diese möglichst nicht an die große Glocke hängen, zumal Bohlan ihnen auf die Schliche gekommen war. Daher hatte sie mit Bohlan eine Art Burgfrieden geschlossen. Einer der Punkte auf dem ungeschriebenen Vertrag war, dass man die gegenseitigen Territorien respektierte und nicht unaufgefordert in sie eindrang.

Also konnten sich Will, Steininger und Steinbrecher in ihrem Büro ziemlich sicher fühlen. Doch wer denkt schon vernünftig, wenn ein lautes Rumpeln wie aus dem Nichts heraus erschallt. Und die Intensität, mit der die Tür zunächst gegen den Schirmständer und anschließend gegen die Wand knallte, war durchaus einer Explosion vergleichbar. Die Gesichtszüge der Kommissare entspannten sich aber merklich, als sie Bohlan erblickten.

„Tom! Schön, dass du wieder da bist. Du siehst grandios erholt aus." Steinbrecher sprang als Erster auf und herzte den Heimkehrer, als sei dieser von einer Weltraumexpedition zurückgekehrt. Bohlan klopfte ihm beruhigend auf die Schultern. Julia Will war als Nächste an der Reihe. Sie drückte sich kurz an Bohlan, der ihre Begrüßung mit Küsschen auf die Wangen erwiderte. Eins links, eins rechts. Da ihr Parfum weitaus angenehmer als Steinbrechers Zigarettenduft roch, hielt er Julia danach an beiden Schultern fest.

Jan Steininger hingegen unterließ eine Umarmung und reichte Bohlan stattdessen die Hand. Danach setzten sie sich an den Besprechungstisch, Bohlan wartete mit Urlaubsberichten auf, während Steininger Kaffee aus dem Automaten zog. Noch vor zwei Tagen hatte Bohlan das Ende seines Urlaubs bedauert. Nun, da Steinbrecher seine Zigaretten drehte und Will Unmengen Zucker in den Kaffee schüttete, fühlte er sich wieder zu Hause. Zurück im Leben sozusagen.

„So und nun zu euch? Was gibt's Neues", fragte Bohlan, nachdem er alles Wesentliche aus Kroatien berichtet hatte.

„Stell dir vor", begann Will. „Du warst kaum auf der Autobahn, da wurden wir zu einem Tatort gerufen. Ein Familienvater war auf offener Straße erschossen worden."

„Und? Wie weit seid ihr mit den Ermittlungen?" Bohlan war aufgesprungen.

„Ruhig, Brauner", sagte Steinbrecher. „Du kannst dir den Bericht gleich durchlesen."

„Wie? Bericht?"

„Liegt auf deinem Schreibtisch. Wir haben den Fall in einer Woche abgeschlossen. Es war eine Beziehungstat." Will lächelte Bohlan an, und dieser wusste nicht, ob er lachen oder weinen sollte. Offensichtlich war er nicht so unersetzlich, wie er immer gedacht hatte.

„Und ihr seid euch ganz sicher, dass ihr keinen Fehler gemacht habt?“

„Ganz sicher.“

„Nicht dass der Falsche in der Zelle schmort!“

„Die Falsche“, erwiderte Will.

Bohlan blickte irritiert.

„Die, nicht der. Es war eine Frau. Aber um ganz sicherzugehen, solltest du dir wirklich den Bericht durchlesen. Punkt für Punkt. Komma für Komma. Vielleicht findest du doch noch eine neue Spur.“

„Das mach ich auch. Keine Sorge.“ Bohlans Blick fiel auf seinen Schreibtisch, der ziemlich leer war, abgesehen von einer Akte und einem Päckchen. Bohlan stand auf.

„Ein Willkommensgeschenk? Das wäre aber nicht nötig gewesen.“ Er stellte das Päckchen vor sich auf den Tisch. Es hatte die Größe eines dicken Taschenbuchs.

„Ist nicht von uns“, sagte Steininger. „Kam per Post.“

Bohlan betrachtete das Äußere. Tatsächlich wies es seinen Namen als Empfänger auf. Dazu eine gestempelte Briefmarke. Von einem Absender allerdings fehlte jede Spur.

Bohlan hob es in die Luft und drehte es hin und her, beäugte es von oben und unten. Merkwürdig, wer schickte ihm ein anonymes Päckchen, noch dazu ins Kommissariat? Die Anschrift befand sich auf einem Aufkleber. Wahrscheinlich ein Computerausdruck. Abgestempelt war die Sendung in Frankfurt.

„Habt ihr es checken lassen?“, fragte er misstrauisch in die Runde. „Nicht dass uns das alles hier gleich um die Ohren fliegt.“

„Keine Sorge“, erwiderte Steinbrecher. „Das Ding ist harmlos.“

Vorsichtig riss Bohlan das Päckchen auf und zog ein Kästchen heraus, das er vor sich auf den Tisch stellte. Es war schwarz, hatte eine glatte Oberseite. Bohlan suchte vergeblich nach einer Aufschrift oder Hinweisen, die Rückschlüsse auf den Inhalt ermöglichten. Es war eines jener Schächtelchen, die man in jedem Schreibwarenladen kaufen und als Aufbewahrungsbox für allerlei Krimskrams verwenden konnte. Oder eben als Geschenkbox. Er hob den Deckel vorsichtig an und erblickte Kartonschnipsel. Vorsichtig begann er, mit den Fingern in den Teilchen zu wühlen. Doch es blieben Schnipsel, nichts als Schnipsel. Hunderte.

„Und? Was ist drin?“, fragte Will neugierig.

Statt zu antworten, drehte Bohlan die Box mit einer schnellen Bewegung herum. Die Teile purzelten auf den Tisch. Bohlan zerteilte den Haufen mit den Händen und fühlte sich an seine Kindheit erinnert. Er sah sich in seinem Kinderzimmer sitzen und Karten eines Memoryspiels mischen oder Teile eines Puzzles sortieren. Die Hoffnung, doch noch etwas anderes außer Pappteilen zu finden, zerstob, als jedes Teil für sich lag.

„Seit wann stehst du auf Puzzles?“, fragte Will.

„Ist mein liebstes Hobby“, knurrte Bohlan zurück.

„Was hast du denn heute Morgen eingenommen?“ Steinbrecher sah Bohlan irritiert an.

„Nur den besten Stoff. Frisch vom Schwarzmarkt.“ Bohlans Stimme war eine Mischung aus Grummeln und Ironie. Seine Hände schoben die Teile wieder zusammen. „Kannst ja heute Abend vorbeikommen. Wir setzen uns aufs Deck, rauchen einen Joint und hören Pink Floyd.“

„Warum nicht?“ Steinbrecher schien tatsächlich hellauf begeistert. „Acht Uhr?“

„Gute Zeit“, antwortete Bohlan. Er hielt die Schachtel an den Tisch und schob die Teile über den Rand, sodass sie in die Schachtel zurückfielen. Zu guter Letzt setzte er den Deckel wieder auf das Kästchen.

„Wie? Was jetzt? Ihr wollt euch bekiffen?“ Steininger, der

den Wortwechsel mit offenem Mund angehört hatte, stotterte die Worte heraus.

„Klaro, kannst auch gerne kommen."

„Danke. Ich hab was Besseres vor."

„Ich kann mir auch schon denken, was", erwiderte Bohlan mit einem vielsagenden Blick. Steininger fühlte sich offensichtlich ertappt und zog sich an seinen Schreibtisch zurück. Bohlan lächelte in sich hinein. Die Sache mit Maurer und Steininger machte ihm zunehmend Spaß. Er brauchte nur eine kleine Andeutung zu machen und schon hatte er jedes Wortgefecht gewonnen. Vergnügt entsorgte er die Verpackung des Pakets im Mülleimer und stellte das Kästchen auf seinen Schreibtisch. Das Lesen der Akte vertagte er auf später. Stattdessen entschied er sich dazu, Klaus Gerding einen Besuch abzustatten.

Daniel Servatius kochte innerlich, war aber bemüht, sich dies möglichst wenig anmerken zu lassen. Wer erfolgreich Gespräche führen wollte, musste seine Emotionen unter Kontrolle halten. Diesen Grundsatz hatte Heinz Wagenknecht ihn einst gelehrt. Servatius beherzigte ihn seit Jahren überaus erfolgreich. Er thronte hinter seinem Schreibtisch und spielte mit einem goldenen Kugelschreiber. Auf der anderen Seite des ausladenden Tisches saß Niklas Volkmann, wie immer lässig gekleidet, und grinste ihn unverfroren an. Zweifelsohne war Volkmann ein ausgewiesener Fachmann auf seinem Gebiet. Ein Produktentwickler par excellence. Die Ideen sprudelten förmlich aus ihm heraus. Das war auch der Grund, warum man ihn engagiert hatte. Und das zu einem Gehalt, das sich am oberen Rand der Möglichkeiten befand. Seine Einstellung war auf Betreiben Johannes Wagenknechts erfolgt. Servatius, der für die Finanzen in der Firma zuständig war, hatte sich lange dagegen gesträubt. Doch er musste zugeben, dass sich die Investition – entgegen seiner Erwartungen – durchaus rentierte. Dank neuer Produkte war die Kelterei in die Gewinnzone gerutscht. Und nun stand ein weiterer Meilenstein bevor. Für diesen allerdings musste Volkmann mitspielen, und dem war der Erfolg des letzten Jahres zweifelsohne zu Kopf gestiegen. Servatius hielt Volkmann für einen dahergelaufenen Schnösel.

„Was halten Sie von einer saftigen Gehaltserhöhung?" Es war so ziemlich der letzte Joker, den Servatius ziehen konnte.

„Gegen eine Gehaltserhöhung habe ich natürlich nichts", blaffte Volkmann zurück. „Aber das ändert nichts an meiner grundsätzlichen Einstellung."

Touché, dachte Servatius und versuchte weiterhin gute Miene zum bösen Spiel zu machen.

„Die neue Limo ist cool, stylish und trendy", holte Volkmann aus. „Wir haben schön geformte Flaschen entworfen und die Leute reißen sie uns aus den Händen. Ich sehe keinen Grund, warum wir an unserem Konzept irgendwas ändern sollten."

„Ich stimme Ihnen voll und ganz zu. Und das Konzept soll auch bleiben, wie es ist. Es geht doch nur darum, einige Dinge ..." Servatius blickte kurz an Volkmann vorbei, auf der Suche nach dem passenden Wort, „... zu optimieren", schloss er ab.

Volkmann lächelte Servatius ungerührt an. „Ich weiß, was Sie meinen, wenn Sie ‚etwas optimieren' sagen. Aber genau das ist doch der Punkt. Das Getränk enthält keinerlei Aromen, keine Konzentrate und keine Geschmacksverstärker. Es ist aus Direktsaft gemacht und Wasser. Dazu kommen Rohrzucker, Minze und andere frische Zutaten. Alles von Biobauern, die höhere Preise bekommen als auf dem Weltmarkt und deshalb faire Löhne und Sozialleistungen zahlen können. Die Grundidee ist doch, dass wir nicht nur irgendein Designergetränk verkaufen, sondern auch ein Vorbild sein wollen."

Servatius konnte das idealistische Geschwätz nicht mehr hören. Er hatte Tage damit zugebracht, Kosten und Einsparungsmöglichkeiten durchzurechnen, und das Ergebnis hatte ihn schier von den Socken gehauen. Wenn man nur ein klein wenig von dem hohen Biostandard abrückte, wäre die Kelterei ein für alle Mal saniert. Man könnte das Marketingkonzept lassen, wie es war. Selbst der Aufdruck *Bio* konnte bestehen bleiben. Servatius unternahm einen weiteren Versuch, obwohl er ahnte, dass auch dieser nicht zum Erfolg führen würde.

„Es geht um ein paar Gramm mehr Zucker, ein paar Aromen und Farbstoffe. Das merkt doch kein Mensch. Im Gegenteil: Geschmack und Optik würden auch ein wenig optimiert."

„Nennen Sie es, wie Sie wollen. Es bleibt Trickserei. Wenn wir damit anfangen, sind wir keinen Deut besser als all die großen Getränkekonzerne."

„Wenn wir die Produktion nicht billiger hinkriegen, werden wir auf Dauer nicht am Markt bestehen können. Das muss Ihnen doch klar sein. Am Ende müssen wir uns mit einem der ganz Großen des Getränkebusiness zusammenschließen. Soll ich Ihnen sagen, was dann passiert? Der wird ganz schnell die Verträge mit den Fair-Trade-Kooperationen kündigen und stattdessen seine eigenen billigen Lieferanten installieren. Dann können wir uns das Biosiegel sonst wohin schmieren."

„So weit wird es nicht kommen. Für Bioprodukte gibt es immer einen Markt und der wird stetig größer." Volkmann schlug die Beine lässig übereinander.

„Herr Volkmann, vielleicht überlassen Sie die Dinge, von denen Sie nichts verstehen, lieber mir. Sie sind auf Ihrem Gebiet ein wirklicher Meister. Konzentrieren Sie sich auf Ihre Fähigkeiten und überlassen mir den Rest. Dann können wir alle davon profitieren."

Volkmann erhob sich aus dem Sessel. „Ich denke, wir lassen es für heute gut sein." Ohne ein weiteres Wort verließ er den Raum. Servatius pfefferte den Kugelschreiber auf die Tischplatte. Konnte das wirklich wahr sein? Warum ist dieser hochintelligente Mann so verbohrt? Wen juckt es schon, wenn man ein paar künstliche Aromen beimischt? Kein Mensch merkt so etwas. Er konnte sich noch immer dafür in den Hintern beißen, dass er Volkmann ein Mitspracherecht bei Veränderungen in der Rezeptur vertraglich zugebilligt hatte. Ohne Volkmanns Zustimmung war sein gesamtes Finanzkonzept Makulatur. Er musste noch einmal mit Wagenknecht reden. Vielleicht hatte er Mittel und Wege, Volkmann auf Spur zu bringen. Andernfalls müsste er selbst andere Saiten aufziehen. Und dann stand auch immer noch das Übernahmeangebot der Russen im Raum. Die ganze Situation war zum Verzweifeln.

Um kurz vor fünf setzte Julia Will ihren Computer in den Stand-by-Modus. Der Tag war dahingeplätschert wie ein müder Bergbach im Sommer. Sie hatte ihren Schreibtisch aufgeräumt, mit Steinbrecher zu Mittag gegessen und sogar mit Jan Steininger ein Schwätzchen gehalten. Die beiden Kommissare waren genauso lang in Bohlans Team wie sie selbst. Aufgrund ihrer Nachnamen – und weil sie meist ein Team bildeten – wurden sie die *Stones* genannt. Ansonsten hätten sie unterschiedlicher kaum sein können. Steinbrecher, Mitte fünfzig und etwas beleibt, steckte meist in Jeans oder Leder, rauchte wie ein Schlot und fuhr eine Harley Davidson. Steininger hingegen war – wie Will auch – Anfang dreißig. Zu Beginn ihrer Zusammenarbeit hatte sie mit ihm nicht allzu viel anfangen können, wirkte er doch recht unscheinbar und fiel nicht gerade durch Eigeninitiative auf. Das hatte sich aber vor zwei Jahren erheblich geändert. Er war sportlich geworden, hatte mit Boxen angefangen und war seitdem ziemlich selbstbewusst geworden.

Von Tom Bohlan hatte sie – nach seinem morgendlichen Auftritt – nichts mehr gesehen. Die Akte mit dem Bericht lag immer noch unangetastet auf seinem Schreibtisch, ebenso das merkwürdige Paket samt Inhalt. Ob er heute überhaupt noch einmal auftauchen würde? Vielleicht hatte er sich in dem riesigen Labyrinth des Polizeipräsidiums verlaufen? Konnten zwei Wochen Kroatien einem gestandenen Kommissar die Orientierung rauben? Nein, das konnte nicht sein. Bohlan war zuweilen kauzig, aber Anzeichen für eine beginnende Alzheimererkrankung hatte es bislang keine gegeben. Wahrscheinlich dackelte er von Tür zu Tür, sprach mit Hinz und Kunz. Reflexartig fuhr Wills Arm nach vorne, streckte sich nach dem

Kästchen. Ihre Hand ergriff es und holte es zu sich. Sie öffnete den Deckel und kippte die Einzelteile auf den Schreibtisch. Das leise Poltern führte dazu, dass die Stones aufblickten.

„Was hast du vor?", wollte Steininger wissen.

„Nach was sieht's denn aus?", raunzte Will zurück. Sie war längst damit beschäftigt, die Teile zu sortieren.

„Ist das nicht Toms Aufgabe?"

Will lachte kurz auf. „Wenn's danach geht, steht die Schachtel Weihnachten noch hier."

„Wenn du meinst."

Will hatte jetzt alle Teile mit der Oberseite nach oben vor sich liegen und suchte die Randteile zusammen. Das Puzzle wies keine besonderen Schwierigkeiten auf, Will schätzte es auf circa fünfhundert Teile. Es dauerte nicht lange, bis sie den Rahmen zusammenhatte. Nun galt es, den Innenraum mit Leben zu füllen. Je mehr Teile sie zusammenfügte, umso deutlicher wurde, dass sie das Gesicht einer Frau zusammensetzte. Also doch, dachte Will. Bohlan hatte etwas Neues am Laufen. Er musste vor seinem Urlaub irgendwo diese reizende Schönheit aufgerissen haben. Äußerlich war sie das genaue Gegenteil von Barbara Weber, Bohlans langjähriger Freundin. Grüne Augen, blasser Teint, pechschwarze Haare. Er hatte überhaupt nichts von ihr erzählt. Was Will allerdings etwas irritierte, waren die schwarzen Striche, die sich über das Foto zogen.

„Eine Frau im Fadenkreuz, sehr interessant." Will zuckte zusammen. Steinbrecher musste sich hinter sie geschlichen haben. Wie konnte das passiert sein? Normalerweise hatte sie ihre Umgebung immer unter Kontrolle. Doch es blieb keine Zeit, sich über ihre Unaufmerksamkeit zu ärgern, denn Steinbrechers Worte waren des Rätsels Lösung. Jetzt, wo nur noch wenige Teile fehlten, war das offensichtlich. Die Striche und Linien, die über die Fragmente des Gesichts liefen, bildeten tatsächlich ein Fadenkreuz, mit einem roten Punkt genau auf der Stirn der Frau.

„Tatsächlich, du hast vollkommen recht", entfuhr es Will. „Eine Schönheit in Bohlans Visier. Was hat das zu bedeuten?"

„Was für eine Frage. Tom ist auf der Jagd und das da ist sein Opfer.“ Steinbrechers Finger deutete auf das Bild.

„Quatsch, das glaub ich nicht.“

„Wieso denn nicht? Auch Tom ist ein Mann. Und jetzt wo Barbara weg ist, stehen ihm alle Türen offen.“

Will blickte skeptisch.

„Doch. Glaub mir. Tom ist auf Treibjagd. Kimme, Korn und ran! Fragst du dich nicht auch, wo er den ganzen Tag steckt?“

Dem ersten Anschein nach sprach vieles für Steinbrechers Theorie. Wobei Will noch nicht einmal davon überzeugt war, dass er selbst an das glaubte, was er gerade sagte.

„Du und Tom, ihr seid doch ein bisschen enger miteinander, oder?“

Steinbrecher nickte.

„Hat er dir denn irgendetwas in dieser Richtung angedeutet?“

„Seit wann interessierst du dich für Klatsch und Tratsch?“

„Tue ich nicht. Aber …“

„Ach, komm schon, Julia. Du machst dich über Toms Geschenke her und philosophierst über mögliche Affären. Wenn das nicht Klatsch und Tratsch ist, was sonst?“

„Moment. Damit hast du angefangen“, entgegnete Will und setzte das letzte Teilstück ein.

„Ich hab nur das kommentiert, was ich sehe. Und das ist eine Frau im Visier.“

„Okay, aber ist es tatsächlich Toms Visier?“

„Dazu muss er sich schon selbst äußern.“

„Und wer verschickt so etwas? Die Frau selbst wird es wohl kaum gewesen sein.“

„Vielleicht ihr Ehemann?“

„Euer Gespräch ist unerträglich“, schaltete sich Steininger ein. Er hatte die ganze Zeit leise telefoniert. Jetzt lag der Hörer auf der Gabel. Will fixierte ihn, wie er aufstand und zu ihr kam. Er stellte sich seitlich an den Tisch und blickte auf das zusammengesetzte Puzzle. Während Will sein Gesicht musterte, registrierte sie, wie die Tür des Kommissariats geöffnet wurde. Die Situation konnte noch heiter werden. Will lehnte sich in ihren Stuhl zurück und entschloss sich, das sich ankündigende Schauspiel zu genießen.

„Wenn Tom mit dieser Dame ein Verhältnis hat, fresse ich einen Besen“, sagte Steininger nicht ohne Ironie in der Stimme.

„Was willst du damit sagen?“, fragte Steinbrecher.

„Sieh dir die Dame doch einmal an. So eine lässt sich doch nicht mit einem Kommissar ein. Das ist doch deutlich unter ihrem Niveau.“

„Es sei denn, er ist ein begnadeter Liebhaber!“

Die Stones fuhren erschrocken herum. Tom Bohlan stand auf der Schwelle, die Arme vorm Körper verschränkt. Offenbar konnte er die Tür auch leise öffnen.

„Wie lange stehst du denn schon da?“, fragte Steininger.

Ohne zu antworten, trat Bohlan auf seine Kollegen zu.

„Wusst ich's doch. Ich muss nur lange genug weg sein, dann erledigt sich die Arbeit von alleine.“

„Siehst du, er hat darauf spekuliert, dass einer von uns das Puzzle zusammensetzt“, sagte Will an Steinbrecher gewandt.

„Dann kannst du uns auch verraten, wen du ins Visier genommen hast!“, sagte Steinbrecher.

Bohlan fixierte das zusammengesetzte Foto.

„Da staunt ihr, was?“ Er blickte Steininger mit einem Siegerlächeln an. „Aber ich muss dich enttäuschen. Ich kenne die Dame nicht. Nie gesehen“, sagte er schließlich.

„Auch nicht in irgendeiner Bar? Im Vollsuff?“

„Was denkt ihr eigentlich von mir? Da hat sich irgendjemand einen üblen Scherz erlaubt. Fertig. Die Dame ist mir völlig unbekannt. Und wenn ihr es genau wissen wollt: Sie passt auch überhaupt nicht in mein Beuteschema. So. Ich fahr jetzt nach Hause.“ Bohlan wandte sich wieder zur Tür, nahm die Jacke vom Haken. Die Tür fiel nun deutlich lauter ins Schloss.

„Mann, ist der angefressen“, sagte Steinbrecher.

„Vielleicht hätte ich doch die Teile in der Kiste lassen sollen.“ Julia Will überfiel ein schlechtes Gewissen.

Tom Bohlan quälte sich durch den Feierabendverkehr. Das permanente Stop-and-go ging ihm gewaltig auf die Nerven. Er sehnte sich in den Urlaub zurück. Auf den holprigen Landstraßen Kroatiens war man zwar auch nicht schnell ans Ziel gekommen, dafür rollten aber die Räder. Man konnte entspannt fahren und sich schöne Gedanken machen. Hier hingegen bestand die dauernde Gefahr, seinem Vordermann gegen die Stoßstange zu donnern. Er öffnete das Fenster und überquerte bei Dunkelgelb die Ampelanlage vor der Deutschen Nationalbibliothek und fuhr weiter in Richtung Nordend, bis er irgendwann nach links abbog. Auf der Seckbacher Landstraße kam er erfreulich schnell voran und erreichte den alten Ortskern. Das Schöne an Frankfurt war, dass es Ortsteile gab, die es geschafft hatten, ihre eigene Identität zu erhalten. Fechenheim zum Beispiel war so ein Fall, aber auch Seckbach. Bislang war kein Investor auf die Idee gekommen, die alten Fachwerkhäuser abzureißen und durch Hochhäuser zu ersetzen. Bohlan fuhr auf der Hauptstraße, die sich durch den Stadtteil schlängelte, und bog dann in eine der Gassen ab, die so schmal waren, dass unmöglich zwei Autos aneinander vorbeipassten. Als er Gerdings Haus erreichte, hupte er einmal kurz. Es dauerte keine Minute, bis Klaus Gerding, der Chef der Mordkommission, das Tor öffnete und Bohlan den Lupo in den Hof fahren konnte. Der kleine Mann, der seinen runden Bierbauch mit einem gewissen Stolz vor sich herschob, schloss das Tor, während Bohlan ausstieg.

„Komm, lass uns in die Laube gehen“, sagte Gerding, nachdem sich die beiden Männer umarmt hatten. „Da ist die Temperatur deutlich angenehmer.“

Gerdings Laube war ein wintergartenähnlicher Anbau an das alte Fachwerkhaus, eingerichtet im Stil eines Apfelweinlokals, mit alten Holzmöbeln, historischen Frankfurt-Bildern an den Wänden und einem Schrank voller graublauer Bembel und Gerippter.

Bohlan ließ sich auf die Sitzecke fallen und atmete mehrfach tief durch, während Gerding im Haus verschwand, um kurze Zeit später mit zwei Flaschen zurückzukehren: Apfelwein und Wasser. Er entleerte den Wein in einen der Bembel und platzierte ihn zusammen mit der Wasserflasche auf dem Tisch. Danach nahm er zwei Gerippte aus dem Schrank.

„Hat der Alltag dich schon wieder eingeholt?“ Gerding blieb einen Moment lang am Tisch stehen.

„Ich war im Präsidium, wenn du das meinst.“

„Keine besonderen Vorkommnisse?“

Bohlan überlegte einen Moment lang. „Nein, kann man so nicht sagen. Irgendwer hat mir ein Päckchen mit einem Puzzle geschickt, aber ansonsten war es kein besonders aufregender Tag.“

Gerding nickte kurz und verschwand erneut im Haus. Diesmal kehrte er mit einem Korb Bauernbrot und zwei Tellern Handkäs’ mit Musik zurück.

„Das wär wirklich nicht nötig gewesen“, sagte Bohlan.

„Doch, wäre es“, entgegnete Gerding. „Meinst du, ich hätte das Knurren in deinem Magen nicht gehört?“

Beide mussten lachen. Sie prosteten sich zu und begannen zu essen. Bohlan erzählte von seinem Urlaub und Gerding lauschte seinen Worten. Als der Kommissar fertig war, räumte Gerding den Tisch ab und füllte noch einmal die Gläser.

„Ich kenne diese Frau“, sagte Steininger, der immer noch seitlich an Wills Schreibtisch stand.

„Und? Wer ist es?“

„Das eben fällt mir gerade nicht ein.“

„Also was jetzt, kennst du sie oder nicht?“

„Ja und nein. Ich habe sie schon einmal gesehen, aber ich weiß nicht, wer es ist. Vielleicht war ihr Bild mal in irgendeiner Zeitung.“

„Toll. Das hilft uns jetzt echt viel weiter." Will schob das Puzzle vorsichtig an den Rand ihres Schreibtischs. Musste man sich wirklich Gedanken über das Bild machen, oder sollte man es einfach links liegen lassen und abwarten? Will war sich unschlüssig. Irgendetwas musste sich der Versender bei der ganzen Sache gedacht haben.

Klick-klack. Steininger hatte sein Handy geholt und fotografierte das Puzzle.

„Was machst du da?"

„Ein Foto."

„Wozu?"

„Ich lasse das Bild im Netz absuchen, vielleicht findet sich dort ein Hinweis."

Will nickte. Keine schlechte Idee. In diesem Moment piepste ihr Handy. Die SMS kam von Konstanze Beckstein, ihrer besten Freundin. „Heute Training?" Will blickte auf die Uhr. Kurz nach sechs. Ein bisschen Bewegung konnte nach der ganzen Schreibtischarbeit nicht schaden. Nachdem sie vor sechs Jahren nach Frankfurt zurückgekehrt war, hatte sie mit Judo angefangen. Das Training fand in der alten Turnhalle in Niederursel statt, war also von ihrem Wohnort fußläufig zu erreichen. Dort hatte sie zunächst Konstanze Beckstein, die bei der Drogenberatung arbeitete, kennengelernt. Ein halbes Jahr später war sie dann mit Alex, einem der Trainer, zusammengekommen. Konstanze hatte dazu einen nicht unerheblichen Teil beigetragen. Will schmunzelte und tippte eine kurze Antwort ein. Als sie das Handy in ihrer Handtasche verstaut hatte und aufstehen wollte, stieß Steininger einen Schrei aus.

„Hab ich es mir doch gedacht."

„Was denn?"

„Hier." Steiningers Finger zeigte auf den Bildschirm. „Alina Wagenknecht."

„Wer?", fragte Will, während sie ihre Jacke anzog.

„Wagenknecht. Die Frau von Heinz Wagenknecht, dem Apfelweinkönig."

„Aha. Ist der nicht steinalt?“, fragte Will verwundert. Sie schätzte die Frau auf dem Puzzle auf Mitte dreißig. Allerhöchstens.

„War“, verbesserte Steinbrecher. „Soweit ich weiß, ist er letztes Jahr hochbetagt gestorben.“

„Stimmt, und vor wenigen Jahren hat er diese hübsche Alina geheiratet“, ergänzte Steininger.

„Jeder so, wie er mag“, erwiderte Will. „Also meine Sache wäre das nicht. Einen Opa heiraten und pflegen.“

„Lohnt sich aber. Zumindest, wenn der Opa Millionär ist. Drei, vier Jahre Pflege. Dann hat man ausgesorgt.“ Steininger grinste über das ganze Gesicht.

„Schön. Und was hat das mit Tom zu tun?“

„Keine Ahnung. Vielleicht hat er Alina kennengelernt und will sich jetzt ins gemachte Netz setzen. *Kommissar heiratet Millionenerbin.* Ist doch auch eine schöne Schlagzeile, oder?“

„Quatsch“, entfuhr es Steinbrecher. „Wenn dem so wäre, hätte Tom mir davon erzählt.“

„Und wenn nicht? Du bist doch nur gekränkt, weil er dich nicht darüber informiert hat.“

„Wisst ihr was? Wir machen jetzt alle Schluss! Ich setze mich heute Abend mit Tom aufs Deck seines Kahns und morgen wissen wir mehr.“

„Ich habe etwas mit dir zu besprechen“, sagte Gerding, nachdem er sein Glas abgesetzt hatte. Bohlan betrachtete Gerdings Gesicht. Es war älter geworden, als er es in seinen Erinnerungen gespeichert hatte. Die Falten um Augen und Mundwinkel waren zu tiefen Furchen geworden. Nur die Lockenpracht auf seinem Kopf trieb ihr gewohntes Unwesen, wenn sich ihre Farbe auch zu einem durchgängigen Grau gewandelt hatte.

„Um es kurz zu machen. Wie allgemein bekannt ist ...“, Gerding nahm das Gespräch wieder auf: „... werde ich im nächsten Jahr pensioniert. Es wird also Zeit, an die Nachfolge zu denken.“

„Schon nächstes Jahr? Das hatte ich bislang überhaupt nicht auf dem Schirm", antwortete Bohlan. „Wie die Zeit verfliegt!"

„Falsch, sie zerrinnt uns wie Sand zwischen den Fingern", verbesserte Gerding. „Aber das ist ein anderes Problem. Was hältst du davon, wenn du meinen Job übernimmst?"

Klaus Gerding war noch nie ein Mann der Diplomatie gewesen, aber die unverblümte Direktheit, mit der er das Thema anging, überraschte Bohlan. Er hatte sich zu keinem Zeitpunkt Gedanken über einen weiteren Karriereschritt gemacht und sich darauf eingerichtet, seinen Job bis zur Rente auszuüben. Umso mehr fehlten ihm jetzt die Worte.

„Was meinst du dazu?", hakte Gerding nach und rutschte ungeduldig auf dem Stuhl hin und her.

Um Zeit zu gewinnen, nahm Bohlan noch einen Schluck aus dem Glas. Auch nachdem er getrunken hatte, fühlte sich sein Hals noch trocken an.

„Das kommt ein bisschen plötzlich", stotterte er schließlich wahrheitsgemäß. „Natürlich ist es eine große Ehre, dass du an mich denkst. Aber ich bin mir nicht sicher, ob ich für so einen Job geeignet wäre."

„Wer, wenn nicht du? Keiner ist so lang bei der Truppe. Keiner hat in den letzten Jahren so viele Erfolge gefeiert. Keiner nimmt weniger Rücksichten auf persönliche Eitelkeiten, Korruption und Seilschaften."

Bohlans Blick ging an Gerding vorbei und flog ohne Ziel durch den Hof. Die Ermittlungsarbeit gegen einen Schreibtischjob einzutauschen, war ihm bislang undenkbar erschienen. Andererseits wurde auch er nicht jünger. Wer weiß, wie lange er noch durch die Straßen jagen konnte. Er könnte seinen Job an Julia weitergeben, oder wäre Steinbrecher an der Reihe? Schließlich war er der Dienstälteste in seinem Team. Aber genau solche Entscheidungen wollte er eigentlich nicht treffen müssen.

„Muss ich dir heute eine Antwort geben?"

„Natürlich nicht. Schließlich habe ich dich damit überrumpelt. Mein Wunsch wäre, dass du dir das Ganze einmal ernsthaft durch den Kopf gehen lässt. Ich würde mich sehr freuen, wenn du dich positiv entscheiden würdest."

Bohlan klopfte mit der Faust auf den Tisch. „Okay. So machen wir das."

„Einen Wunsch hätte ich allerdings noch."

„Ja?"

„Häng bitte die Sache nicht an die große Glocke. Ich möchte Herr der Situation bleiben und kein Getratsche im Präsidium haben."

„Das ist doch selbstverständlich, Klaus."

Die beiden philosophierten noch ein wenig über Sport und Politik, bevor sich Bohlan verabschiedete und sich auf den Weg nach Höchst machte. Schließlich hatte er noch eine andere Verabredung.

Gegen zweiundzwanzig Uhr stellte Julia Will, ausgepowert, aber frisch geduscht, ihre Sporttasche unter die Garderobe im Klaanen Rab und setzte sich neben Alex an einen der Tische. Die Vereinskneipe des Sportvereins war rustikal eingerichtet, mit dunklen Balken an der Decke und historischen Gemälden an den Wänden. Eigentlich nicht Wills Stil, aber das Lokal hatte durchaus seinen Charme.

„Was ist mit Konstanze?", fragte Alex.

„Sie hat noch ein Date", antwortete Will und verdrehte dabei die Augen.

„Neuer Freund?"

„Noch nicht, aber vielleicht. Du kennst sie ja." So gut Will sich auch mit Konstanze verstand, in puncto Beziehungen tickten sie völlig verschieden. Konstanze war immer auf der Pirsch. Hatte mal hier und mal dort eine Affäre, dachte nicht im Traum daran, sich längerfristig zu binden. Ganz im Gegensatz zu Julia. Es hatte einige Zeit gedauert, bis sie sich mit Alex eingelassen hatte. Dafür hatte sie aber auch nicht vor, es bei einer kurzen Beziehung zu belassen.

„Du solltest mal einen mäßigenden Einfluss auf sie ausüben."

„Hab ich schon versucht. Vergebliche Liebesmüh."

„Na ja. Hauptsache, ihr Lebenswandel hat keine negativen Auswirkungen auf deinen."

Will wollte etwas erwidern, aber Dietmar Rasch, der Kneipier, trat an den Tisch.

„Was kann ich euch bringen?"

„Schnitzel mit Bratkartoffeln", sagte Alex, ohne nachzudenken, und fügte hinzu: „Und ein Pils."

„Ich nehme einen Handkäs' und …" Will überlegte, was sie zu trinken bestellen sollte, als ihr Blick auf ein Werbeschild fiel, das auf dem Tisch stand. *Apfel trifft Holunder.* „Was ist das denn?"

Raschs Blick folgte Wills Finger, der auf die Werbung deutete.

„Die hessische Antwort auf Hugo. Die neueste Kreation aus dem Hause Wagenknecht."

„Und? Kann man das trinken?"

„Klar. Schmeckt erfrischend, was man so hört."

„Okay. Ich probier das mal."

„Das ganze Gepansche geht mir gegen den Strich", murmelte Alex, nachdem Rasch verschwunden war.

„Ach komm. Öfter mal was Neues. Sonst ist die Welt doch langweilig." Will zwinkerte mit den Augen.

„Siehst du, das meinte ich. Konstanze hat einen schlechten Einfluss auf dich."

Will schaute Alex verständnislos an.

„Heute ein neues Getränk, morgen ein neuer Freund."

„Blödmann!" Will stieß Alex mit dem Ellenbogen in die Seite. Fünf weitere Judokas betraten die Gaststube. Rasch brachte die bestellten Getränke. In Wills Apfelweinglas schwammen Eiswürfel und Minzblätter.

„Was ist das denn?", fragte Thorsten und verzog sein Gesicht. „Äppler mit Kräutern?"

„Wieso? Sieht doch lecker aus", entgegnete Melanie.

„Nach Mädchenbier gibt's jetzt auch Mädchenäppler." Thorsten ließ sich auf den Stuhl fallen. „Ich habe übrigens neulich eine schöne Comedy im Radio gehört. Also …"

Obwohl Thorsten jede Comedy vortrefflich wiedergeben konnte, hörte Will nur noch mit einem Ohr zu und nahm das Werbeschild der Firma Wagenknecht in die Hand.

„Was hast du?", wollte Alex wissen.

„Nichts." Komischer Zufall. Vermutlich wäre ihr das Schild niemals aufgefallen, wenn sie sich vor wenigen Stunden nicht mit Alina Wagenknechts Konterfei auseinandergesetzt hätte.

Die anderen lachten lauthals über Thorstens Vortrag.

„Und? Wie schmeckt's?" Will blickte auf. Rasch stand vor ihr. In der einen Hand den Schnitzelteller, in der anderen den Handkäs'.

„Super erfrischend."

„Läuft auch momentan gut. Hat Chancen, das Getränk der Saison zu werden."

„Wird das fertig angeliefert?", wollte Will wissen.

„Das Getränk schon, nur Eis und Minze muss ich dazugeben, das ist Pflicht. Schreibt Wagenknecht vor. Es gibt aber auch eine Version für den Laden, wo der Minzgeschmack schon beigemischt ist."

„Wo gibt's das?"

„In jedem Supermarkt, soweit ich weiß."

„Ist auf jeden Fall eine gute Idee."

„War auch nötig. Wagenknecht stand kurz vor der Pleite."

„Echt? Ich dachte immer, die sind Marktführer."

„Sind sie auch. Aber seit der alte Wagenknecht tot ist, streitet die Familie ums Erbe, und das bringt schlechte Presse."

Dietmar Rasch nahm die weiteren Bestellungen auf, während Will eine Scheibe Brot mit Butter bestrich. Den weiteren Abend folgte sie den Gesprächen am Tisch nur mühevoll. Ihre Gedanken glitten immer wieder ab. Wenn es wirklich so war, dass Tom Alina Wagenknecht nicht kannte, dann musste es einen anderen Grund dafür geben, dass er dieses Puzzle erhalten hatte. Wenn private Gründe ausschieden, musste es einen beruflichen Hintergrund geben. Das Foto war mit einem Fadenkreuz versehen, dessen Mitte genau auf Wagenknechts Stirn lag. So als ob jemand auf ihren Kopf zielte, um sie zu erschießen. Ruckartig schnellte Wills Arm nach vorne und stieß dabei gegen das noch halb gefüllte Glas. Der *Apfel trifft Holunder* ergoss sich über den ganzen Tisch. Alex blickte erschrocken zur Seite.

„Noch eine neue Kreation: Apfel trifft Handkäs'. Vielleicht sollte man das mal in Gläser füllen." Thorstens Gelächter klang wie kläffendes Gebrüll. Rasch kam herbeigeeilt und wischte den Tisch sauber. Will erhob sich und begutachtete ihre Kleidung. Sie schien trocken geblieben zu sein.

„Alex, kannst du die Rechnung übernehmen?! Ich muss noch mal weg."

„Was hast du denn?"

Will antwortete nicht, sie hatte bereits die Tür erreicht. Alex sprang auf und hechtete hinterher.

„Komm. Du weißt, wie Thorsten ist." Alex zog an Wills Arm. Sie standen auf dem Parkplatz.

„Der Blödmann ist mir egal."

„Was ist es dann?"

„Beruflich. Ich muss noch mal los."

„Jetzt? Um diese Zeit? Es ist fast elf."

„Ja, es ist aber dringend."

„Aber du hattest doch gar keinen Anruf."

„Stimmt. Mir ist aber gerade ein Gedanke gekommen und es ist superwichtig."

Alex hielt Julia immer noch am Arm fest.

„Was ist los? Irgendwas stimmt doch nicht."

„Alex, es ist alles in Ordnung. Glaub mir." Sie gab ihm einen Kuss. „So, und jetzt lass mich bitte los."

Julia Will sprintete die Niederurseler Landstraße entlang, bog in Höhe der Fußgängerampel nach links ab und erreichte völlig außer Atem das Haus ihrer Oma, in dem sie seit sechs Jahren wohnte. Eilig schloss sie die Haustür auf, nahm den Autoschlüssel vom Haken und stürmte zurück auf die Straße. Während sie den Motor startete, rief sie Tom Bohlan an, der nach wenigen Klingeltönen dran war.

„Tom? Hier ist Julia“, begann Will das Gespräch, obwohl sie wusste, dass dieser Satz völlig überflüssig war.

„Julia. Um Himmels willen. Ist etwas passiert?“ Bohlan war schlecht zu verstehen, was nicht an der Verbindung lag, sondern an der Musik, die ebenfalls aus dem Hörer drang.

„Ja. Nein. Vielleicht!“ Sie bog gerade um die Kurve.

„Also, was nun?“

„Tom, ich will nicht indiskret sein und natürlich geht mich die ganze Sache auch nichts an. Trotzdem muss ich dir diese Frage jetzt stellen.“ Sie machte in der Erwartung, eine Antwort zu bekommen, eine Pause. Doch es drangen nur jaulende Gitarrenriffs aus dem Handy.

„Hast du etwas mit dieser Frau?“

„Mit welcher Frau? Ich lebe zurzeit wie ein Mönch. Von was redest du überhaupt?“

„Das Bild auf dem Puzzle. Du erinnerst dich?“

„Warte mal, ich muss die Musik leiser drehen.“ Für einen Moment hörte Will nur noch Musik. Eindeutig Pink Floyd. Sie hoffte, dass Tom noch halbwegs zurechnungsfähig war. Wenn sie sich recht erinnerte, wollte er mit Steinbrecher Wasserpfeife rauchen. Die Musik wurde leiser. „So. Jetzt können wird reden. Wo waren wir stehen geblieben?“

„Die Frau auf dem Puzzle.“

„Ach ja. Natürlich. Da hat sich irgendjemand einen Scherz erlaubt. Das habe ich dir doch schon im Präsidium erzählt.“

„Also, du kennst die Dame nicht?“

„Nicht persönlich. Walter hat mir vorhin erzählt, dass es sich um die Witwe des Apfelweinkönigs handelt.“

Gut, er ist also halbwegs im Bilde, dachte Will und fuhr fort: „Wir müssen, so schnell es geht, herausfinden, wo sie wohnt. Ich glaube, sie schwebt in höchster Gefahr."

„Hast du zu viel getrunken oder was ist los?"

„Lass die Scherze, Tom", antwortete Will und fügte in Gedanken hinzu: Das solltest du dich lieber selbst fragen. Aber es war jetzt nicht der Zeitpunkt für kleine Nickligkeiten. Aufgeregt sprach sie weiter: „Wenn das Puzzle keine persönliche Kiste war, dann wollte uns jemand einen Hinweis geben. Eine Frau im Fadenkreuz. Das kann doch nur bedeuten, dass jemand auf Wagenknecht schießen will." Will war immer noch völlig außer Atem, was aber weniger damit zusammenhing, dass sie die Strecke von der Sporthalle nach Hause gerannt war. Grund war vielmehr, dass die Sätze wie Gewehrsalven aus ihrem Mund donnerten, und sie zudem den Fiat 500 steuern musste. Sie befand sich mittlerweile auf dem Erich-Ollenhauer-Ring und umrundete das Nordwestzentrum. Wo wollte sie eigentlich hin? Die Panik, die sie befallen hatte, schien blinder Aktionismus zu sein. „Tom, bist du noch dran?"

„Ja."

„Was hältst du davon?"

„Ich weiß nicht. Lass uns morgen darüber nachdenken."

„Und wenn es morgen zu spät ist?"

„Hör mal zu, Julia. Es geht auf Mitternacht zu. Ich habe eine Wasserpfeife geraucht und obendrein ein paar Bier intus. Es wundert mich, dass ich überhaupt noch halbwegs vernünftig telefonieren kann. Ich kann jetzt unter keinen Umständen irgendwohin fahren."

„Was ist mit Steinbrecher?", fragte Julia und ahnte, dass die Antwort auf diese Frage ihr überhaupt nicht gefallen würde.

„Der kann noch weniger als ich." Bohlan stieß ein paar Lacher aus. „Obwohl. Er kann viel besser philosophieren. Wirklich. Der hat richtig gute Ideen. Soll ich ihn dir mal geben?"

„Nein, lass gut sein. Ich schau mal, ob ich Jan erreichen kann."

„Tu das. Aber Vorsicht. Die Staatsanwältin wird bestimmt nicht gerne bei ihren Spielchen gestört."

Will drückte das Gespräch weg und fuhr an den Straßenrand. Verdammt. Sie musste nachdenken, und zwar in Ruhe. Bohlan und Steinbrecher schieden für den Moment aus. Die beiden waren jenseits von Gut und Böse. Mit ihnen war frühestens am Vormittag zu rechnen. Steininger war jetzt ihr letzter Rettungsanker. Sie massierte sich kurz den Nacken, dann rief sie ihn an. Nach wenigen Klingeltönen ging Jan tatsächlich ans Telefon. Das war ein gutes Zeichen. Wills Stimmung hellte sich auf.

„Hallo, Jan."

„Julia. Du rufst spät an."

„Ja. Und nicht ohne Grund. Wo bist du gerade?"

„Zu Hause."

„Alleine?"

„Natürlich alleine. Was hast du denn gedacht?"

„Nicht so wichtig", antwortete Will und versuchte die Bilder aus dem Kopf zu bekommen, auf denen sich Steininger mit Staatsanwältin Maurer vergnügte. „Es geht um das Puzzle. Das Bild geht mir einfach nicht aus dem Kopf. Wir sollten mal nachschauen, ob es der Dame gut geht."

„Ja. Ich habe auch schon darüber nachgedacht. Was meint Tom dazu?"

Will überlegte einen Moment lang, bevor sie antwortete. „Im Prinzip das Gleiche, aber er ist heute Abend nicht mehr einsatzfähig."

„Verstehe."

„Vorschlag: Ich hole dich ab, und du versuchst bis dahin, die Adresse von Wagenknecht herauszubekommen."

Die Villa, die Heinz Wagenknecht vor vielen Jahrzehnten erbaut hatte, stand am Lerchesberg in Frankfurt Sachsenhausen, Villenviertel und Stadtteil der Reichen und Betuchten. Große Häuser, dicke Autos und seit Kurzem auch ordentlich Fluglärm. Will parkte den Fiat am Straßenrand.

„Immerhin brennt Licht", bemerkte Steininger. „Das ist ein gutes Zeichen."

Die beiden stiegen aus. Will drückte den Klingelknopf am Tor.

„Abwarten."

Sie lugte durch den hohen Zaun, der das Anwesen zum Bürgersteig abgrenzte. Ein Weg führte dahinter durch den Vorgarten zum Haus. Der Garten sah gepflegt aus, das Haus bieder, nicht zu protzig. Ungeduldig warteten die beiden auf eine Reaktion. Steininger klingelte noch mal. Gleiches Ergebnis. Will versuchte, den Knauf zu bewegen, der sich an der Gartentür befand. Vergeblich. Instinktiv, aber mit wenig Hoffnung griff sie durch die Streben des Zauns und tastete die Innenseite der Tür ab. Tatsächlich befand sich dort eine Klinke, die sich herunterdrücken ließ. Und entgegen ihrer Erwartung sprang die Tür auf. Ungewöhnlich, dachte Will. Sie hatte mit einem Höchstmaß an Sicherheitsvorkehrungen gerechnet. Auch während sie sich über den Weg dem Haus näherten, blieb es still. Kein Warnlicht, keine Sirene, noch nicht einmal das Bellen eines Hundes. Die Haustür war verschlossen. Licht schimmerte durch die Fenster. Die Rollläden waren hochgezogen, das Haus hell erleuchtet. Es sah also weniger nach Nachtruhe aus. Doch es war still. Ungewöhnlich still. Zu still, als dass man erwarten konnte, dass alles in Ordnung sei.

Will sah Steinbrecher an, der unschlüssig hinter ihr stand.

„Lass uns mal das Haus umrunden und durch die Fenster spähen."

Sie wandten sich nach rechts. Sahen durch ein bodentiefes Fenster in den Flur, der groß, leer und aufgeräumt war. Will erblickte eine Kommode, einen Sessel und ein kleines Bücherregal. Sonst nichts. Sie gingen weiter. Das nächste Fenster war nicht bodentief. Vermutlich die Küche. Will sah ihre Vermutung bestätigt, als sie rote Küchenmöbel erkennen konnte. Will zog sich mit einer Art Klimmzug am Fensterbrett hoch. Direkt hinter dem Fenster lag ein rohes Stück Fleisch auf einem großen Holzbrett. Sie drückte den Kopf gegen die Fensterscheibe und spähte ins Innere. Und was sie dann sah, bestätigte ihre schlimmsten Erwartungen. Ein menschlicher Körper lag rücklings auf dem Fußboden, Arme und Beine von sich gestreckt. Eine Blutlache hatte sich gebildet. Der Kopf machte einen ziemlich zerfetzten Eindruck. Neben der Leiche lag ein Küchenmesser, dessen Klinge im Lichtstrahl der Deckenlampe blinkte. Will stöhnte auf.

„Was ist, Julia? Alles in Ordnung?" Jan, der weiter ums Haus gelaufen war, war zurückgekommen und drängte sich an sie. Sie spürte seinen Atem an ihrem Ohr. „Ach du Scheiße", stieß er aus.

Eine Dreiviertelstunde später lief der Mechanismus der Kriminalpolizei auf vollen Touren. KTU und Gerichtsmedizin machten sich am Tatort zu schaffen, sperrten das Grundstück ab. Während die Spezialisten ihrer Arbeit nachgingen, standen Will und Steininger im Lichte einer Gartenlaterne.

„Wir hätten das verhindern können." Will zitterte am ganzen Körper, obwohl es immer noch ziemlich warm war. Ihr Gesicht war kreidebleich.

„Das sollten wir nicht denken", antwortete Steininger, klang aber nicht überzeugend.

„Doch, Jan. Genau das müssen wir denken. Der Hinweis lag viele Stunden bei uns herum. Wir haben ihn nicht beachtet. Das war ein Fehler."

„Erstens war das Päckchen an Tom adressiert. Er hätte handeln müssen …", begann Steininger.

„Vielleicht. Aber wir sind ein Team. Wir können die Schuld auch nicht auf ihn abwälzen. Wir hätten ihn drängen müssen. Wir waren die ganze Zeit dabei."

Steininger wollte etwas erwidern, doch Dr. Spichal kam ihm in die Quere. Der groß gewachsene Gerichtsmediziner hatte sich zu ihnen gesellt.

„Interesse an ersten Ergebnissen?“, fragte er und lächelte Will freundlich an.

„Natürlich. Schieß los!“

„Die Dame wurde erschossen, und zwar von vorne. Ein gezielter Schuss in den Schädel.“

„Erschossen?“ Wills Stimme klang erstaunt. „Was ist mit dem Messer?“

Dr. Spichal wirkte für einen kurzen Augenblick desorientiert.

„Das Messer, das auf dem Boden lag“, ergänzte Will.

„Ach so. Das Küchenmesser. Sie muss es in der Hand gehalten haben, als die Schüsse fielen.“

„Also wurde sie überfallen und wollte sich mit einem Messer verteidigen?“ Steininger wollte nicht nur dabeistehen und preschte mit einer Theorie hervor.

„Das halte ich für unwahrscheinlich. Sie wollte ein Stück Fleisch zerschneiden. Dafür diente das Messer. Das Fleisch liegt übrigens immer noch auf dem Küchentisch.“

Will nickte. „Ja, hab ich gesehen.“

„Trotzdem hätte sie sich mit dem Messer wehren können.“ Steininger wollte seine Theorie noch nicht ganz aufgeben.

„Wenn sie die Fähigkeiten eines Messerwerfers hatte, dann ja.“

„Messerwerfer? Wie meinst du das?“ Will blickte irritiert.

„Und selbst dann wäre es schwierig geworden“, ergänzte Dr. Spichal. „Der Schuss ging durch die Fensterscheibe. Ihr hättet eigentlich das Einschussloch bemerken müssen.“

Dr. Spichal deutete auf das Küchenfenster. Die drei liefen einige Schritte auf das Haus zu und begutachteten das Fenster. Tatsächlich gab es ein Einschussloch. Will musste es vorhin in der Aufregung übersehen haben.

„Du meinst, der Täter stand im Garten?“

„Genau.“

Will sah sich prüfend um und sagte dann zu Steininger: „Sag du mal der Spusi Bescheid. Die sollen jeden Grashalm unter die Lupe nehmen.“

„Wird erledigt.“ Steininger machte sich auf den Weg ins Haus. Will sah Dr. Spichal fragend an.

„Todeszeitpunkt?“

„Ich tippe mal auf heute Vormittag. Aber das ist nur eine erste Prognose. Vermutlich war sie dabei, das Mittagessen vorzubereiten.“

„Was mich wundert, ist, dass überall im Haus das Licht brennt“, gab Will zu bedenken.

„Zeitschaltuhr. Das Haus ist computertechnisch auf dem neusten Stand.“

„Okay. Gab es sonst noch Auffälligkeiten?“

„Nein. Alles Weitere dann morgen. Ich habe für heute genug.“

Dr. Spichal wandte sich zum Gehen um. Wo er recht hat, hat er recht. Will sah auf die Uhr. Immerhin war es längst tiefste Nacht. Hier konnte man um diese Zeit auch nicht mehr viel ausrichten. Es gab also gute Gründe dafür, es dem Rechtsmediziner gleichzutun. Immerhin nahm der mutmaßliche Todeszeitpunkt etwas von ihrer Schuld. Vermutlich wären sie auch zu spät gekommen, wenn sie schneller gedacht hätten.

3.

„Das Päckchen wurde um 11.00 Uhr an der Pforte abgegeben“, sagte Bohlan. „Das habe ich heute Morgen als Erstes recherchiert.“

Immerhin plagte auch ihn das schlechte Gewissen. Will lächelte in sich hinein.

„Wenn ich dich richtig verstanden habe ...“, Bohlan wandte sich an Will, „... dann geht Dr. Spichal davon aus, dass der tödliche Schuss im Laufe des Vormittags gefallen ist. Das Puzzle war also keine Warnung, sondern ein Tathinweis.“ Bohlans Stimme war laut und fest. Er wollte sich und die anderen von jedem Schuldgefühl befreien.

„Du meinst, man wollte uns auf die begangene Tat hinweisen?“, fragte Steininger.

„Habe ich etwas anderes gesagt?“ Bohlan war verärgert. Manchmal war Steininger ein wenig begriffsstutzig, was ihn nicht davon abhielt, weiterzuquasseln: „Aber das kann nur eines bedeuten: Das Päckchen stammt vom Täter.“

„So sieht es wohl aus. Der Täter wollte auf die Tat hinweisen. Er wollte sichergehen, dass das Opfer gefunden wird“, knurrte Bohlan.

„Und er wollte es uns nicht zu einfach machen“, ergänzte Steinbrecher, wie immer zigarettendrehend. „Sonst hätte er uns auch einfach ein Bild schicken können.“

Die anderen sahen ihn irritiert an.

„Ein ganzes Bild, kein Puzzle!“, ergänzte Steinbrecher und klemmte sich die Zigarette übers Ohr.

„Was macht uns eigentlich so sicher, dass es ein Täter war?“, hakte Will nach.

„Nichts“, schob Bohlan nach. „Ich meinte das geschlechtsneutral. Du weißt, ich habe etwas gegen die Verstümmelung der deutschen Sprache.“

„Ja, schon klar. Ich wollte nur sichergehen." Will grinste. „Dann war die Tat von langer Hand geplant. Schließlich musste das Bild des Opfers gemacht und dann zu einem Puzzle zerstückelt werden. Ich habe mich da noch einmal schlaugemacht. Es gibt Dutzende Internetanbieter, bei denen man Puzzles in allen möglichen Formen und Größen ordern kann. Einfach Bild per Datei mailen, dann geht das in Produktion. Wenige Tage später wird geliefert."

Julia Will, wie sie leibt und lebt, dachte Bohlan. Immer den Fakten auf der Spur.

„Kann man so ein Puzzle nicht auch selbst herstellen?", hakte Steinbrecher nach. „Bild auf Pappe drucken und ausschneiden."

„Theoretisch natürlich schon. Aber schau dir mal an, wie das verarbeitet ist." Will nahm eines der Teile und hielt es in die Höhe. „Die Ränder sind perfekt. Keinerlei Einkerbungen oder Ähnliches. So etwas bekommst du mit der Schere nicht hin. Es gibt aber auch Ladengeschäfte, die so etwas anbieten."

„Also macht es wenig Sinn, bei den einzelnen Anbietern nachzufragen, ob das Puzzle bei ihnen in Auftrag gegeben wurde?"

„Eher nicht. Das wäre pure Beschäftigungstherapie."

Bohlan wollte noch etwas erwidern, doch das Klingeln des Telefons hielt ihn davon ab.

„Das war die Spurensicherung. Sie haben die Tatwaffe gefunden", sagte Bohlan, nachdem er das Gespräch beendet hatte.

„Wo?", fragte Steinbrecher.

„Auf dem Nachbargrundstück. Aber kommt, wir fahren hin. So etwas hat es noch nicht gegeben." Er schnappte sich seine Jacke und stürmte hinaus. Die anderen drei sahen sich verwundert an. Doch da Bohlan mittlerweile die Tür passiert hatte, blieb ihnen nichts anderes übrig als hinterherzueilen.

Am Tatort in Sachsenhausen wurden sie von Dominik Schrödter, dem Leiter der Spurensicherung, erwartet. Er lotste die Kommissare zunächst zum Küchenfenster. „Also, das ist die Stelle, die euch gestern in der Hitze des Gefechts entgangen war. Die Kugel schlug durch das Glas und traf Alina Wagenknecht. So weit hat Dr. Spichal das ja auch schon festgestellt. Ein äußerst gezielter Schuss übrigens."

Der Täter muss ein Scharfschütze gewesen sein, dachte Bohlan. Schrödter drehte sich um und schaute in Richtung Nachbargrundstück. „So. Wenden wir unsere Aufmerksamkeit mal nach da drüben."

Bohlan folgte Schrödters Finger, der wie ein Pfeil auf etwas deutete, das auf der dortigen Wiese lag. Er kniff die Augen zusammen und glaubte einen schwarzen Klumpen zu erkennen. „Sieht aus wie so ein Rasenmäher, der von selbst mäht. Ist das die Konstruktion, von der du mir am Telefon erzählt hast?"

„Ja, genau. Ich habe so etwas noch nie gesehen. Wirklich interessant."

Die anderen drei schauten immer ratloser.

„Wissen ist Macht!", polterte Steinbrecher, dem der Geduldsfaden riss. „Wie lange wollt ihr uns noch im Unklaren lassen?"

„Nicht mehr lange. Keine Sorge. Ihr werdet fasziniert sein", entgegnete Bohlan und eilte Schrödter hinterher, der zum Nachbargrundstück stürmte. Zwei Minuten später standen sie auf dem dortigen Rasen und starrten auf das technische Gerät, das vor ihnen lag und wie ein vergrößerter Spielzeughelikopter aussah, allerdings mit vier Rotorblättern versehen.

„Was ist das?", fragte Steinbrecher.

„Eine Drohne, besser gesagt ein Quadrotor", bemerkte Schrödter.

„Ein was?", fragte Will.

„Ein Quadrotor. Wie man dem Namen entnehmen kann, handelt es sich dabei um ein Luftfahrzeug, das vier in einer Ebene angeordnete, senkrecht nach unten wirkende Rotoren oder Propeller benutzt. Es gehört zu der Gattung der Hubschrauber und kann wie diese senkrecht starten oder landen."

„Aha. Und wofür ist so etwas gut?"

„Er liegt stabiler in der Luft und lässt sich leichter steuern. Aber viel interessanter sind die weiteren Details. Zum einen ist da diese leistungsstarke Kamera.“ Schrödter deutete auf ein kleines Detail am Kopf der Drohne. „Und zum anderen das am Bug befestigte Maschinengewehr.“

„Maschinengewehr?“ Steinbrecher fiel fast die Zigarette aus dem Mundwinkel.

„Ja. Oder in unserem Falle vermutlich das Mordwerkzeug. Dieses Ding ist eine technische Meisterleistung. Lässt sich über ein iPad steuern.“ Schrödter zog ein iPad aus der Tasche, die er geschultert hatte. „Das iPad lenkt die Drohne, empfängt die Videosignale und lässt via Knopfdruck Kugeln hageln. Absolut perfide das Ganze.“

Will schaute Schrödter mit einer Mischung aus Faszination und Ungläubigkeit an. „Und so etwas funktioniert?“

„Offensichtlich. Sonst wäre die Nachbarin noch am Leben. Natürlich werden wir die Drohne noch genau untersuchen und einen Abgleich der Munition machen. Ich gehe zu 99,9 Prozent davon aus, dass dies die Tatwaffe ist.“

Bohlan fuhr sich mit der Hand über den Kopf, wie er es immer tat, wenn er nachdachte. „Also haben wir es mit einem technisch versierten Täter zu tun!“

„Sagen wir es einmal so: zumindest mit Jemandem, der sich für die allerneueste Waffentechnik interessiert. Ich habe aber auf dem iPad noch eine weitere interessante Sache gefunden.“ Schrödter tippte mit einem Stift auf den Bildschirm. Danach drehte er das Tablet zu Bohlan. Der Kommissar blickte auf ein Foto.

„Sieht aus wie ein alter Keller. Was ist das?“

Schrödter zuckte mit den Schultern. „Keine Ahnung. Aber es scheint wichtig zu sein. Jedenfalls heißt der Icon, der das Bild öffnet *Next Level*“. Zum Beweis tippte Schrödter wieder auf dem Bildschirm herum und das Startbild erschien. „Ansonsten ist auf dem iPad nicht viel drauf. Sieht aus, als sei es nur zum Lenken der Drohne benutzt worden. Ich werde das zur Sicherheit aber nochmal durchchecken.“

Schrödter packte das Tablet vorsichtig in eine Plastiktüte und verstaute es in der Tasche. Danach zog er die Einweghandschuhe aus.

„Wo hast du das iPad eigentlich her?“

„Lag direkt neben der Drohne. Der Täter muss hier gestanden haben.“ Schrödter stellte sich demonstrativ hinter die am Boden liegende Drohne.

„Wem gehört das Grundstück?“

Schrödter zuckte wieder mit den Schultern. „Es scheint unbewohnt zu sein. Ist eure Aufgabe, das herauszufinden.“

„Hallo, Daniel.“ Servatius musste nicht nachfragen, wer am anderen Ende der Leitung war. Er kannte die Stimme seit langer Zeit. Servatius versuchte ruhig und gelassen zu wirken, obwohl er alles andere als das war. Die Nachricht von Alinas Tod hatte die Kelterei vor ein paar Stunden erreicht und zu einem heillosen Durcheinander geführt. Das Einzige, worüber Servatius sich wunderte, war, dass von der Kripo bislang jede Spur fehlte. Aber vermutlich würde die Polizei nicht mehr allzu lange auf sich warten lassen. Von Marietta hatte er in den letzten Wochen auch recht wenig gehört. Früher war sie zwei- bis dreimal pro Woche in der Kelterei aufgetaucht oder hatte sich telefonisch nach dem Stand der Dinge erkundigt. Aber seit einiger Zeit war es merkwürdig ruhig um sie geworden. Vermisst hatte er ihre Anrufe und Besuche nicht wirklich. Zwar kannte er sie seit ihrer Geburt und fühlte eine gewisse Verbundenheit mit ihr, aber die letzten Telefonate hatten meist im Streit geendet, und die Penetranz, mit der sie ihre Sicht der Dinge vorgetragen hatte, war ihm gewaltig auf die Nerven gegangen. Dass sie sich jetzt meldete, konnte kein Zufall sein. Er war sich sicher, dass ihr Anruf Alinas Tod geschuldet war.

„Hallo, Marietta. Lange nichts gehört.“ Es fiel ihm schwer, den Zynismus aus seiner Stimme zu verbannen.

„Höre ich eine gewisse Enttäuschung darüber?“

„Enttäuschung wäre zu hoch gegriffen, aber Sorgen habe ich mir schon gemacht.“

„Wie auch immer.“ Ihre Stimme klang resolut. „Eure Firmenpolitik scheint außer Kontrolle zu geraten.“

„Ich wüsste nicht, worauf du anspielst. Aber falls du Alinas Tod meinst, so hat das bestimmt nichts mit uns zu tun."

„Das glaubst du doch selbst nicht. Was soll denn sonst dafür verantwortlich sein?"

„Keine Ahnung. Das wird die Polizei schon herausbekommen. Woher weißt du eigentlich von Alinas Tod?"

„Ich habe meine Quellen, das ist dir bekannt. Aber in diesem Fall war es nicht besonders schwer. Die Presseleute stürzen sich wie die Aasgeier auf den Fall. Was mich nicht wundert, bei der Vorgeschichte."

Servatius wischte sich mit einem Taschentuch über die feuchte Stirn. Die Presse! Verdammt, diesen Aspekt hatte er bislang völlig ausgeblendet. Für die Schreiberlinge war Alinas Tod natürlich ein willkommenes Fressen. Immerhin hatte sie in der Vergangenheit dafür gesorgt, dass nahezu jedes Detail der Familienstreitigkeiten an die Öffentlichkeit getragen wurde.

„Trotzdem kann ich dich in diesem Fall beruhigen", sagte Servatius beschwichtigend. „Johannes und Alina haben in den letzten Wochen die Streitigkeiten ad acta gelegt. Für Alinas Tod muss es andere Hintergründe geben."

„Na, wenn du meinst. Ich wäre mir an deiner Stelle nicht so sicher. Im Übrigen steht mein Angebot noch. Ihr solltet mal in aller Ruhe darüber nachdenken."

„Marietta, ich verstehe deine Intention durchaus, und es hat auch alles einen gewissen Charme, aber ich glaube nicht, dass Alinas Tod irgendetwas verändert."

Für einen Moment herrschte Schweigen in der Leitung. Sollte Marietta tatsächlich einmal sprachlos geworden sein? Servatius entschied sich dafür, schönes Wetter zu machen.

„Wir können uns gerne auf ein Glas Apfelwein treffen – oder auch auf zwei."

Felicitas Maurer hatte ihre dunkle Lockenpracht nach hinten gebunden. Ihr durchtrainierter Körper steckte in einem grauen, engen Kostüm. Die Staatsanwältin thronte am Kopf des

Tisches. Die Kommissare saßen auf die beiden Tischseiten aufgeteilt.

„Um es kurz zu machen. Der Mord an Alina Wagenknecht sorgt bereits für einiges Aufsehen. Seit den frühen Morgenstunden berichten die Medien über dieses Ereignis."

„Wie haben die denn so schnell von der ganzen Sache Wind bekommen?", fragte Steinbrecher.

„Auch der Lerchesberg ist irgendwie ein Dorf. Immerhin handelt es sich um ein prominentes Opfer. Die Familie Wagenknecht gehört sozusagen zur High Society der Stadt. Ich muss Ihnen wohl nicht sagen, was das bedeutet."

„Höchste Diskretion, Vorsicht und ...", begann Bohlan und verlieh seiner Stimme einen gelangweilten Sound.

„... vor allem Präzision", fiel Maurer dem Kommissar ins Wort. „Und nicht zu vergessen: Schnelligkeit."

„Also, was nun?", schaltete sich Will ein. „Präzision oder Schnelligkeit?"

Maurer sah die Kommissarin mit einem eisigen Gesichtsausdruck an. „Beides natürlich. Das wird man von Topermittlern wie Ihnen wohl erwarten können."

„Selbstverständlich. Sie kennen uns ja mittlerweile."

„Eben." Die Antwort der Staatsanwältin konnte alles und nichts bedeuten. „Was haben Sie denn bislang herausgefunden?"

Bohlan, an den die Frage gerichtet war, berichtete in kurzen Zügen über den bisherigen Stand der Ermittlungen, wobei er insbesondere auf die ungewöhnliche Tatwaffe einging.

„Ich habe dazu übrigens mittlerweile etwas sehr Interessantes gegoogelt", fügte Will hinzu, nachdem Bohlan seinen Bericht beendet hatte. Sie stellte ihren Laptop auf den Tisch und positionierte ihn so, dass alle auf den Bildschirm blicken konnten. „Es gibt zu der Drohne ein schönes Video auf youtube." Will aktivierte den Startbutton. Der Film begann zu laufen und zeigte zunächst einen Mann mit kurzgeschnittenen Haaren und eng anliegendem T-Shirt, der ein Gerät in den

Händen hielt, das der am Vormittag gefundenen Drohne ziemlich ähnlich sah. In brüchigem Englisch mit russischem Akzent sprach er ein paar einleitende Worte. Soweit Bohlan das richtig verstand, ging es darum, einen Prototyp vorzustellen, mit dem man geräuschlos, aber effektiv Leute, die man nicht leiden kann, beseitigen könnte. Eine Revolution auf dem Waffenmarkt. Als Nächstes wurde das Emblem einer russischen Waffenfirma eingeblendet. Danach sah man, wie der Helikopter vom Boden abhob, eine Strecke von geschätzten zweihundert Metern zurücklegte und auf ein Ensemble von Dummies zuflog, das auf Stühlen um einen Esstisch herum gruppiert war. Kurz bevor die Drohne ihr Ziel erreicht hatte, wurde der Bildschirm des iPads eingeblendet und man sah die Flugbahn aus der Sicht der Drohne. Die Bilder waren gestochen scharf und frei von Wacklern. Nach einem weiteren Bildschnitt sah man die letzten Meter des Fluges wieder aus der Totalen. Dann drückte der Mann auf einen Button. Das Maschinengewehr feuerte Kugeln auf die Dummies. Die Körper wurden zerfetzt und die Köpfe flogen durch die Gegend. Innerhalb weniger Sekunden wurde aus dem idyllischen Szenario ein Ort der Verwüstung. Es folgten weitere Videos, die nach demselben Muster abliefen.

„Das ist wirklich widerlich“, entfuhr es Maurer, nachdem sie Zeugin mehrerer Massaker geworden war. „Und so etwas ist wirklich möglich?“

„Es ist von einem Prototyp die Rede. Aber das Video ist schon ein paar Jahre alt. Die Entwicklung hat mit Sicherheit erhebliche Fortschritte gemacht. Wir können davon ausgehen, dass das funktioniert“, sagte Will.

„Vermutlich nur eine Frage des Preises“, fügte Steininger hinzu. „Wir könnten mit dieser Firma Kontakt aufnehmen.“

„Können wir versuchen. Wird aber nicht viel rauskommen. Die werden einen Teufel tun und uns ihre Kunden verraten“, knurrte Bohlan.

„Wie auch immer.“ Maurer klopfte mit dem Kugelschreiber

auf den Tisch. „Ihnen wird schon etwas einfallen. Werden Sie heute noch in der Kelterei Wagenknecht ermitteln?“

„Davon können Sie ausgehen“, maulte Bohlan. Am liebsten hätte er laut losgepoltert, unterließ dies aber, weil er keine Lust auf Kompetenzgerangel hatte. Stattdessen bemerkte er nur höflich und mit ein wenig Ironie gewürzt: „Wir werden freundlich und diskret sein. Ich will auf keinen Fall, dass irgendwelche Beschwerden auf Ihren Tisch flattern.“

Maurer biss die Lippen zusammen. „Ich sehe, wir verstehen uns“, presste sie schließlich gequält hervor.

Marietta Burgholz legte das Telefon für einen Moment zur Seite und stellte sich an das Fenster ihres Wohnzimmers. Nachdenklich betrachtete sie die Grünanlage, die zwischen ihrem Haus und der Paradiesgasse lag und ihr das Gefühl vermittelte, mitten in der Natur zu sein, obwohl die zahllosen Kneipen und Vergnügungsstätten Alt-Sachsenhausens nur wenige Meter entfernt lagen. Das Gespräch, das sie gerade mit Daniel geführt hatte, war alles andere als zu ihrer Zufriedenheit verlaufen. Sie hätte deutlich mehr Entgegenkommen seinerseits erwartet. Immerhin hatten sich durch Alinas Tod die Mehrheitsverhältnisse in der Eigentümerversammlung der Kelterei Wagenknecht deutlich verschoben. Sie hatte darauf spekuliert, dass Servatius nun einen Schritt auf sie zugehen würde. Schließlich lag ihr Konzept für die zukünftige Unternehmensstrategie seit Langem auf seinem Tisch. Vielleicht war sie bislang den falschen Weg gegangen? Vielleicht war Servatius doch nicht der richtige Ansprechpartner? Sie musste sich andere Verbündete suchen. Sie ging zurück an ihren Schreibtisch und wählte Valerie Mittags Nummer. Die junge Marketingleiterin hatte sich bislang immer offen für ihre Ideen gezeigt.

Nachdem die Ermittler zurück im Präsidium waren, setzten sich Bohlan und Will an den Besprechungstisch.

„Ich werde aus der Maurer einfach nicht schlau." Bohlan stellte zwei gefüllte Kaffeetassen auf den Tisch.

„Ich dachte, du hättest deinen Burgfrieden mit ihr geschlossen?"

„Wie meinst du das?"

„Na ja, sie lässt dich in Ruhe, dafür trompetest du nicht überall herum, was zwischen ihr und Jan läuft."

„Nennen wird es Waffenstillstand. Stört's dich?"

„Keineswegs. So haben wir ein wenig Ruhe vor dem Drachen."

Felicitas Maurer war im letzten Jahr nach Frankfurt gekommen, wenige Monate bevor der Stadtteil Eschersheim durch kopflose Leichen aufgeschreckt wurde. Seit Maurers Anwesenheit in der Mainmetropole hatte sich der Stil der staatsanwaltschaftlichen Arbeit gravierend verändert. Im Gegensatz zu ihrem Vorgänger tauchte sie des Öfteren bei laufenden Ermittlungen auf und versuchte, sich in die Arbeit der Mordkommission einzuschalten. Dabei war sie mit Tom Bohlan gewaltig aneinandergerasselt. Der Kommissar verspürte kein gesteigertes Interesse an einer Einmischung seitens der Staatsanwaltschaft, soweit diese über das notwendige Maß hinausging. Maurers arrogantes Auftreten tat ein Übriges.

Doch dann war es zu einer Affäre zwischen ihr und Steininger gekommen, die beide mit aller Gewalt versucht hatten zu verheimlichen. Bohlan hatte die Sache herausbekommen und seitdem so etwas wie einen Joker im Ärmel, den er immer dann ausspielte, wenn ihm Maurers Treiben zu bunt wurde.

Was die Affäre der beiden ansonsten anging, war er unentschieden. Sein Anfangsverdacht, Steininger würde neueste Ermittlungsdetails sofort an Maurer weitergeben, hatte sich nicht bestätigt. Insoweit ließ er sich wohl nicht von der Staatsanwältin unter Druck setzen und hielt ihren Versuchen stand, an Details heranzukommen. In Bohlans Augen war die Affäre mit Steininger für Maurer eher ein Zeitvertreib als eine ernsthafte Beziehung. Kurz hatte er mit dem Gedanken gespielt,

Steininger zu einem Ende der Sache zu raten. Doch der junge Kommissar war zweifelsohne erwachsen und von daher selbst in der Lage, die Folgen seines Tuns einzuschätzen.

„Also hoffen wir, dass das Ganze noch ein wenig andauert", sagte Bohlan in dem Moment, in dem Steininger und Steinbrecher den Raum betraten.

„Was andauert?", fragte Steininger.

„Dein Techtelmechtel mit Maurer."

„Ach so. Da braucht ihr euch keine Sorgen zu machen." Steininger wollte das Thema schnell vom Tisch fegen.

„Dann ist es ja gut", sagte Bohlan.

„Ist sie eigentlich im Bett auch so?", fragte Steinbrecher, nachdem er sich seiner Lederjacke entledigt hatte.

„Wie meinst du das?" Steiningers Stimme war eine Spur aggressiver als sonst.

„Wie soll ich sagen …"

„Einfach frei Schnauze. Raus mit der Sprache!"

„Fordernd. Bestimmend. Peitsche schwingend."

„Ich wüsste nicht, was dich das angeht."

„Also ja?!"

„Komm, lass das Private beiseite. Wir haben genug andere Dinge, um die wir uns kümmern sollten", sagte Bohlan beschwichtigend. „Zum Beispiel ist da immer noch die Sache mit dieser App."

„Schrödter hat mir eben das Foto gemailt", sagte Will und wedelte mit einem Blatt Papier. Sie war aufgesprungen und pinnte den Ausdruck an das Whiteboard. „Sieht nach einer Art Lagerkeller oder so aus. Was ist das für eine Gerätschaft?" Sie deutete auf einen fassähnlichen Gegenstand, an dessen Oberseite ein Metallkreuz mit Griffen befestigt war.

„Sieht nach einer Apfelpresse aus", sagte Bohlan, der nun ebenfalls an das Whiteboard getreten war.

„Und das im Hintergrund könnten Lagertanks sein." Steinbrechers Finger deuteten auf die rechte Seite des Fotos.

„Vielleicht der Keller einer Kelterei?", vermutete Will.

„Nicht irgendeiner Kelterei“, sagte Bohlan. „Das muss der Keller der Firma Wagenknecht sein.“

Gegen Mittag fuhren die Kommissare zur Kelterei Wagenknecht. Der alteingesessene Betrieb war am Rand eines Gewerbebetriebs im Stadtteil Rödelheim beheimatet. Sie parkten vor dem Werksgelände, wiesen sich an der Pforte mit der Dienstmarke aus und ließen sich den Weg zum Verwaltungstrakt erklären. Bohlan gab Steinbrecher und Steininger die Order, sich ein wenig auf dem Gelände umzusehen und stürmte mit großen Schritten voran. Will bemühte sich, ihm zu folgen. Die Stufen in den ersten Stock, in dem sich die Büros der Firmenleitung befanden, nahm Bohlan im Laufschritt. Von der Sekretärin ließ er sich genauso wenig aufhalten wie von Julia Will, die versuchte, ihn an der Jacke festzuhalten.

„Wir müssen sofort in Ihren Keller“, polterte Bohlan los, noch bevor er sich gesetzt hatte.

Johannes Wagenknecht, ein großgewachsener Mann Ende dreißig mit dunklen Haaren und markanten Gesichtszügen sah den Kommissar verständnislos an. Bohlan zerrte den Computerausdruck aus der Jackentasche und knallte ihn auf den Tisch. Wagenknecht warf einen Blick auf das Bild. An dem Unverständnis in seinem Gesichtsausdruck änderte sich nichts. „Wer sind Sie überhaupt?“

„Hauptkommissar Bohlan von der Mordkommission. Und das ist meine Kollegin Will.“

„Sie kommen also wegen der Sache mit Alina“, stellte Wagenknecht nüchtern fest.

Bohlan nickte zustimmend

„Und was ist das für ein Foto?“, fragte Wagenknecht mit Blick auf den Ausdruck, der immer noch auf seinem Schreibtisch lag.

„Das sehen Sie doch selbst. Ihr Lagerkeller. Wir haben es am Tatort gefunden.“ Bohlan, der sich mittlerweile gesetzt hatte, lehnte sich genüsslich zurück und taxierte den Chef des

Wagenknecht-Imperiums. Er war sich sicher, diesen mit seinem überfallartigen Auftritt aus der Reserve gelockt zu haben. Doch entgegen seiner Erwartungen blieb Wagenknecht die Ruhe in Person.

„Ich weiß ja nicht, wo Sie das herhaben. Aber wo auch immer dieses antiquierte Zeugs steht, jedenfalls nicht in unserem Keller."

Nun lag die Überraschung auf Bohlans Seite. Er spürte leichte Hitzeschübe in sich aufsteigen und hoffte, dass er seine Verunsicherung nach außen verbergen konnte. „Sind Sie sich da hundertprozentig sicher?"

„Tausendprozentig. Ich kenne die Fabrik, seit ich auf der Welt bin. Und einen solchen Raum gibt es hier nicht."

„Auch nicht im hintersten Eck des Kellers? Irgendeine Abstellkammer?" Bohlan legte all seine Hoffnung in die Worte.

„Oder so etwas wie ein Museum mit alten Gerätschaften", schaltete sich Will ein, die die ganze Zeit ruhig zugehört hatte.

„Mit Sicherheit nicht. Wir haben natürlich einen Raum, in dem wir alte Keltereimaschinen ausstellen. Schließlich veranstalten wir regelmäßig Werksführungen. Aber der sieht anders aus."

Bohlan fuhr sich mit der Hand über den Kopf. Er hatte sich vorschnell in eine Idee verrannt und war enttäuscht worden. Doch aufgeben wollte er noch nicht. „Wann ist die nächste Führung?"

„Ende des Monats. Das wird für Ihre Interessen sicher zu lange hin sein", sagte Wagenknecht, der Bohlans Intention erraten hatte. „Ich habe zwar noch jede Menge Arbeit zu erledigen, aber ich führe Sie gerne persönlich durch das Gelände, wenn es der Aufklärung der Sache dient." In Wagenknechts Stimme lag etwas Gönnerhaftes.

Zwei Stunden später hatte Bohlan hochmoderne Keltermaschinen und unvorstellbar große Tanks gesehen. Er hatte sich die Abfüllhalle zeigen und jede Tür öffnen lassen, die ihm irgendwie geheimnisvoll vorkam. Doch den Raum, den er suchte, hatte er nicht gefunden. Zwar standen in dem Raum, der als eine Art Keltereimuseum diente, Apparate herum, die denen auf dem Foto ziemlich ähnlich waren, aber es war offensichtlich, dass das Bild der App dort nicht aufgenommen worden war. Bohlan spürte Ernüchterung.

„Haben Sie denn eine Erklärung für den Mord an Ihrer …“, Will suchte einen Moment nach dem passenden Wort.

„Sagen Sie ruhig Stiefmutter. Ich weiß, das klingt merkwürdig, aber so ist es eben.“

Will blickte Wagenknecht fragend an.

„Sie ist“, begann Wagenknecht, um sich gleich zu korrigieren, „sie war kaum älter als ich. Da fällt es schwer, jemanden als Mutter anzusprechen.“

„Wie haben Sie sie genannt?“

„Alina.“ Wagenknecht gab für einen Moment den Blickkontakt zu Will auf und sah zu Boden. Will glaubte, so etwas wie Trauer in seinen Augen zu sehen.

„Wer könnte ein Motiv für diesen Mord haben?“

„Ich weiß, dass Sie mich verdächtigen. Aber ich habe damit wirklich nichts zu tun.“ Wagenknecht wandte sich um. „Lassen Sie uns wieder nach oben gehen.“

„Warum sollten wir Sie verdächtigen?“, fragte Will, als sie wieder in Wagenknechts Büro saßen.

„Wegen des Familienstreits. Stand ja schließlich alles groß und breit in den Boulevardblättern. Der Kampf ums Wagenknecht'sche Erbe. Da liegt es doch auf der Hand, dass ein Streithahn den anderen ausschaltet. Aber so war es nicht.“

„Wie war es dann?“, hakte Will nach.

„Woher soll ich das wissen? Wir waren auf einem guten Weg, den Familienstreit zu lösen.“

Will nickte und sah hilfesuchend zu Bohlan, der schweigend und in sich gekehrt neben ihr saß. Was war bloß mit ihm los? Der Elan, den er bei Ankunft in der Kelterei an den Tag gelegt hatte, war wie weggeblasen.

„Was haben Sie gestern Vormittag gemacht?", fragte Bohlan mechanisch. Die Frage war mehr ein Reflex als wirklich ernst gemeint. Egal wie Wagenknechts Antwort ausfiel, sie würde nicht wirklich Erhellung in die Sache bringen. Jedenfalls jetzt noch nicht. So wie er Johannes Wagenknecht einschätzte, würde er entweder ein hieb- und stichfestes Alibi haben oder zumindest Zeugen präsentieren können, die ihm ein solches gaben. Bohlan ärgerte sich viel zu sehr über sich selbst, als dass er eine Gesprächsstrategie entwickeln konnte. Sie waren zu unvorbereitet hierhergefahren. Er hatte sich zu wenig Hintergrundwissen über die Familie Wagenknecht beschafft. Selbstverständlich hatte er in den vergangenen Jahren den einen oder anderen Artikel über den Streit gelesen, aber dies mehr aus Belustigung, denn aus wirklichem Interesse. Er konnte schließlich nicht ahnen, dass er sich ernsthaft mit derartigem Possenspiel würde auseinandersetzen müssen. Soweit er sich erinnerte, hatte sich der alte Wagenknecht im fortgeschrittenen Alter mit einer jungen Frau vergnügt und diese schlussendlich geehelicht. Sie hatte ihn ein paar Jahre gepflegt und als Dankeschön einen Großteil seines Vermögens geerbt.

„Wann genau?" Wagenknecht blieb immer noch gelassen.

„Den ganzen Vormittag über. Ich muss alles wissen."

„Lassen Sie mich kurz nachdenken", begann Wagenknecht. „Also, ich habe die Kinder zur Schule gefahren, danach bin ich hierher gekommen. Nachmittags hatte ich ein Meeting in der Werbeagentur und abends war ich zu Hause."

„Gibt es dafür Zeugen?"

„Jede Menge. Ich kann Ihnen gerne eine detaillierte Aufstellung vorlegen."

„Ich bitte darum." Bohlan setzte sein Pokerface auf. „Und es gab keine Möglichkeit, einen kurzen Abstecher zur Villa Ihres Vaters zu machen?"

„Nein. Außerdem, warum hätte ich Alina umbringen sollen? Ich führe den Streit mit juristischen Waffen."

„Wir werden das überprüfen“, sagte Bohlan, bevor er sich erhob.

Johannes Wagenknecht blieb an seinem Schreibtisch sitzen, bis er sichergehen konnte, dass die Kommissare das Werksgelände verlassen hatten. Dann stand er auf und lief über den Flur zwei Türen weiter zu Daniel Servatius' Büro. Die Tür war nur angelehnt und er sah Servatius hinter seinem alten Schreibtisch sitzen, in Unterlagen lesend. Das Büro hatte sich in den letzten zwanzig Jahren so gut wie nicht verändert. Dieselben Schränke, derselbe Schreibtisch, dieselben Stühle. Einrichtungsmäßig eine Zeitreise in die Vergangenheit. Lediglich der Computer war auf dem neuesten Stand. Der gute Servatius, immer konzentriert bei der Arbeit, dachte Wagenknecht bewundernd. Die Welt könnte in Schutt und Asche liegen, Daniel Servatius würde weiter über Zahlen und Konzepten brüten, ohne sich aus der Ruhe bringen zu lassen. Ohne ihn läge die Kelterei längst am Boden. Vermutlich wäre sie schon zu Vaters Lebzeiten pleite gewesen. Seit Johannes Wagenknecht das Zepter in der Hand hielt und einen tieferen Einblick in die Zahlen bekommen hatte, war die Bewunderung, die er seinem Vater gegenüber all die Jahre entgegengebracht hatte, wie Schnee in der Sonne zusammengeschmolzen. Ein Denkmal war fast über Nacht vom Sockel gestürzt. Zu seiner Kinderzeit hatte er zu seinem Vater aufgesehen wie zu einer Art Gott. Natürlich hatte er gewusst, dass auch sein Vater die Kelterei geerbt hatte. Aber er hatte sie erst zu dem gemacht, was sie heute war. Außerdem war er mit allen bekannten Persönlichkeiten der Stadt bekannt, die in seinem Haus ein und aus gingen. Ob Politiker, Fußballer oder Kulturschaffende – Heinz Wagenknecht war mit allen auf du und du gewesen. Erst später hatte er seinen Vater in einem etwas anderen Licht gesehen. Seine zahlreichen Affären und Liebschaften hatten der ganzen Familie eine Menge Ärger eingebracht. Aber das waren persönliche Dinge, die nichts mit seinen Fähigkeiten als Geschäftsmann zu tun hatten und mit denen er sicherlich nur den Verlust seiner Frau kompensierte. Erst sehr viel später war Johannes Wagenknecht diesbezüglich ein Licht aufgegangen. Zweifelsohne war sein Vater erfolgreich gewesen, aber ohne Daniel Servatius hätte alles ganz anders ausgesehen.

„Daniel, hast du einen Moment Zeit?"

Servatius blickte auf. „Aber sicher, Johannes. Nimm Platz."

Wagenknecht setzte sich in einen der beiden Besuchersessel, die vor Servatius' Schreibtisch standen und ein wenig muffig rochen. Die beiden Männer sahen sich einige Augenblicke lang in die Augen.

„Wir haben ein Problem", begann Wagenknecht das Gespräch.

Servatius nickte. „Alinas Tod wird noch für einigen Wirbel sorgen. Aber die Rauchschwaden werden vorüberziehen. Wir haben schon Schlimmeres überlebt."

„Wenn es nur das wäre", quetschte Wagenknecht hervor.

„Was meinst du?" Servatius wurde hellhörig. Eine Ahnung verriet ihm, dass weitere schlechte Nachrichten auf ihn zurollen könnten.

„Ich war bei Alina", presste Wagenknecht hervor.

„Was willst du damit sagen?" Servatius blickte verständnislos.

„Gestern Morgen, meine ich. Ich habe sie zu Hause besucht. Wir haben uns unterhalten." Wagenknecht brach ab. Servatius schaute ihn fassungslos an.

„Du warst was? Warum denn?"

„Ich wollte noch einmal mit ihr sprechen, sichergehen, dass wirklich alles vom Tisch ist. Ich konnte ja nicht ahnen, dass sie kurz darauf ermordet wird."

„Du willst damit nicht sagen, dass du unmittelbar vor dem Mord in Alinas Haus warst und womöglich tausend Spuren hinterlassen hast?"

„Doch, genau das!"

Servatius vergrub den Kopf in seinen Händen und verharrte einige Zeit in dieser Position. Ihm schwante nichts Gutes.

„Ich glaube Johannes Wagenknecht", sagte Bohlan. Die Kommissare saßen im vierten Stock des Polizeipräsidiums und trugen die Ergebnisse des Tages zusammen. „Er wirkte so gelassen, zeigte keine Spur von Verunsicherung."

„Vielleicht ist er ein guter Schauspieler", warf Steininger ein.

„Oder Pokerspieler", sagte Will. „Jedenfalls ging die Runde heute eindeutig an ihn. Du warst ein bisschen neben der Spur."

„Quatsch. Ich wollte ihn aus der Reserve locken", erwiderte Bohlan. Natürlich hatte Julia recht. Er war die Vernehmung ziemlich lax und unvorbereitet angegangen. Aber was soll's. Das war jetzt nicht mehr zu ändern.

„Schon klar. Aber ich stimme dir zu. Ich glaube auch nicht, dass Johannes Wagenknecht seine Stiefmutter umgebracht hat. Wenn er das hätte tun wollen, dann nicht jetzt."

Bohlan blickte auf. „Wie meinst du das?"

„Seit Heinz Wagenknecht gestorben ist, tobt der Erbschaftsstreit. Er wurde erbittert und bis aufs Messer geführt. Wenn man sich die Artikel der Regenbogenpresse ansieht, ist das ein drehbuchreifes Schauspiel. Zunächst gab es öffentliche Anfeindungen, dann wurde jeweils die Gegenseite mit Dreck beworfen. Es folgten allerlei juristische Winkelzüge und gegenseitige Mordvorwürfe. Selbst vor einer Exhumierung des alten Wagenknecht wurde nicht zurückgeschreckt. Ein Possentheater, wenn du mich fragst." Zum Beweis breitete Will allerhand Berichte auf dem Tisch aus, die sie im Internet gefunden und sich ausgedruckt hatte.

„Ich wusste gar nicht, dass du solche Gazetten liest." Steininger langte nach einem der Ausdrucke.

„Jedenfalls hat sich in den letzten Monaten die Stimmung deutlich beruhigt", fuhr Will fort, ohne auf Steiningers Einwurf einzugehen. „Sieht so aus, als habe man sich arrangiert."

„So etwas habe ich auch aus Wagenknechts Ausführungen herausgehört", schaltete sich Bohlan ein. „Er hat doch gesagt, jetzt würde ihm Alinas Tod auch nichts mehr bringen, oder so ähnlich."

Will nickte. „Mich würde interessieren, wie die Einigung ausgesehen hat, und warum es dazu gekommen ist. In der Presse gibt es nur rudimentäre Andeutungen."

„Das ist vermutlich ein interessanter Punkt", erwiderte Bohlan stirnrunzelnd. „Was habt ihr noch in Erfahrung bringen können?"

Steinbrecher schaute kurz zu Steininger, bevor er loslegte. „Zuerst haben wir mit Daniel Servatius und Valerie Mittag gesprochen. Servatius ist so etwas wie der Finanzminister. Ziemlich nüchterne Erscheinung. Mittag ist für das Marketing zuständig. Beide wirkten recht schockiert. Ansonsten hatte Alina Wagenknecht bei der Belegschaft keinen allzu guten Ruf. Sie galt als geldgeil und hochnäsig, war aber, obwohl ihr ein großer Anteil der Firma gehörte, nicht oft vor Ort. Ihr kam es wohl vor allem darauf an, hohe Dividenden zu bekommen. Angeblich soll sie darauf gedrungen haben, die ganze Firma an einen russischen Investor zu verkaufen. Angebote soll es gegeben haben. Aber Wagenknecht und Servatius sollen dagegen gewesen sein."

„Russischer Investor?" Will wurde hellhörig. „Könnte das ein Anhaltspunkt sein? Immerhin scheint der Quadrotor auch ein russisches Produkt zu sein."

„Interessanter Punkt", grummelte Bohlan. „Aber warum sollten die Russen Alina umbringen, wenn sie an sie verkaufen wollte?"

„Wie auch immer", bemerkte Steinbrecher. „Interessant war noch das Gespräch mit dem Produktentwickler. Er heißt Niklas Volkmann und hat einige neue Getränke kreiert. Alle Bio und voll im Trend. Wir fassen alles ausführlich zusammen, dann könnt ihr es nachlesen."

Johannes Wagenknecht kehrte nach dem Gespräch mit Servatius nicht mehr in sein Büro zurück. Er verließ das Firmengelände und fuhr mit dem Fahrrad nach Hause. Er bewohnte mit seiner Frau und den beiden Kindern ein Haus in Rödelheim, unweit der Nidda. Meistens ließ er sein Auto zu Hause stehen, um die Strecke zur Kelterei mit dem Fahrrad zurückzulegen. So war sichergestellt, dass er zumindest zweimal am Tag in Bewegung war. Indem er in die Pedalen treten konnte, brachte er seinen Kreislauf auf Touren und der Fahrtwind sorgte für frischen Sauerstoff in seinem Gehirn.

Heute hatte er weniger an den neuen Projekten der Kelterei gearbeitet, als nötig gewesen wäre. Der Mord an Alina beschäftigte ihn mehr als gedacht. Und es war davon auszugehen, dass sich daran auch in den nächsten Tagen nichts ändern würde. Die Polizei stand erst am Anfang ihrer Ermittlungen. Bislang hatten sie nur mit ihm gesprochen, sich einige Unterlagen aushändigen lassen und die Firma besichtigt. Kommissar Bohlan hatte dabei einen etwas desorientierten Eindruck hinterlassen. Vor allem war er offensichtlich davon ausgegangen, im Keller der Kelterei irgendwas finden zu müssen. Dass seine Suche erfolglos blieb, förderte seine Konfusion. Aus diesem Grund war die Tatsache, dass er selbst vor dem Mord am Tatort gewesen war, bislang nicht zur Sprache gekommen. War das nun gut oder schlecht? Wagenknecht war sich mehr als unsicher. Servatius vertrat die Auffassung, dass er erst mal nichts sagen sollte. Er selbst hingegen war drauf und dran, die Karten offen auf den Tisch zu legen. Das würde vermutlich kurzzeitig für Aufregung sorgen, wäre aber langfristig die glaubwürdigere Alternative. Vielleicht sollte er morgen einen Termin mit seinem Anwalt machen?

Er bog in die Straße ein, in der sein Haus lag. Schon von Weitem sah er seine beiden Jungs auf der Straße Fußball spielen. Er stellte das Fahrrad in den Hauseingang und umarmte Paul und Tim, die ihn stürmisch begrüßten. Natürlich musste er ein paarmal mit dem Ball dribbeln, bevor sie ihn ins Haus ließen. Er stellte seine Fahrradtasche im Flur ab und betrat, nachdem sein Rufen unbeantwortet blieb, das Wohnzimmer. Veronique war damit beschäftigt, die Wäsche zu sortieren und zu bügeln. Wie üblich lief der Fernseher. Irgendeine Arztserie auf sixx. Veronique schaute kurz auf, als er den Raum betrat, und wandte sich schnell wieder der Wäsche zu. Wagenknecht griff die Fernbedienung und schaltete auf stumm.

„Hey, was soll das?"

„Alina ist tot."

„Was? Wie meinst du das?" Veroniques Stimme war teilnahmslos. Vermutlich hatte sie von dem Mord bereits aus den Medien erfahren.

„Wie ich es sage. Sie ist tot. Ermordet."

„Das ist ja furchtbar! Wer macht denn so was?"

„Keine Ahnung."

Wagenknecht ließ sich auf das Sofa fallen.

„Und jetzt?"

„Was, und jetzt?"

„Wie geht es jetzt mit der Firma weiter? Wer erbt ihren Anteil?"

„Ihr Anteil, ihr Anteil! Ist das das Einzige, was dich interessiert?"

„Was soll mich an Alina sonst noch interessieren, nach allem, was sie uns angetan hat?"

Wagenknecht antwortete nicht. Er starrte auf den Bildschirm. Das Ärzteteam schlitzte gerade eine Bauchdecke auf. Musste so etwas am frühen Abend laufen? Wer weiß, wie viele Kinder sich das anschauten.

„Ich war am Tatort", würgte er hervor. Er hatte lange mit sich gerungen, ob er Veronique davon erzählen sollte. Jetzt waren die Worte einfach aus ihm herausgerutscht und er wartete auf ein eifersüchtiges Donnerwetter. Doch ihre Antwort überraschte ihn.

„Ich weiß." Veroniques Stimme war völlig kontrolliert und klar. Beinahe beängstigend emotionslos.

„Hallo, Valerie, hier spricht Daniel." Servatius saß in seinem Büro und war versucht, die Füße auf den Tisch zu legen. Allein seine gute Kinderstube hielt ihn davon ab. Obwohl er alleine im Büro war und sichergehen konnte, dass niemand ohne Voranmeldung den Raum betrat, achtete er auf die Etikette. Früh war ihm eingetrichtert worden, immer sauber, ordentlich und gewissenhaft zu sein und insbesondere auf gute Manieren zu achten.

„Hallo, Daniel, was gibt's?" Valerie Mittag war für ihre Direktheit bekannt. Sie kam immer ohne Umschweife auf den Punkt und vermied lange Floskeln.

„Alinas Tod kommt uns ganz schön in die Quere!"

„Ja, verdammter Mist. Weißt du Genaueres?"

„Sie wurde erschossen. Man hat sie in ihrer Küche gefunden."

„Wer macht denn so etwas?"

„Jemand, mit dem sie über Kreuz lag. Da kommen einige in Frage."

„Vielleicht war es auch ein Raubmord?"

„Nein, dafür gibt es wohl keine Anhaltspunkte. Aber du kannst die Kommissare auch selbst fragen. Die werden hier in den nächsten Tagen sicherlich alles auf den Kopf stellen."

„In der Firma? Warum das denn?"

Irrte Servatius sich oder lag eine gewisse Anspannung in Valeries Stimme?

„Das kannst du dir an einer Hand abzählen. Die Erbauseinandersetzungen sind Allgemeingut. Das ist ein gefundenes Fressen für die Ermittler. Ein besseres Motiv gibt es wohl kaum."

„Vermutlich hast du recht!"

„Wir sollten ein wenig vorsichtiger operieren."

„Das passt mir aber überhaupt nicht in den Zeitplan. Was meinst du, wie lange die Polizei braucht?"

„Keine Ahnung, aber schnell geht es bestimmt nicht."

„Hast du nochmal mit Niklas gesprochen?"

„Ja, das ist das nächste Problem …" Servatius machte eine kurze Pause, um nach den passenden Worten zu suchen, und fuhr dann fort: „Er sträubt sich noch."

„Dann solltest du ein wenig Druck auf ihn ausüben."

„Das ist nicht so einfach. Mir fehlen da die geeigneten Mittel."
„Du bist doch sonst nicht so zimperlich!"
„Mag sein, aber Volkmann ist ein harter Brocken. Ich habe schon überlegt, ob du dich mal intensiver mit ihm beschäftigen könntest."
„Ich, wie kommst du denn darauf?"
„Als Frau hast du …" – Servatius suchte einen Moment nach der passenden Formulierung – „… vielleicht einen anderen Zugang zu ihm. Es gibt da so Gerüchte."
„Moment. Du glaubst doch nicht, dass ich mit ihm ins Bett gehe?!"
„Er ist ein attraktiver Typ. Warum nicht das Angenehme mit dem Nützlichen verbinden?"
„Du bist widerlich!"
„Hast du eine bessere Idee?"
„Wir sollten uns noch mal in Ruhe zusammensetzen. Jetzt hab ich gleich ein Meeting."
„Okay. Wann und wo?"
Servatius entnahm dem Schweigen am anderen Ende, dass Valerie Mittag nachdachte. Dann kam die Antwort: „Gleicher Ort, gleiche Zeit."
Nachdem das Gespräch beendet war, legte Servatius den Hörer zur Seite. Er war sich sicher, dass Valerie etwas Brauchbares einfiel. Sie war eine perfekte Problemlöserin und unter Druck hatte sie die besten Ideen. Servatius lehnte sich zurück und spürte, wie die Spannung aus seinem Körper wich. Er war auf einem guten Weg. Vielleicht war Alinas Tod gar nicht so unvorteilhaft.

Nachdem Wagenknecht den ersten Schock verdaut hatte, nahm er erneut das Gespräch auf.
„Wieso weißt du das?"
„Weil ich dir hinterhergefahren bin. Ich wollte wissen, was du den Tag über so treibst."
Veroniques Worte ließen ihn aufhorchen. Seit wann hegte

sie ihm gegenüber Misstrauen? Wie lange spionierte sie ihm schon hinterher? Und was hatte sie schon alles herausgefunden? „Vertraust du mir etwa nicht?"

„Du gibst mir genügend Anlass, es nicht zu tun."

„Du musst mir glauben, Veronique. Ich hatte nichts mit Alina. Es ging ausschließlich um geschäftliche Dinge."

„Wenn du meinst", entgegnete Veronique teilnahmslos. „Du redest so wenig mit mir. Was ist los?"

Wagenknecht sinnierte einen Moment darüber, was er antworten sollte, und befand, dass es besser wäre, abrupt das Thema zu wechseln.

„Ich weiß nicht, ob ich mich auf Servatius verlassen kann. Ich habe den Eindruck, dass er auf eigene Rechnung arbeitet."

„Servatius? Wie kommst du darauf? Er hat sich doch zeitlebens mit der Firma identifiziert."

„Du sagst es. Mit der Firma, nicht mit mir. Ich hatte den Verdacht, dass er mit Alina gemeinsame Sache macht."

„Das kann ich mir nicht vorstellen."

„Heute zum Beispiel war ich bei ihm und habe erzählt, dass ich bei ihr war. Ich wollte seinen Rat hören."

„Und was hat er gesagt?"

„Servatius meint, ich solle nichts sagen."

„Das halte ich für keine gute Idee. Die Polizei wird das früher oder später sowieso rausbekommen, und dann ist die Kacke richtig am Dampfen."

Veronique faltete das T-Shirt zusammen, das sie gebügelt hatte, und stellte das Bügeleisen in die Halterung.

„Das fürchte ich auch."

„Hast du denn konkrete Anhaltspunkte dafür, dass er dich hintergeht?"

„Nein, nur Eindrücke und Indizien, aber keine Beweise."

„Dann unternimm etwas."

Niklas Volkmann nahm das Glas Rotwein entgegen. Die Frau, die es ihm reichte, sah wie immer verboten gut aus, und das obwohl sie sich noch nicht einmal besonders angestrengt hatte. Sie trug Jeans und Bluse, hatte die Haare offen und war allenfalls leicht geschminkt. Ihre natürliche Schönheit war ihm schon bei der ersten Begegnung aufgefallen. Dies lag nun über ein Jahr zurück. Er war kurz zuvor nach Frankfurt gezogen, hatte den neuen Job bei Wagenknecht angenommen und war fremd in der Stadt gewesen. Eine Situation, die für ihn nicht unbekannt war. Er war in seinem Leben schon mehrfach umgezogen. Nicht von einer Straße in die andere, sondern von einer Stadt in die nächste, und es war jedes Mal das gleiche Spiel. Man musste mit offenen Augen durch die Straßen gehen, die Stadt erkunden, die Menschen kennenlernen. An all das war er gewöhnt und es fiel ihm auch nicht besonders schwer. Er war ein offener Typ und so etwas wie ein Vagabund. Relativ schnell hatte er sie angesprochen und sie waren bereits am nächsten Tag zusammen ausgegangen. Sie hatte ihm die Stadt gezeigt. Nicht nur die Touristenziele, sondern auch die versteckten Winkel und Ecken, alles das, was eine Stadt wirklich ausmacht – und davon hatte Frankfurt mehr als genug. Die glitzernden Hochhaustürme waren nur so etwas wie eine Fassade, mit der die Stadt mehr vorzugaukeln schien, als sie tatsächlich war. Und trotzdem steckte viel mehr in ihr, als all das. Das, was man Seele nennt. Es dauerte nicht lange und sie erkundeten nicht mehr nur die Straßen und Kneipen Frankfurts, sondern auch ihre Körper und Seelen, und da gab es tatsächlich viele Gemeinsamkeiten. Er wollte keine Sekunde missen, die er an ihrer Seite verbrachte.

„Wie war dein Tag?“, fragte sie, nachdem sie sich neben ihn gesetzt und ihren Kopf auf seine Schulter gelegt hatte.

„Tja, wie war mein Tag?“ Volkmann ließ kurz die Zeit Revue passieren, die er heute in der Kelterei verbracht hatte. Irgendwie war gar nichts passiert, außer dass er unzählige Gespräche geführt und Unmengen Kaffee in sich hineingeschüttet hatte. Der Mordanschlag auf Alina war das beherrschende Thema, die Sache hatte sich wie ein Lauffeuer herumgesprochen.

Und obwohl Alina Wagenknecht zu ihren Lebzeiten durchaus eine umstrittene Person gewesen war, so waren alle – egal ob sie sie gemocht hatten oder nicht – von der Art ihres plötzlichen Ablebens auf das Äußerste betroffen. Sah man von diesem Mord und den damit verbundenen Spekulationen einmal ab, dann war das herausragende Ereignis allenfalls ein weiterer Versuch von Servatius, ihn auf seine Seite zu ziehen. Er schien weder Skrupel noch Pietät zu haben und schaffte es nicht einmal an einem Tag wie diesem das Spiel, das er trieb, ruhen zu lassen. Dabei hätte ihm Alinas Tod eine Warnung sein müssen. Schließlich galt die Kugel, die sie getroffen hatte, in einem gewissen Maß auch ihm. Aber er zeigte sich in keinster Weise beeindruckt.

„Servatius hat mich wieder unter Druck gesetzt", sagte er und trank einen großen Schluck.

„Ich habe dir doch gesagt, dass er sich von so etwas nicht beeindrucken lässt. Der zieht sein Ding durch."

„Ja, du hast ja recht."

„Was hat er dir diesmal angeboten?"

„Alles Mögliche: mehr Geld, mehr Einfluss. Außerdem hat er gesagt, dass alles doch nicht so schlimm sei. Er will nur ein paar Optimierungen vornehmen, dadurch Geld sparen und den Gewinn nach oben schrauben. Dazu gebe es über kurz oder lang keine Alternative. Wir hätten sowieso keine andere Wahl. Wenn wir es nicht machen, würden wir von einem Großen gefressen, und dann kommt das sowieso."

„Dieser verdammte Heuchler!" Ihr Kopf fuhr nach oben, ihre Stimme wurde laut. „Ich kann dieses betriebswirtschaftliche Geschwätz nicht mehr hören. An dieser angeblichen Alternativlosigkeit geht die Welt noch zugrunde. Es gibt immer einen anderen Weg!"

„Vielleicht", antwortete Volkmann, „ja, vielleicht gibt es den. Aber mit Fundamentalismus kannst du die Welt auch nicht retten."

„Was soll das heißen?" Sie sah ihn entgeistert an. „Willst du etwa einlenken?"

„Natürlich nicht“, sagte er beschwichtigend. „Aber die Frage ist doch, ob der reine Weg wirklich ins Glück führt, oder eben doch in die Irre.“

„Und was heißt das jetzt?“

„Erst mal nichts. Ich habe alle Angebote zurückgewiesen, falls dich das beruhigt. Aber ich bin mir eben nicht sicher, was am Ende dabei herauskommt. Wenn die Russen den Laden übernehmen, sind wir doch die Dummen.“

„Die Russen können den Laden übernehmen, aber die Rezepte hast doch du. Dann produzieren wir eben woanders.“

„Ja, das stimmt natürlich auch wieder.“ Volkmann seufzte innerlich auf. Wenn die Welt doch wirklich so einfach wäre.

Daniel Servatius fuhr nach der Arbeit wie immer mit der U-Bahn nach Hause. Ein Auto besaß er nicht. Er leerte den Briefkasten und goss die Blumen. Dann trieb ihn der Hunger in sein Stammlokal. Er drehte den Schlüssel zweimal im Schloss herum und eilte die Treppe hinunter, die er keine fünf Minuten zuvor nach oben gestürmt war. Der vertraute Geruch von Holz und Bohnerwachs drang in seine Nase und gab ihm ein Gefühl von Heimat. Unten angekommen, riss er die Tür auf und stolperte fast auf die Straße. Er lebte in Eckenheim, seit er auf der Welt war. Jeder Zentimeter Erde war ihm vertraut. Hier war er zur Schule gegangen, hatte im örtlichen Sportverein einen großen Teil seiner Jugend verbracht. Nicht wegen des Sports, sondern wegen der Geselligkeit. Natürlich war er auch in den Lokalen ein bekannter und gern gesehener Gast. Seit seine Mutter, mit der er lange Zeit in einer Wohnung zusammengelebt hatte, vor ein paar Jahren hochbetagt verstorben war, aß er immer auswärts. Jeden Abend. Er hatte keine Lust, sich selbst etwas zu kochen und alleine in der Wohnung zu essen. In den Kneipen war immer etwas los. Da er bei Wagenknecht eine Menge zu sagen hatte, wurde er überall hofiert.

Die Küche im Eckenheimer Hof war gut und günstig, die Bedienung nett und zuvorkommend. Er entschied sich für

Rippchen mit Kraut und Kartoffelstampf, trank ein Glas Apfelwein vorweg und beobachtete die anderen Gäste. Die meisten kannte er vom Sehen. Vielleicht würde er sich nach dem Essen an einen der Tische setzen und mit den anderen Stammgästen klönen. Bis dahin genoss er es, ungestört zu sein. Der Tag war aufregend genug gewesen und die nächsten Tage würden mit Sicherheit nicht weniger spannend werden. Das Essen wurde serviert, als sein Handy klingelte. Er sah die Nummer auf dem Display und widerstand dem Drängen, das Gespräch wegzudrücken.

„Ja", sagte er knapp.

„Wir müssen uns unbedingt treffen", antwortete eine bekannte Stimme.

„Hat das nicht Zeit bis morgen?"

„Nein, dann könnte es zu spät sein. Es wird auch nicht lange dauern."

„Gut, meinetwegen. In zwanzig Minuten. Eckenheimer Hof."

Diese Wichtigtuerei ging ihm gewaltig auf die Nerven. Natürlich könnte man alles auch morgen besprechen. Aber was soll's. Immerhin war noch genug Zeit, das Rippchen zu essen. Er trennte das Fleisch vom Knochen und zerteilte es in gleich große Stücke, die er im Wechsel mit Kraut und Stampf in den Mund schob. Nachdem er fertig gegessen hatte, bestellte er an der Theke einen Apfelwein und machte sich auf den Weg, der ihn über den Hof ins Hinterhaus führen sollte. Servatius war voller Zuversicht, dass die nächsten Wochen besser würden und es von nun an aufwärts ginge. Niemals hätte er gedacht, dass sein letzter Weg durch einen dunklen Hof führen würde.

Dass Johannes Wagenknecht den Volvo zwei Straßen von Servatius' Wohnung entfernt parkte, war eine reine Vorsichtsmaßnahme. Schließlich musste nicht jeder wissen, was er am Abend so alles trieb. Er setzte eine Baseballkappe auf den Kopf und machte sich auf den Weg. Entgegen seiner Befürchtungen begegnete er keiner Menschenseele. Der Stadtteil wirkte wie ausgestorben. Als er Servatius' Haus erreichte, blieb er auf der gegenüberliegenden Straßenseite stehen und ließ seinen Blick über die Fassade wandern. Aus den Fenstern, die zu Servatius' Wohnung gehörten, drang nur ein matter Lichtschein nach draußen. Wagenknecht wusste, dass das Licht von einer Tischlampe herrührte, die neben dem Sofa stand und von einer elektrischen Zeitschaltuhr gesteuert wurde. Aus seinen Beobachtungen schloss Wagenknecht, dass Servatius nicht zu Hause war. Vermutlich hielt er sich drei Straßen weiter im Eckenheimer Hof auf. Er hatte also genügend Zeit. Wagenknecht wechselte die Straßenseite und zog dabei einen Schlüsselbund aus der Jackentasche, den ihm Servatius vor ein paar Jahre gegeben hatte. Kurz bevor er den Schlüssel ins Schloss steckte, lauschte er an der Eingangstür, doch es war nichts zu hören. Er schloss leise auf, drückte die Tür wieder ins Schloss und stieg – immer darauf bedacht, keine Geräusche zu verursachen – die Stufen nach oben.

Julia Will ließ sich erschöpft zur Seite fallen und schloss die Augen. Ihr Kopf war leer, ihre Gedanken wie weggeblasen. Noch schlug ihr Herz schnell, aber es begann, sich langsam zu beruhigen. Es war eine ausgesprochen gute Idee gewesen, früher das Kommissariat zu verlassen. Sie hatte spekuliert, dass Alex seinen freien Nachmittag noch nicht verplant hatte und erst um acht Uhr abends zum Training musste. Die Zeit dazwischen konnte man prima nutzen.

Jetzt nahm sie eine Bewegung neben sich wahr und blickte zur Seite. Alex war im Begriff aufzusehen.

„Wo willst du hin?"

„Nur kurz ins Bad. Ich bin gleich wieder da."

Sie sah ihm hinterher, während er das Zimmer verließ. Sein muskulöser Körper war eine Augenweide, aber nicht der Grund, warum sie mit ihm zusammen war. Es fühlte sich einfach alles perfekt an. Sie waren auf der gleichen Wellenlänge, lachten über dieselben Dinge, mochten die gleichen Filme.

Und trotzdem ließen sie sich genug Freiraum, um Luft zum Atmen zu haben. Sie hatte sich noch nie im Leben so wohl gefühlt, und trotzdem war da der plötzliche Gedanke, etwas verändern zu wollen.

Sie hatten in der Vergangenheit schon manchmal darüber gesprochen, wie es wohl wäre, wenn sie ein gemeinsames Zuhause hätten. Aber es war eher im Spaß gewesen. Jetzt war in Julia der Wunsch gereift, diesen Schritt in Angriff zu nehmen. Sie war sich unschlüssig, wie sie das Thema ansprechen sollte. Zwar hegte sie keinen Zweifel daran, dass Alex ihr den Wunsch erfüllen würde, aber es gab durchaus einen Punkt, an dem sie sich nicht sicher war. Sie wollte nämlich ihre Wohnung nicht aufgeben. Und das würde in letzter Konsequenz bedeuten, dass Alex zu ihr und ihrer Oma ziehen müsste.

„Na, über was denkst du nach?"

Julia schreckte auf. Sie war so in ihren Gedanken versunken gewesen, dass sie Alex' Rückkehr nicht bemerkt hatte. Er ließ sich aufs Bett fallen, wühlte sich unter die Decke und drückte seinen Körper an ihren.

„Nichts Besonderes."

„Du kannst mir nichts vormachen. Dafür kenne ich dich zu gut. Ich sehe dir an, dass es in deinem Gehirn rattert."

Da Julia nicht antwortete, kitzelte er sie an der Hüfte. Sie zuckte zusammen und lachte laut auf.

„Lass das!"

„Nur wenn du mir sagst, über was du grübelst."

„Also gut", begann Julia. „Was hältst du davon, wenn du zu mir ziehen würdest?"

Jetzt war es ausgesprochen. Es gab kein Zurück mehr, die Karten lagen offen auf dem Tisch. Ein wenig unsicher sah sie Alex, der ein ernstes Gesicht machte, in die Augen.

„Nur damit ich es nicht falsch verstehe. Du willst, dass wir zusammenziehen?"

„Ja, ich weiß, dass das für dich eine große Veränderung wäre. Natürlich würde ich auch zu dir ziehen. Aber in der

Hohemarkstraße hätten wir viel mehr Platz. Man könnte das Dach ausbauen. Jeder hätte seinen Bereich, und Oma lässt uns bestimmt in Ruhe."

Sie blickte Alex wieder an. Für einen Moment befürchtete sie, eine Abfuhr zu bekommen. Doch dann entspannten sich seine Gesichtszüge.

„Julia, du kannst aufhören", sagte er belustigt. „Du musst mich nicht überzeugen. Ich ziehe sehr gerne bei euch ein."

„Wirklich?"

„Ja, wirklich."

„Und das sagst du nicht nur mir zuliebe?"

„Nein. Es wäre doch total bescheuert, wenn wir uns eine neue Wohnung suchen würden und bei deiner Oma steht das halbe Haus leer."

„Ja, genau. Ich dachte eben nur, es würde dich stören, wenn du nicht nur mich, sondern auch noch sie ertragen musst."

„Ach, Quatsch! Ich habe sie genauso ins Herz geschlossen."

„Genauso?"

„Verdreh mir nicht die Worte im Mund. Sonst überleg ich es mir noch anders."

Alex beugte sich über sie und gab Julia einen Kuss. „Wir sollten unseren Entschluss ein wenig feiern."

Johannes Wagenknecht war nicht fündig geworden. Er hatte alle Aktenordner durchgeblättert, doch außer privatem Kram wie Steuererklärungen, Versicherungen und Bankaufstellungen hatte er keine wichtigen Unterlagen finden können. Er ging zurück ins Wohnzimmer, wo Servatius' Laptop auf dem Tisch stand. An einem seiner USB-Anschlüsse steckte ein Stick. Auf dem Bildschirm war ein grüner Balken zu sehen, der stetig wuchs und die Datenmenge anzeigte, die übertragen wurde. Kurz nachdem Wagenknecht die Wohnung betreten hatte, hatte er den Rechner hochgefahren und eine Spiegelung der Festplatte gestartet. Sie stand nun kurz vor dem Abschluss. Immerhin würde er in wenigen Sekunden im Besitz aller Daten sein, die sich auf Servatius' Rechner befanden. Wenn Servatius etwas zu verbergen hatte, dann würde er das mithilfe dieser Datensammlung herausfinden. Nervös trommelte Wagenknecht mit den Fingern auf die Tischplatte und beobachtete, wie sich der grüne Balken nach rechts bewegte. Noch zwei Minuten, sagte der Bildschirm voraus. Wagenknecht hatte nicht mehr viel Zeit. Servatius konnte jeden Augenblick zurückkommen und dann musste er hier draußen sein.

4.

„Der Tod ist gegen halb zwölf eingetreten“, sagte Julia Will und schloss den Aktendeckel. Bohlans Team hatte sich im Präsidium verbarrikadiert. Gemeinsam trugen sie in Ruhe alle Fakten zusammen, die sie bislang ermittelt hatten. Dazu sollten die Ideen sprudeln. Vielleicht kam man so ein Stück weiter. Bohlan nickte und notierte die Uhrzeit auf dem Whiteboard, an dem er alle relevanten Fakten sowie Ideen und mögliche Verbindungen festhielt. Dazu natürlich Fotos der Personen, die in den Fall involviert waren. Neben der Toten waren dies bislang lediglich Johannes und Heinz Wagenknecht. Beide schieden als Täter aus. Heinz Wagenknecht war bereits geraume Zeit unter der Erde. Johannes hatte zwar ein Motiv, aber Bohlan hielt ihn weiterhin für glaubwürdig. Was fehlte, war eine wirklich heiße Spur.

„Sonst noch irgendwelche Besonderheiten?“, fragte er.

„Nein, die Todesursache war ja schon klar. Der Schuss war so gezielt, dass Alina sofort tot war. War also ein leichter Job für Dr. Spichal.“

„Neuigkeiten von der Spusi?“ Bohlan wandte sich an Steininger, der damit beauftragt gewesen war, den Bericht der Spurensicherung durchzugehen.

„Es gibt jede Menge Fingerabdrücke im Haus. Im Wohnzimmer wurden Gläser gefunden und eine Flasche Champagner. Sieht so aus, als habe Alina noch am Vormittag Besuch gehabt. Der Abgleich der Fingerabdrücke mit unserer Datei läuft noch. Aber vermutlich wird das nicht viel bringen. Die Schüsse wurden ja von draußen abgegeben. Der Mörder wird vermutlich das Haus gar nicht betreten haben.“

„Was ist mit Spuren im Garten? Fußspuren, abgeknickte Äste, vielleicht abgerissene Knöpfe. All so was?“, hakte Will nach.

„Fehlanzeige“, stellte Steininger lapidar fest.

„Die Tatwaffe schwebte in der Luft. Außer dem Quadrotor und dem iPad wurde nichts gefunden. Beides wurde auf DNA und Fingerabdrücke untersucht, allerdings ergebnislos. Der Mörder scheint hier wirklich sehr professionell vorgegangen zu sein.“

„Was ist mit dem Nachbargrundstück?“

„Auch dort hat die Spusi den ganzen Garten abgesucht und nichts gefunden“, antwortete Steininger.

„Das meinte ich nicht“, hakte Bohlan nach. „Haben wir Informationen über Eigentümer oder Ähnliches? Meiner Erinnerung nach steht das Haus zum Verkauf.“

„Ja, das ist richtig. Bis vor Kurzem wohnte dort noch eine ältere Dame. Ihr Mann ist bereits vor Jahren verstorben. Sie selbst ist vor ein paar Monaten in ein Altenstift im Taunus gezogen, das Altkönigstift oder so. Das Haus wird von der Immobilienfirma Proll und Kollegen gemakelt. Ich habe mit denen heute Morgen telefoniert. Es gibt eine Reihe Interessenten, aber noch nichts Konkretes.“

Bohlan machte sich erneut Notizen. Diesmal aber in sein Notizheft, das er immer bei sich führte. Steininger wartete, bis Bohlan fertig war.

„Proll will mir im Laufe des Tages eine Liste der Personen schicken, die in der letzten Zeit das Haus besichtigt haben. Vielleicht ergibt sich daraus ja etwas.“

„Sehr gute Idee, Jan“, lobte Bohlan.

„Was ist mit den anderen Beschäftigten in der Kelterei?“, fragte Will.

„Wir haben mit ein paar Leuten aus der Führungsriege gesprochen“, begann Steinbrecher. „Da ist zum einen Daniel Servatius. Er scheint so etwas wie der Finanzchef zu sein.“

Steinbrecher pinnte ein Foto an die Wand. „Dann Valerie Mittag, Marketingchefin, seit letztem Jahr dabei. Und Niklas Volkmann. Er ist für Produktentwicklung und Innovationen zuständig. Auch erst vor knapp zwei Jahren dazugekommen.“

Zwei weitere Fotos zierten nunmehr das Whiteboard.

„Bislang haben wir keine verdächtigen Anhaltspunkte bei ihnen gefunden. Alle waren ziemlich schockiert. Die Protokolle von den Vernehmungen sind in der Akte.“

Johannes Wagenknecht saß grübelnd hinter seinem Schreibtisch. Der USB-Stick, den er am gestrigen Abend mit Daten von Servatius' Laptop gefüttert hatte, befand sich bei einem Spezialisten zur Analyse. Ergebnisse standen noch aus. Eigentlich wollte er mit Daniel Servatius und Valerie Mittag das weitere Vorgehen beraten. Doch daraus war nichts geworden. Sie hatten über eine halbe Stunde auf Daniel gewartet, der jedoch nicht erschienen war. Auch auf seinem Handy war er nicht erreichbar. Beides war absolut ungewöhnlich. Servatius war normalerweise die Zuverlässigkeit in Person. Musste man sich ernsthafte Sorgen um ihn machen? War ihm etwa auch etwas zugestoßen? Unter normalen Umständen wäre Wagenknecht in Panik verfallen. Mindestens wäre er zu Servatius' Wohnung gefahren, möglicherweise hätte er sogar die Polizei informiert. Aber die Zeiten waren nicht normal. Vielleicht brauchte auch jemand wie Servatius mal eine Auszeit! Das hatte Valerie Mittag als mögliche Erklärung in den Raum gestellt. Ihre Worte klangen in seinem Gedächtnis nach. Er hatte ihr seine Sorgen mitgeteilt und sie hatte beschwichtigt. Anschließend waren sie die letzten Details für das Event durchgegangen, das am Abend in der Apfelweinwelt stattfinden sollte. Das Restaurant war eine der ersten Ideen gewesen, die Mittag als frischgebackene Marketingleiterin der Kelterei Wagenknecht in die Tat umgesetzt hatte. Die leer stehende Scheune direkt neben der Werkseinfahrt hatte in den Jahren davor ein ziemlich trostloses Dasein gefristet. Nun beherbergten die alten Gemäuer eine urige Kneipe, die zudem ziemlich gut lief. Für heute Abend hatte Mittag Frankfurter Krimiautoren für eine Lesung gebucht. Die ganze Belegschaft und die wichtigsten Geschäftspartner waren eingeladen. Die Vorbereitungen lagen in den letzten Zügen. Mittag hatte ihrem Ruf, eine Perfektionistin zu sein, auch diesmal alle Ehre erwiesen. Die Veranstaltung war bis ins letzte Detail geplant. Selbst allerlei mögliche Mordwerkzeuge wie Strick, Messer, Pistolen und ein Beil hatte sie aufgetrieben. Dazu Theaterblut und Polizeiuniformen. Mit ihrem Enthusiasmus hatte sie Wagenknecht angesteckt und er hatte tatsächlich die düsteren Gedanken, die ihn plagten, vergessen.

Erst jetzt, da er wieder alleine in seinem Büro saß, kehrten sie zurück. Er versuchte noch einmal, Servatius telefonisch zu erreichen. Vergeblich. Vielleicht sollte er doch in seiner Wohnung einmal nach dem Rechten sehen? Aber irgendetwas hielt ihn davon ab. Was, wenn Servatius ihn gestern gesehen hatte? Dann stünde er als derjenige da, der seinen Mitarbeitern nicht mehr vertraute. Schlimmer noch: Er wäre als Einbrecher entlarvt. Schweißperlen bildeten sich auf seiner Stirn, und der Gedanke, einen schweren Fehler begangen zu haben, beschlich ihn. Doch dann piepste sein Handy, und die SMS, die ihn erreichte, war wie eine Erlösung.

„Du hast noch etwas Wichtiges vergessen“, sagte Will, als Bohlan sich wieder an seinen Schreibtisch setzen wollte. Der Kommissar sah seine Kollegin fragend an.

„Next Level.“ Wills Worte brachten die Erinnerung zurück. Dieses verdammte Foto, das der Mörder auf dem iPad gespeichert hatte. An ihm hatte es gestern gelegen, dass er Wagenknechts Befragung in den Sand gesetzt hatte. Danach hatte er es aus seinen Gedanken getilgt. Aber natürlich war das Foto ein wichtiger Hinweis. Möglicherweise sogar eine neue Spur. Schlimmstenfalls eine Vorwarnung für ein weiteres Verbrechen. Seit er aus seinem Urlaub zurück war, stand er die meiste Zeit neben sich. Ihn beschlich der Gedanke, dass ihn solch ein Lapsus früher nicht passiert wäre. Wurde er alt und fahrig? Waren das die Vorboten einer altersbedingten Tatterigkeit? Oder war er zu sehr mit anderen Gedanken beschäftigt? Entgegen seinen Vorsätzen, schwirrte Gerdings Angebot immer mal wieder durch seinen Kopf und brachte dort vieles durcheinander.

„Ja, du hast recht", stammelte er. „Gibt es noch einen Ausdruck? Ich möchte den, den du mir gestern gemacht hast, nicht aus den Händen geben."

Will zog die rechte Augenbraue nach oben und sah ihn fragend an.

„Ich denke schon die ganze Zeit über das Foto nach", log er, ohne zu wissen, warum. „Ich glaube, dass mir ein Detail entgangen ist. Deshalb brauche ich es bei mir. Damit ich immer nachsehen kann."

Ohne weiter auf seine Erklärungsversuche einzugehen, klickte Will den Ordner in ihrem Computer an, in dem sie das Foto abgespeichert hatte, und druckte es erneut aus. Bohlan nahm den Ausdruck aus dem Drucker und pinnte ihn an das Whiteboard.

Die Apfelweinwelt hatte sich in eine dunkle Spelunke verwandelt. Auf den Tischen lagen leere Munitionshülsen, von der Decke baumelte ein Strick, Kerzen flackerten in den Ecken und auf den Tischen. Tische und Stühle standen eng beieinander. Ein langhaariger Musiker in Lederhose und schlabbrigem T-Shirt war damit beschäftigt, Boxen aufzustellen und Kabel zu verlegen. In einer Ecke des Raumes war ein Stehpult aufgebaut, daneben ein Tisch, auf dem Unmengen von Büchern lagen.

„Wer ist das?" Wagenknecht machte eine leichte Kopfbewegung in Richtung Musiker.

„Ricky Prinz. Er spielt Folk und Blues und das ziemlich gut."

„Nie gehört."

„Trotzdem gut. Delbrück und Richter treten immer mit ihm auf. Er spielt vor der Lesung, in der Pause und danach."

Wagenknecht nickte und schaute auf die Uhr.

„Wie findest du die Deko?"

„Perfekt. Das hast du super hinbekommen."

Valerie Mittag lächelte zufrieden.

„Zu essen gibt es übrigens Blutwurst mit Kraut und Stampf. Dazu den neuen roten Apfelwein."

„Sehr gut. Du bist einfach die Beste!"

„Ich weiß", lächelte Mittag zurück. „Ich denke, dass ich mir eine Belohnung verdient habe, oder?" Sie drängte sich an Wagenknecht, legte ihre Hand auf seine Schulter und sah ihm auffordernd in die Augen. „Du weißt, wie du mich glücklich machen kannst." Ihre Hand wanderte hinunter zu seinem Gürtel.

Wagenknecht lächelte kurz, machte dann aber einen Schritt zurück.

„Valerie, bitte. Nicht in der Öffentlichkeit."

„No risk, no fun."

„Meine Frau kann jeden Moment hier auftauchen."

„Spielverderber!"

„Heute Abend. Versprochen!"

Als Bohlan nach Hause kam, vermied er es, die Nähe des Sofas zu suchen. Er wusste genau, dass er es nicht mehr so schnell verlassen würde, wenn er erst mal der Versuchung erlegen war, es sich auf ihm gemütlich zu machen. Aber er hatte noch etwas vor.

Auf dem Nachhauseweg war er in Höhe Eschborn schnurstracks zu einem Sport-Outlet abgebogen und hatte sich neue Laufschuhe gegönnt. Die alten waren derart ausgelatscht, dass jeder weitere Kilometer zu einer Zumutung für seine Füße geworden wäre. Nun war er stolzer Besitzer knallgrüner Schuhe. Er hatte verschiedene Modelle aller möglichen Marken anprobiert. Der Verkäufer, ein Jüngling mit Pickelgesicht und Tattoo auf dem Arm, hatte ihn dabei mit auswendig gelernten Texten vollgequasselt. Bohlan entschied sich für das Paar, in dem er sich am wohlsten fühlte. Das war schließlich das Wichtigste. Farbe und Material waren ihm letztlich total egal. Nun nahm er die Schuhe aus dem Karton, stellte sie auf den Küchentisch und entsorgte die Verpackung. Keine fünf Minuten später lief er mit Stöpseln im Ohr die Nidda entlang. Immer wieder musste er an das Foto denken und ließ es vor seinem inneren Auge erscheinen. Lange Zeit passierte nichts. Der Popbeat hämmerte in seinem Kopf. Das Bild wechselte von scharf zu unscharf und wieder zurück. Aber von einer Erleuchtung fehlte lange Zeit jede Spur. Er war bereits auf dem Rückweg, als er sich sicher war, dass er den Ort, an dem es aufgenommen worden war, schon einmal gesehen hatte. Bohlan war von dieser Erkenntnis selbst überrascht. Sie traf ihn wie der Blitz aus heiterem Himmel. Konnte das wirklich sein? Den ganzen Tag hatte er wieder und wieder auf das Foto geschaut, ohne auch nur eine Ahnung davon zu bekommen, wo der Ort lag. Und jetzt dämmerte ihm, dass er den Ort kannte. Das war alles total surreal. Nein, das konnte nicht sein. Es musste so etwas wie eine gedankliche Fata Morgana sein. Wahrscheinlich hatte er sich zu lange mit dem Bild beschäftigt und jetzt hatte es sich in sein Gehirn eingebrannt, als sei es dort schon immer gewesen. Seine Sinne spielten verrückt. Bohlan stellte die Musik lauter, die durch die Stöpsel in seine Ohren dröhnte, und hoffte, dass der Lärm seine Gehirnwindungen freischaufelte. Gleichzeitig beschleunigte er die Schrittfrequenz. Als er sich der Wörthspitze näherte, sah er sein Hausboot friedlich im Wasser liegen. Immer, wenn dieses Bild vor seinen Augen erschien, fühlte er sich zu Hause. Die Entscheidung, den alten Kahn zu restaurieren und anschließend zu seinem Domizil zu machen, war die beste Entscheidung seines Lebens gewesen. Er stürmte dem Ziel entgegen, freute sich, dass die Penner noch nicht am alten Kahn herumlungerten. Böse Kommentare blieben ihm also heute erspart.

Als Bohlan das Innere seines Boots erreicht hatte, schlang er sich ein Handtuch um den Hals und leerte eine halbvolle Wasserflasche. Dann schaltete er das Radio an und ging ins Bad. Nach einer erfrischenden Dusche kratzte er die letzten Reste Essbares zusammen, die er in der Küche fand: zwei Scheiben Brot und eine aufgerissene Packung Salami. Er setzte sich an den Esstisch, biss in das belegte Brot und starrte auf das Foto. Du hast diesen Raum schon einmal gesehen, schoss es ihm wieder durch den Kopf. Und diesmal war er sich sicher, dass es keine falsch zusammengesetzten Erinnerungen waren. Er sah sich vor dieser Saftpresse stehen, in ein Gespräch mit einem Mann vertieft. Wer war dieser Mann? Seine Erinnerungen gaben dazu nur eine Stimme her, kein Bild. Bohlan schloss die Augen, versuchte, in die Vergangenheit einzutauchen. Es fiel ihm schwer. Selbst Worte oder gar Sätze, die er mit dem Mann an der Saftpresse gewechselt hatte, wollten ihm nicht einfallen. Es gab nur den Sound einer Stimme. Ein dumpfes Gemurmel. Verdammt! Er riss die Augen wieder auf und schlug mit der Faust auf den Tisch. Es war zum Verrücktwerden. Warum musste alles so kompliziert sein? Warum konnte er diese Erinnerung nicht mehr zurückholen? Er holte sich eine Flasche Bier aus dem Kühlschrank und stellte sich ans Fenster. Wolken hingen über der Stadt, aber es regnete nicht. Noch nicht. Vielleicht würde der angekündigte Regen heute Nacht einsetzen. Bohlan setzte sich noch einmal an den Tisch und blätterte in den Zeitungsartikeln, die Will zusammengestellt hatte. Etwas wirklich Neues fand er nicht, bis er auf einen Artikel stieß, in dem Johannes Wagenknecht mit einem Frankfurter Kneipier abgelichtet war. Das Gesicht des Mannes erregte Bohlans Aufmerksamkeit und er las den Artikel. Er war aus dem Stadtmagazin und berichtete über die Wiedereröffnung einer Apfelweinkneipe. Wagenknecht sei Hauslieferant, hieß es. Und er habe sich an den Kosten der Einrichtung beteiligt. Ansonsten ging es in dem Bericht um den damals tobenden Erbschaftsstreit. Szenen wie aus einem Schmierentheater. Doch die interessierten den Kommissar nicht mehr. Er hatte das fehlende Stück in seinen Erinnerungen wiedergefunden.

Steinbrecher trat von einem Bein auf das andere. Er stand vor der Eingangstür des Eckenheimer Hofes im Stadtteil Eckenheim und warf einen Blick auf seine Uhr. Viertel nach neun. Bohlan musste jeden Moment auftauchen. Doch dann gäbe es ein Parkplatzproblem. Zum Glück war er selbst mit der Harley gekommen, ansonsten wäre er bestimmt eine ganze Zeitlang im Kreis fahren. Ein Pärchen stapfte an ihm vorbei. Sie die Haare blondiert bis zum Gehtnichtmehr und tonnenweise Schminke im Gesicht. Er betont lässig in Jeans und Kunstlederjacke mit jeder Menge Applikationen drauf. Sie stiefelten zu einem SUV. Die Geissens in Eckenheim?

Steinbrecher stutzte und spitzte die Ohren. Das Pärchen sprach tiefstes Hessisch. Also nur Nachahmer. Steinbrecher handelte instinktiv, brachte die Harley in Stellung und wartete, bis der SUV aus der Parklücke fuhr. Dann schob er das Motorrad auf den freien Parkplatz. Im selben Moment hielt ein Mercedes neben ihm. Die Fensterscheibe fuhr herunter.

„Müssen Sie sich so breitmachen?"

Steinbrecher blickte grimmig.

„Schon gut, war nur 'ne Frage." Die Scheibe surrte wieder nach oben. Na also, geht doch, dachte Steinbrecher. Vorsichtshalber lief er aber ein paar Meter weiter, um nicht erneut in eine solche Situation zu geraten. Keine fünf Minuten später sah er Bohlans Lupo kommen, marschierte zurück und schaffte bereitwillig Platz.

„Das nenn ich Service", sagte Bohlan, nachdem er ausgestiegen war.

„Ich hoffe, du hast einen guten Grund, mich um diese Zeit hierher zu bestellen", erwiderte Steinbrecher und schnippte seine Zigarette lässig auf den Boden.

„Ja, hab ich. Wenn ich wieder alle meine Sinne zusammen habe, dann ist hier der Ort, an dem das Foto aufgenommen wurde."

„Welches Foto?"

„Na, das aus dem iPad. Kelteranlage, Keller. Next Level. Du erinnerst dich?"

„Natürlich. Wie hast du das herausgefunden?"

„Mit Köpfchen." Bohlan tippte sich auf die Stirn.

„Aha, danke für die Auskunft", erwiderte Steinbrecher.

„Nein, im Ernst, ich war hier mal zu einer Feier eingeladen. Bei der Gelegenheit bin ich mit dem Wirt ins Gespräch gekommen und er hat mir die Räumlichkeiten gezeigt. Hinten gibt es eine große Kegelbahn. Echt sehenswert. Und sie ist komplett unterkellert. Unten wurde früher Apfelwein gekeltert. Ich bin mir ziemlich sicher, dass das der Ort ist, an dem das Foto aufgenommen wurde."

„Na hoffentlich", sagte Steinbrecher. „Du bist mit deinen Vermutungen schon mal ziemlich auf die Nase gefallen, wenn ich mich recht erinnere."

„Reitet nur alle darauf herum!", knurrte Bohlan. „Manchmal verfolgt man eben die falsche Fährte."

„Worauf warten wir eigentlich noch?", fragte Steinbrecher.

„Will und Steininger."

„Du hast alle herbestellt, auch etwa die Maurer?"

„Natürlich nicht. Ich hoffe mal, dass Steininger sie nicht mit anschleppt." Steinbrecher hatte gerade den Satz vollendet, als ein Porsche 911 in die Straße einbog.

„Wenn man vom Teufel spricht", maulte Bohlan. „Wahrscheinlich war Steininger gerade bei ihr. Was soll's."

Maurer parkte den Wagen in der Hofeinfahrt. Kurze Zeit später bog Julia Will um die Ecke. Gemeinsam betraten die fünf den Gastraum. Bohlan ging zielstrebig auf einen Mann zu, der hinter dem Tresen stand.

„Guten Abend, Herr Frommel. Bohlan, Kripo Frankfurt. Wir hatten telefoniert."

„Guten Abend", antwortete der Wirt und fügte mit Blick auf die anderen hinzu: „Sie haben aber nicht gesagt, dass Sie mit einem Überfallkommando kommen."

„Keine Sorge, dann wäre hier mehr los. Das sind meine Kollegen Will, Steininger und Steinbrecher sowie Staatsanwältin Maurer."

Thomas Frommel, groß gewachsen und schlank, begrüßte die Vorgestellten. Er hatte dunkelblonde, leicht gewellte Haare, trug ein T-Shirt mit dem Aufdruck Frankfurter Bub und eine Wildlederhose.

„Was ist denn an meinem Keller so interessant?"

Bohlan zog das Foto aus der Jackentasche und legte es auf den Tresen. „Vielleicht werfen Sie kurz einen Blick darauf?"

Frommel betrachtete das Foto, ohne etwas zu sagen. Die Sekunden vergingen wie in Zeitlupe. Bohlan begann nervös zu werden. Hoffentlich hatte er sich nicht doch geirrt.

„Das ist doch Ihr Keller, oder?", platzte es aus Bohlan heraus, der die Stille nicht mehr aushielt.

„Ja, sieht so aus. Was ist das für ein Foto?"

Bohlan war erleichtert. Er fühlte sich, als sei eine tonnenschwere Last von seinen Schultern gefallen. „Könnten wir uns den Keller vielleicht einmal ansehen?"

„Warum?"

„Wir haben einen Hinweis in einem laufenden Ermittlungsverfahren bekommen."

„Einen Hinweis? In einem Ermittlungsverfahren? Sie sind doch von der Mordkommission, oder?" Frommels Gesicht war bleich geworden.

„Ja, jetzt machen Sie sich nicht verrückt", sagte Bohlan, dem die neugierigen Blicke einiger Kneipenbesucher nicht entgangen waren. „Wir gehen jetzt in aller Ruhe hier raus. Und dann zeigen Sie uns Ihren schönen Keller. Damit hat sich die Sache vermutlich erledigt."

Frommel nickte und wandte sich kurz zu der Schankhilfe, die am Zapfhahn stand. „Tina, ich bin kurz mal weg. Du schaffst das alleine, oder?"

„Kein Problem, Chef."

Frommel drängte sich an den Kommissaren vorbei, hinaus auf den Hof. Sie liefen einen überdachten Gang entlang, direkt auf das Hinterhaus zu, und standen wenig später in der Kegelbahn. An der hinteren Wand, über den Kegeln, prangten gemalte Porträts verdienter oder weniger verdienter Frankfurter. Heinz Schenk mit Bembel und Apfelweinglas in der Hand. Rudi Arndt mit einem Sprengsatz vor der Alten Oper. Goethe. Bernd Nickel, der legendäre Doktor Hammer, im Eintracht-Trikot vor einem Tor. Liesel Christ. Rosemarie Nitribitt, nackt mit einem Pudel auf dem Schoß.

„Wow, beeindruckend“, entfuhr es Steinbrecher. „Das ist die abgefahrenste Kegelbahn, die ich jemals gesehen habe. Ist sie noch in Betrieb?“

„Natürlich, und nicht nur das, sie erfreut sich allergrößter Beliebtheit. Sie glauben ja nicht, wer hier alles so kegelt. Mein Vorgänger hatte den ganzen Saal mit einem Boden ausgelegt und die Bahn komplett verkleidet. Als ich den Laden übernommen habe, habe ich das alles beim Renovieren entdeckt.“ Man hörte den ganzen Stolz des Wirtes in seinen Worten. „Aber deswegen sind Sie ja nicht hier.“

„Das ist richtig“, sagte Maurer spitz. „Lassen Sie uns in den Keller gehen.“

Frommel, ein wenig pikiert, drehte sich um und ging Richtung Tür, hinter der sich der Kellerabgang verbarg. Muffige, feuchte Luft schlug ihnen entgegen, als sie die Stufen nach unten gingen.

Frommels Keller hatte exakt die gleiche Größe, wie der darüber liegende Saal, samt Kegelbahnen. Die Wände waren unverputzt, durch einige Fenster, die in Schächten lagen, drang ein wenig Licht hinein. Viel zu wenig, um für gute Sicht zu sorgen. Frommel betätigte den Lichtschalter. Einige Kellerlampen brachten etwas Licht ins Dunkel.

„Willkommen in der Unterwelt“, sagte Frommel und breitete die Arme aus. „Früher wurde hier Apfelwein hergestellt. Ich habe Pläne, auch diese Tradition wieder aufleben zu lassen. Mal sehen, wann sich das umsetzen lässt.“

Bohlan ließ seinen Blick über die Gerätschaften schweifen. Es war alles noch vorhanden. Apfelpresse, Behältnisse für die Lagerung von Äpfeln und riesige Tanks. Alles erinnerte ihn ein wenig an die Kelterei Wagenknecht, nur ein wenig kleiner und nicht so modern. Der Kommissar hielt das Foto nach oben und verglich es mit der Realität. Es bestand kein Zweifel, dass es sich um den gleichen Raum handelte.

„Selbst die Tanks sind noch da“, sagte Frommel und deutete hinter eine Mauer. Er wollte noch etwas hinzufügen, doch sein

Mund blieb offen stehen, ohne einen weiteren Laut hervorzubringen. Bohlan erfasste die Situation als Erster und eilte zu Frommel.

„Was haben Sie?"

Frommel schwieg weiter und starrte in den Tankraum. Dort saß, gefesselt auf einem Stuhl, ein Mann, den Kopf nach vorne gesenkt, als sei er eingenickt. In einem ersten Reflex wollte Bohlan den Mann ansprechen. Doch er wusste längst, dass dieser nicht antworten würde.

„Ich kenne den Mann." Es waren Frommels erste Worte, seit sie den Toten gefunden hatten. Die Kommissare, die Staatsanwältin und der Gastwirt saßen in einem Saal im ersten Stock, der unter normalen Umständen geschlossenen Gesellschaften diente. Am Leichenfundort waren mittlerweile Gerichtsmedizin und Spurensicherung zugange. Tina, die Schankhelferin, stellte ein Tablett mit Getränken auf den Tisch und beeilte sich, wieder nach unten zu kommen.

„Daniel Servatius."

Bohlan blickte zu Frommel.

„Es ist Daniel Servatius", bekräftigte der Gastwirt.

Will wurde hellhörig. „Wagenknechts rechte Hand", stieß sie aus.

Maurer blickte Will mit einem feindseligen Blick an. Dass Will der Staatsanwältin meistens einen Schritt voraus war, hatte längst dazu geführt, dass diese eine gewisse Abneigung gegen die junge Kommissarin hegte.

„Sein Name stand auf meiner Ermittlungsliste." Will legte einen entschuldigenden Tonfall in ihre Stimme und blickte dabei demonstrativ zu Maurer.

„Woher kennen Sie Servatius?", fragte Bohlan zu Frommel gewandt.

„Er ist ... war ... ein Eckenheimer Urgestein. Stammgast, schon lange bevor ich den Laden übernommen habe."

Bohlan nickte und fuhr sich mit der Hand über den Kopf. „Also war er mit den Gegebenheiten hier bestens vertraut?"

„Der kannte jeden Winkel des Gebäudes“, bestätigte Frommel.

„Der Abgang zum Keller ...“, setzte Bohlan an.

„Die Tür ist nie verschlossen, wenn Sie das meinen“, fiel ihm Frommel ins Wort. Die Antwort des Gastronomen kam ihm ein wenig zu schnell. Er machte sich eine Notiz.

„Wann haben Sie Servatius zum letzten Mal gesehen?“

Frommel überlegte einen Moment lang. „Gestern. Er hat bei uns zu Abend gegessen.“

Bohlan wollte zur nächsten Frage ansetzen.

„Allerdings war das alles ein wenig merkwürdig. Nach dem Essen ist er aufgestanden, hat einen Apfelwein bestellt und ist rausgegangen. Aber er ist nicht mehr zurückgekehrt.“

„Jetzt wissen Sie, warum“, sagte Will.

„Hat Sie das nicht verwundert?“, hakte Bohlan nach.

„Doch schon. Aber wir dachten, dass er eine Zigarette geraucht, es sich dann anders überlegt hat und nach Hause gegangen ist.“

„Ohne zu bezahlen?“

„Servatius bezahlt nie.“

Bohlan blickte irritiert.

„Nicht so, wie Sie meinen“, fuhr Frommel fort. „Er lässt anschreiben und zahlt am Ende der Woche.“

„Wer wusste sonst noch von dem Kellerabgang?“

„Das kann ich nicht genau sagen. Wenn sich jemand für das Haus und seine Geschichte interessiert, dann zeige ich auch den Keller. Ansonsten kann natürlich jeder die Tür öffnen. Abgeschlossen ist sie meistens nicht.“

So kommen wir nicht weiter, dachte Bohlan. Wenn das stimmte, konnte praktisch jeder Gast in den Keller gelangen. Noch dazu gab es keinen Grund, an Frommels Worten zu zweifeln. Nur zu gut erinnerte er sich an die Führung, die er selbst im letzten Jahr erhalten hatte.

„Tom, kommst du mal bitte?“ Bohlan schreckte auf. Ein Mann im weißen Schutzanzug stand im Türrahmen. Mike Marin.

„Was gibt's denn?"

„Wir haben da eine Kleinigkeit gefunden." Der Mann machte auf dem Absatz kehrt, offensichtlich in der Erwartung, dass Bohlan ihm folgte, blieb aber auf der Türschwelle nochmals stehen. „Es wäre mir aber lieb, wenn nicht alle mitkommen würden."

„Julia, kommst du!?", sagte Bohlan und unterband damit, dass Maurer sich ebenfalls in Bewegung setzte. Sie stiegen die schmale Treppe hinunter.

„Danke", sagte Mike Marin, als sie auf dem Hof angekommen waren. Marin war schon ein paar Jahre bei der Spurensicherung und als gewissenhafter Arbeiter bekannt. „Die Staatsanwältin hätte mir gerade noch gefehlt."

„Hast du etwas gegen sie?"

Marin zuckte mit den Schultern. „Nicht gerade eine Sympathieträgerin." Sie liefen einige Schritte über den Hof und erreichten den Eingang zur Kegelbahn. Hinter der Tür wartete eine junge Kollegin Marins mit einer Plastiktüte in der Hand.

„Hier ist das gute Stück." Die junge Frau streckte Bohlan die Plastiktüte entgegen, in der sich offensichtlich ein Foto befand. Bohlan stellte sich unter eine Lampe, um besser sehen zu können und strich die Tüte glatt. Heinz Schenk prostete ihm entgegen.

„Das ist ein Foto von den Wandgemälden da drüben." Marin deutete auf die Bilder oberhalb der Kegelbahn.

„Hab ich auch schon bemerkt. Wo habt ihr das gefunden?"

„Der Tote saß mit seinem Allerwertesten drauf."

Bohlan verkniff sich ein Lachen und stellte stattdessen lakonisch fest: „Okay. Das Bild lag also auf dem Stuhl. Servatius hat sich draufgesetzt und wurde anschließend gefesselt." Nachdenklich blickte Bohlan noch einmal auf das Foto. „Was soll das Ganze?"

Marin zuckte mit den Schultern. „Keine Ahnung. Ich dachte nur, es ist von Interesse."

Bohlan blickte fragend auf.

„Das mit dem Foto. Vielleicht ist es ein weiterer Hinweis. Der Täter veranstaltet doch so eine Art Schnitzeljagd mit euch."

„Woher weißt du das?", knurrte Bohlan.

„Erzählt man sich so. Außerdem war ich auch in Sachsenhausen dabei, als Kollege Schrödter die Drohne fand. Ich muss dann mal wieder runter. Wir sind noch lange nicht fertig."

„Schon gut." Marin war bereits auf dem Weg zur Treppe. „Und danke für das Foto."

„Schöner Mist." Will löste das Band, das ihre Haare gehalten hatte, und schüttelte ihre Mähne wie ein Headbanger kopfüber. Dann band sie diese neu zu einem Pferdeschwanz zusammen. „Das heißt, dass es noch einen Toten geben wird."

Die beiden traten in den Biergarten. Steininger, Steinbrecher und Maurer kamen ihnen von der anderen Seite entgegen.

„Oder schon gibt", zischte Bohlan. „Bislang hatten wir keine Chance, irgendwas zu verhindern. Trotz der Ankündigungen."

„Wir sollten Saal und Kegelbahn durchsuchen lassen." Wills Stimme war lauter als beabsichtigt.

„Wieso das?" Maurer stand jetzt dicht vor Bohlan. Er konnte ihr Parfüm deutlich riechen. Bohlan streckte der Staatsanwältin die Plastiktüte mit dem Foto entgegen. „Ein neuer Hinweis. Servatius saß drauf. Das ist eines von den Wandgemälden aus der Kegelbahn."

„Ich bin ja nicht blind." Maurer ergriff die Tüte wie eine Trophäe.

„Was soll uns das sagen?" Steinbrecher zündete sich eine Zigarette an. „Ich verrat's euch. Der nächste Tote wird mit einer Bowlingkugel erschlagen."

„Rauchen schadet offensichtlich dem Verstand. Machen Sie das Ding aus", fauchte Maurer.

„Ich denke überhaupt nicht daran."

„In Gaststätten herrscht Rauchverbot."

„Eben. In Gaststätten. Wir stehen aber davor. Schon mal was von Raucherhof gehört?!"

„Das führt doch alles nicht weiter", schaltete sich Will ein. „Natürlich werden wir alles durchsuchen lassen. Aber ich gehe davon aus, dass wir nichts finden werden. Falls es wirklich ein neuer Hinweis sein sollte, dann ist er subtiler gemeint."

„Wie meinen Sie das?", fragte Maurer.

„Ganz einfach. Die Hinweise, die wir bislang erhalten haben, sollten uns zum Nachdenken anregen. Jedenfalls führten sie nicht sofort zum Ziel. Von daher können wir davon ausgehen, dass wir wieder nicht gleich fündig werden sollen."

„Vielleicht hat es dem Täter aber zu lange gedauert, bis Sie seine Rätsel gelöst haben." Maurers Stimme war schneidig wie eh und je. „Denken Sie mal darüber nach. Und halten Sie mich auf dem Laufenden."

Sie warf Steininger ein Lächeln zu, drehte sich um und lief, ohne sich noch einmal umzusehen, in Richtung Ausgang. Das Klacken ihrer Absätze hallte im leeren Hof nach. Während Bohlan, Will und Steinbrecher sich noch einmal ins Gebäude begaben, blieb Steininger unschlüssig auf dem Hof stehen und starrte Maurer hinterher. Er hatte größte Lust, mit ihr zu fahren, doch er wollte seine Kollegen nicht alleine lassen.

Valerie Mittag schreckte auf. Was war das für ein Geräusch? Draußen war es dunkel. Genauso wie in ihrem Wohnzimmer. Lediglich ein paar Lichtstrahlen fielen durch die offen stehende Küchentür und warfen einen hellen Korridor auf den Parkettboden. Und natürlich war da auch noch das bunte Flackern des Fernsehapparats. Es zeigte ein Standbild mit Kapitelauswahl. Immer wiederkehrende Musik tönte aus der Endlosschleife der DVD. Valerie sah auf ihre Uhr. Es war halb eins. Benommen rappelte sie sich auf, setzte sich hin, rieb sich über die Augen. Langsam kehrte ihre Orientierung zurück. Nach der Lesung in der Apfelweinwelt, die ein voller Erfolg gewesen war, war sie voller Vorfreude nach Hause gefahren. Sie hatte für den späteren Abend noch ein Date und wollte sich die Zeit bis dahin mit einem schönen Film verkürzen. Eigentlich stand sie mehr auf romantische Liebesfilme oder moderne Komödien. Aber sie hatte vor einiger Zeit die *Tribute von Panem* als Buch geschenkt bekommen und in einem Rutsch verschlungen. Entgegen ihrer Erwartungen war es äußerst spannend und mitreißend gewesen. Im Kino hatte sie die Verfilmung verpasst und sich nun für die DVD entschieden. Obwohl sie der Meinung war, dass sich gute Bücher nicht verfilmen ließen, waren Donald Sutherland und Lenny Kravitz Kaufargumente gewesen. Sie rieb sich über die Augen und überlegte, bis zu welcher Szene sie noch wach gewesen war. Das Ende hatte sie in jedem Fall verschlafen. Hatten die Hungerspiele schon begonnen oder waren Katniss und ihr Mitstreiter noch in den Vorbereitungen gewesen? Sie konnte sich nicht mehr erinnern. Für einen Moment spielte sie mit dem Gedanken, durch die Kapitel zu zappen. Doch die Frage, wo eigentlich der Mann blieb, auf den sie wartete, begann sie zu beschäftigen. Es entsprach nämlich in keiner Weise seinen Gewohnheiten, sich zu verspäten. Mittlerweile war er mehr als eine Stunde überfällig. Musste sie sich Sorgen machen? Immerhin hatte es in der letzten Woche eine Tote gegeben. Die Stimmung in der Kelterei war äußert angespannt. Niemand wusste, wie es weitergehen würde. Jeder verfolgte seine eigenen Ziele, kochte sein eigenes Süppchen. Ein gefährliches Gemisch hatte sich zusammengebraut. Valerie musste in sich hineinlachen. Immerhin war sie an der Situation nicht ganz unschuldig. Sie mischte selbst in dem Wirrwarr aus Intrigen kräftig mit. Manchmal war sie sich nicht mehr sicher, ob sie noch Herrin ihres Handelns war. Vielleicht war sie längst zu einem Spielball der verschiedenen Interessen geworden. Innerlich hatte sie sich auf eine der Seiten geschlagen, doch sie war auch mit der anderen Seite verbandelt.

Die Gedanken begannen um den Mann zu kreisen, auf den sie wartete. Ursprünglich war es nur ein kleines Abenteuer gewesen. Doch dafür zog es sich jetzt schon viel zu lange hin. Anders als geplant waren längst mehr Gefühle im Spiel, als ihr lieb war. Sie hätte rechtzeitig die Reißleine ziehen müssen. Jetzt spürte sie, dass es dazu zu spät war.

Da war es wieder, das Geräusch, das sie aufgeschreckt hatte. Ein Klingeln. Hell und klar. Es war eindeutig die Türklingel. Sie sprang auf und schob die Decke, in der sie sich vergraben hatte, hastig zur Seite. Das musste er sein. Wie lange stand er schon vor der Tür? Eilig durchquerte sie den Flur, sah seinen Schatten, der sich im Milchglas des Türmittelteils abzeichnete, und riss die Tür auf.

„Da bist du endlich. Ich dachte schon, es sei etwas passiert."

Sie umarmte ihn stürmisch. Er drängte sie ins Haus hinein und gab der Tür mit dem Fuß einen Stoß, sodass sie mit einem Knall ins Schloss fiel.

„Was sollte denn passiert sein?", fragte er nach einer Weile.

„Ich weiß es nicht. Ich hatte einfach schlechte Gedanken. Es ist so viel passiert in den letzten Tagen."

„Ja, das stimmt. Es ist wirklich keine schöne Zeit."

„Du bist spät. Wo bist du gewesen?"

„Entschuldige, das Gespräch eben hat leider etwas länger gedauert."

„Du hättest kurz anrufen können!"

„Wollte ich auch. Aber der Akku war leer. Ich hätte nie gedacht, dass mir das einmal passiert."

Wirkte er ein wenig zerstreut oder war das nur ein Gefühl? Er entledigte sich seines Mantels und folgte Valerie ins Wohnzimmer.

„Hast du dir einen Film angesehen?"

„Ja, aber ich bin dabei eingeschlafen. Dein Klingeln hat mich geweckt."

„Das tut mir leid. Möchtest du ins Bett gehen?"

Sie drehte sich um und grinste ihn an.

„Ja, natürlich. Aber nur mit dir."

Er machte einen Schritt auf sie zu und zog sie zu sich heran.

Sie küssten sich erneut. Diesmal aber begieriger als kurz zuvor an der Tür. Sie rissen sich die Kleider vom Leib und liebten sich auf der Couch. Valerie genoss das Liebesspiel in vollen Zügen, denn sie wusste, dass er nicht mehr viel Zeit hatte. Niemand sollte von ihrer Beziehung erfahren. So weit waren sie noch nicht. Und vermutlich würden sie auch niemals so weit kommen. Das spürte Valerie tief in ihrem Inneren, obwohl sie sich manchmal etwas anderes wünschte. In diesem Leben war das wohl nicht mehr vorgesehen. Eigentlich glaubte sie nicht an solche übersinnlichen Dinge wie Wiedergeburt, Fügung und Ähnliches. Aber manchmal war es eine schöne Vorstellung. Es gab Mut und Hoffnung. Und Glaube konnte Berge versetzen, auch wenn er nur eine Illusion war. Vielleicht hatten sie in einem anderen Leben dazu die Zeit. Das jedenfalls war eine schöne Vorstellung.

5.

„Morgen“, sagte Bohlan und hängte seine Jacke an den Haken. Er war hundsmüde, weil er die halbe Nacht nicht geschlafen hatte. Der Fund von Servatius' Leiche hatte dazu geführt, dass er spät nach Hause gekommen war. Auf dem Deck seines Hausbootes hatte er noch eine Flasche Bier geleert und den totalen Blues bekommen. Die Lösung des Next-Level-Rätselbildes hatte zu lange gedauert. Innerhalb weniger Tage hatte er bereits zum zweiten Mal einen Hinweis auf einen Mord bekommen und war trotzdem viel zu spät am Tatort erschienen. Insgeheim war er sich darüber im Klaren, dass er die Morde nicht hätte verhindern können. Der Mörder spielte mit seinen Gefühlen. Er gab die Hinweise so ungenau, dass die Polizei nicht schneller sein konnte als er. Für den Mord an Alina stand dies zweifelsfrei fest. Das Päckchen war nur wenige Stunden vor dem tödlichen Schuss im Präsidium abgegeben worden. Bei dem Mord an Daniel Servatius war der Todeszeitpunkt noch unklar. Bohlan vermutete, dass Servatius schon einige Zeit tot im Keller gesessen hatte. Vielleicht hatte er schon am vorgestrigen Abend nach dem Essen auf dem Hof eine Zigarette geraucht und war dabei auf seinen Mörder getroffen. Entweder waren sie zusammen in den Keller gegangen oder man hatte ihn dorthin verschleppt. Was diese Dinge anging, würde er vermutlich schlauer sein, wenn die Fakten von Gerichtsmedizin und Spurensicherung auf dem Tisch lagen. Nachdenklich sah er Julia Will an, die ihm gegenübersaß und konzentriert auf den Monitor ihres Rechners blickte. Ihre Hand griff zur Seite und tastete zielsicher nach dem dort stehenden Becher. Mechanisch führte sie ihn zum Mund und trank einen Schluck Kaffee.

„Seit wann bist du denn schon hier?“, fragte Bohlan.

„Vielleicht ’ne Stunde“, antwortete Will, ohne den Blick vom Bildschirm zu lassen. „Daniel Servatius war Prokurist der Kelterei Wagenknecht und als solcher schon lange dabei. Er war so etwas wie die rechte Hand des verstorbenen Patriarchen, kannte alle Firmeninterna. Auch in die privaten Dinge soll er eingeweiht gewesen sein.“

„Woher weißt du das?“

„Ich habe mir noch einmal sämtliche Protokolle der Vernehmungen angesehen.“

Bohlan nickte anerkennend. „Gute Arbeit, Julia!“

„Ach, noch etwas. Ich habe seine Adresse. Er wohnte tatsächlich nicht allzu weit von Frommels Gaststätte entfernt.“ Sie schob Bohlan einen Zettel zu. Der Kommissar warf einen kurzen Blick auf das Papier. „Dann sollen sich die Stones da mal genauer umsehen. Wir zwei unterrichten Wagenknecht.“

Will klickte auf ihrer Maus herum und sprang dann auf.

„Was ist?“, fragte Bohlan, den immer noch die Müdigkeit lähmte.

„Na, ich dachte, wir wollen zu Wagenknecht?“

„Jetzt schon? Was ist mit den Stones? Wir sollten sie informieren.“

„Mach dir um die keine Sorgen. Die sind schon auf dem Weg nach Eckenheim.“

Widerwillig erhob sich Bohlan. War er denn der Einzige, den die Nacht dermaßen geschafft hatte? Alle anderen schienen voller Elan zu sein.

Johannes Wagenknecht blickte Bohlan ungläubig an.

„Servatius ist tot? Ich kann es nicht fassen.“

Wagenknecht schüttelte immer wieder den Kopf. Die Todesnachricht nahm ihn sichtlich mit.

„Das erklärt natürlich einiges“, stammelte er schließlich.

Bohlan und Will wechselten einige Blicke. „Was erklärt das genau?“

„Wir haben ihn gestern Abend vermisst.“

„Was war denn gestern Abend?"
„Eine Krimilesung, für Mitarbeiter und Geschäftsfreunde."
„Krimilesung?" Bohlan traute seinen Ohren nicht.
„Delbrück und Richter haben gelesen. Dazu gab es Folkmusik. Sehr unterhaltsam."
Delbrück und Richter? Bohlan grübelte kurz. Wenn er sich recht erinnerte, dann hatte er jeweils ein Buch von ihnen in seinem Kroatienurlaub gelesen und sich dabei königlich amüsiert. „Wollen Sie damit sagen, dass Sie sich eine Krimilesung angehört haben, während einer Ihrer Mitarbeiter ermordet wurde?"
Wagenknecht blickte ein wenig düpiert aus der Wäsche.
„Und wenige Tage zuvor eine Mitarbeiterin", fügte Will hinzu.
„Das konnte ja niemand ahnen!", sagte Wagenknecht kleinlaut. „Der Event war seit Langem geplant. Viele wichtige Kunden waren eingeladen."
„Wer war denn alles bei der Lesung?"
„Die ganze Belegschaft. Jedenfalls soweit ich das überblikken konnte. Dazu Geschäftspartner et cetera. Knapp siebzig Personen. Eine Anwesenheitsliste haben wir aber nicht geführt."
„Natürlich."
„Fehlte denn noch jemand außer Servatius?", hakte Will nach.
Wagenknecht dachte einen Moment nach. „Nicht dass ich wüsste. Ich werde aber nochmal genauer darüber nachdenken."
„Tun Sie das. Was war Servatius für ein Mensch?"
„Was war Servatius für ein Mensch? Das ist eine schwierige Frage."
„Versuchen Sie eine Antwort."
„Er war stets korrekt gekleidet. Immer Anzug und weißes Hemd, nie mit Farbe oder Mustern drauf. Auch im Job immer korrekt, aber trotzdem kein Langweiler. Man konnte sich gut und lange mit ihm unterhalten. Er war sehr gebildet und informiert."

„Hatte er Familie?“

„Nein, soweit ich weiß nicht. Jedenfalls keine nahen Verwandten. Von einer Freundin ist mir auch nichts bekannt.“ Wagenknecht zuckte mit den Schultern. „Er war in der Firma, seit ich denken kann. Sein Wissen war enorm. Es wird schwer sein, ihn zu ersetzen.“

„Mich irritiert ein wenig, dass Sie ihn so lange kannten und doch wenig Privates zu wissen scheinen.“

„Was private Dinge anging, war er sehr zurückhaltend und ließ niemanden so recht an sich heran.“

„Was ist mit Frauengeschichten?“

„Da war er eher schüchtern. Er ließ seine Bedürfnisse professionell befriedigen – wenn Sie verstehen, was ich meine.“ Wagenknecht schüttelte immer wieder fassungslos den Kopf, während Bohlan versuchte, Stichpunkte aufzuschreiben.

„Wo und wie wurde er denn umgebracht?“, fragte Wagenknecht mit brüchiger Stimme.

„Wir haben ihn gestern Abend auf einem Stuhl gefesselt im Keller des Eckenheimer Hofes gefunden.“

„Im Eckenheimer Hof? Das gibt's doch nicht!“, stieß Wagenknecht hervor.

„Was ist daran so außergewöhnlich?“

„Es war seine Stammkneipe. Wie ist er denn in den Keller gekommen?“

Bohlan zuckte mit den Schultern. „Das wissen wir noch nicht. Er war vorgestern Abend dort zum Essen. Dann ist er mal kurz raus und kam nicht mehr zurück.“

Wagenknecht sah Bohlan völlig entgeistert an. Sein Blick wirkte irgendwie irre. Der Kommissar dachte für einen Augenblick, ihm säße Klaus Kinski gegenüber.

„Das kann nicht sein!“, stammelte Wagenknecht.

„Was kann nicht sein?“, fragte Bohlan zurück.

„Servatius war gestern Nachmittag noch am Leben.“

„Mit Sicherheit nicht.“

„Doch, doch, doch!“ Wagenknecht war aufgesprungen. Seine Hände tasteten nervös sein Jackett ab. Endlich hatte er gefunden, was er suchte. Er hielt ein Smartphone in der Hand und drückte wie wild auf dem Display herum.

„Servatius hat mir gestern Nachmittag eine SMS geschrieben. Sehen Sie hier." Wagenknecht fuchtelte zum Beweis mit dem Smartphone vor Bohlans Nase herum.

Bohlan las den Text.

„Brauche Abstand. Komme heute nicht. Sorry", las Bohlan laut vor. Tatsächlich war die SMS gestern gegen sechzehn Uhr auf Wagenknechts Smartphone eingegangen. Wie war das möglich?

Sollte Servatius doch erst gestern Abend ermordet worden sein?

„Eigentlich hatte ich mit Daniel und Valerie gestern Morgen ein Meeting angesetzt. Doch er ist nicht erschienen und war auch nicht telefonisch erreichbar. Kurz bevor ich diese SMS bekommen habe, wollte ich Sie schon informieren." Wagenknecht saß wieder auf seinem Stuhl.

Merkwürdige Geschichte, dachte Bohlan.

„Können Sie mir Servatius' Handynummer geben?"

„Natürlich", sagte Wagenknecht und schrieb die Nummer auf einen Zettel.

„Eine Krimilesung als Alibi – das hatten wir auch noch nie", sagte Will, als sie wieder im Auto saßen. „Und außerdem waren alle potenziellen Täter da. Jedenfalls was man so hört. Verflixt!"

Bohlan startete den Wagen. „Obwohl – wenn sich herausstellt, dass Servatius schon ein Weilchen länger auf dem Stuhl saß, dann stürzen sämtliche Alibis wieder in sich zusammen. Wie ein Kartenhaus. Peng."

„Was ist dann mit der SMS?"

„Wer sagt denn, dass die wirklich von Servatius war? Ehrlich gesagt, kann ich mir das nicht vorstellen."

„Warum nicht?"

„Hast du gestern Abend nicht auch den Geruch im Keller bemerkt? Servatius saß da schon eine ganze Weile."

„Und das heißt?"

„Das heißt, dass der Mörder Servatius' Handy mitgenommen und Wagenknecht eine SMS geschrieben hat."

„Warum hätte er das tun sollen?"

„Was weiß denn ich. Um ihn zu beruhigen?"

„Vermutlich hast du recht. Warten wir, bis Dr. Spichal seine Ergebnisse präsentiert."

Bohlan beschleunigte den Wagen. Als sie die Innenstadt durchquert hatten, klingelte sein Handy.

„Kannst du mal drangehen? Es ist in der Jackentasche auf der Rückbank."

Will drehte sich um und kramte in den Jackentaschen. Doch es dauerte zu lange, das Klingeln verebbte. Sie starrte auf das Display.

„Es war Steinbrecher. Ich ruf ihn zurück."

Bohlan nickte. Vielleicht hatten die Stones etwas Aufschlussreiches in Servatius' Wohnung gefunden. Zum Beispiel kompromittierende Details oder geheime Aufzeichnungen. Dann hätte man endlich einen Ansatzpunkt für ein Mordmotiv.

„Scheiße!", stieß Will hervor und ließ Bohlans Handy auf ihren Schoß sinken.

„Was ist?", fragte Bohlan, der das Gespräch nicht verfolgt hatte.

„Es wurde eine weitere Leiche gefunden. Neue Arbeit für uns. Als ob wir nicht genug um die Ohren hätten."

„Mist!" Bohlan starrte auf die Fahrbahn.

„Wilhelm-Busch-Straße. Die Stones sind schon unterwegs."

Nachdem die Kommissare gegangen waren, ließ sich Johannes Wagenknecht in den Schreibtischstuhl fallen und lockerte die Krawatte. Das Stück Stoff saß wie eine Schlinge um seinen Hals und drohte ihn zu erwürgen. Er musste endlich wieder atmen können. Als dieses Unterfangen nicht zum gewünschten Erfolg führte, öffnete er auch den obersten Knopf seines Hemdes. Die Welt schien sich gegen ihn verschworen zu haben. Nun war also auch Daniel Servatius tot. Unvorstellbar. Bei allen Meinungsverschiedenheiten, die sie in den letzten Tagen ausgefochten hatten, war dies der Worst Case schlechthin. Einen Ersatz zu finden, der nur annähernd seine Qualitäten hatte, war eine Herkulesaufgabe. Zudem fühlte sich Wagenknecht schlecht, weil er Servatius offensichtlich zu Unrecht beschuldigt hatte. Er hatte in der Wohnung keinerlei Anhaltspunkte dafür gefunden, dass Servatius die Seiten gewechselt hatte. Auch die Recherche in dem Datenmaterial hatte nichts Verwertbares zutage befördert. Natürlich war das alles kein endgültiger Beweis. Aber die Tatsache, dass Servatius tot war, sprach für seine Unschuld. Er schenkte sich ein Glas Wasser ein und trank es in einem Zug aus. Und dann fiel ihm etwas ein, was ihn noch mehr ins Schwitzen brachte. Zwar war Servatius' Leiche heute Nacht gefunden worden. Aber was, wenn der Kommissar recht hatte und Servatius schon einen Tag länger tot war? Wagenknecht rechnete nach. Er hatte Servatius vorgestern das letzte Mal gesehen. Da war er in seinem Büro gewesen und hatte mit ihm gesprochen. Am Abend desselben Tages war er heimlich in Servatius' Wohnung eingedrungen. Am nächsten Tag, also gestern, war Servatius nicht zur Arbeit erschienen, hatte sich auch nicht krank gemeldet. Eigentlich hätten bei ihm deswegen alle Alarmglocken schrillen müssen. Servatius war nämlich niemals krank, und schon gar nicht würde er fehlen, ohne sich abzumelden. Eigentlich sprach alles dafür, dass Servatius bereits einen Tag zuvor ermordet worden war. Das einzige Gegenargument war die SMS. Und prompt stolperte er über das nächste Problem: Die Polizei würde mit Sicherheit Servatius' Wohnung genauestens unter die Lupe nehmen. Zwar war er vorsichtig gewesen und hatte Handschuhe getragen, aber es war nicht auszuschließen, dass er Spuren hinterlassen hatte. Wenn die Polizei herausfand, dass er zur Tatzeit in der Wohnung gewesen war, würden sich seine Probleme immens vergrößern.

Er griff zum Telefon und ließ sich mit seiner Frau verbinden.

„Was gibt's?", fragte sie kurz angebunden.

Veronique Wagenknecht war wahrscheinlich immer noch sauer, weil er gestern erst so spät in der Nacht nach Hause gekommen war.

„Daniel ist tot."

Todesstille in der Leitung.

„Oh Gott!", schluchzte sie schließlich. „Was ist passiert?"

„Genaues weiß ich nicht, aber die Polizei geht von einem Gewaltverbrechen aus."

„Nein, das kann nicht sein! Nicht Servatius."

„Ich war am Tatabend in seiner Wohnung."

„Was?" Mehr brachte Veronique Wagenknecht nicht heraus.

„Erinnerst du dich denn nicht? Es war vorgestern, als ich dir von meinem Verdacht erzählt habe. Du hast selbst gesagt, ich solle der Sache auf den Grund gehen. Ich bin dann gleich noch zu Servatius gefahren. Mit dem Schlüssel, den wir seit Jahren haben."

„Du bist wirklich komplett übergeschnappt."

„Nein, bin ich nicht. Ich habe das sehr bewusst gemacht und war äußerst vorsichtig. Ich glaube nicht, dass mich jemand gesehen hat oder dass ich Spuren hinterlassen habe. Aber ausschließen kann ich es natürlich nicht."

„Und jetzt?"

„Weiß ich nicht. Aber findest du es nicht auch merkwürdig, dass zwei Menschen aus meinem Umfeld ermordet werden und ich jedes Mal kurz zuvor in der Wohnung war?"

„Du musst unbedingt zur Polizei gehen, bevor die Sache eskaliert. Das habe ich dir schon vorgestern gesagt. Und heute gilt das umso mehr."

„Vermutlich hast du recht. Wir sehen uns später."

„Mach keine Dummheiten mehr! Versprichst du mir das?"

„Ja", antwortete Wagenknecht und legte auf.

Er war um ein Problem erleichtert, dafür quälten ihn jetzt

andere Sorgen. Auch wenn die Beziehung mit seiner Frau momentan nicht so lief, wie man es sich wünschen würde, so stand sie doch immer zu ihm, unterstützte ihn, hörte ihm zu, stärkte ihm den Rücken. Es war eine Dummheit gewesen, sich mit Valerie einzulassen. Er musste diese Affäre beenden.

„Valerie Mittag, neunundzwanzig Jahre alt." Steinbrecher leierte die Daten aus dem Personalausweis runter. „Das hier ist ihre Wohnung.

„Nettes Ambiente", sagte Will. „Parkett, weiße Wände, ein paar Antiquitäten, stuckverzierte Decken. Alles vom Feinsten. Hat sie hier alleine gewohnt?"

„Sieht so aus. Jedenfalls, wenn man sich Schuhe und Mäntel an der Garderobe ansieht." Will stutzte. Wer hatte das gesagt? Woher kamen diese Worte? Sie lugte an Steinbrecher vorbei und sah einen jungen Mann in Uniform im Türrahmen stehen, der allenfalls gerade die Polizeischule hinter sich haben konnte. Woher nahm er die Traute, sich in das Gespräch der ermittelnden Kommissare einzumischen? Sie war drauf und dran ihn anzublöken, doch irgendetwas hielt sie davor zurück. Es war nicht die Erinnerung daran, dass sie auch einmal so angefangen hatte und darauf brannte, in einem richtigen Fall zu ermitteln, statt den ganzen Tag in einem Revier zu sitzen und Strafanzeigen und Beschwerden entgegenzunehmen. Nein, es waren gewisse Gesichtszüge, die ihr bekannt vorkamen.

„Du erinnerst dich doch sicher an Julian?!", sagte Steinbrecher und half ihr damit auf die Sprünge.

„Ja, natürlich", erwiderte Will.

Julian Steinbrecher, Walters Sohn, war vor ein paar Jahren wie aus dem Nichts aufgetaucht. Er war bei seiner Mutter aufgewachsen, die es jahrelang verstanden hatte, die beiden voneinander fernzuhalten. Julia erinnerte sich noch genau an jenen Morgen, als Walter Steinbrecher ihr von der bevorstehenden Ankunft seines Sohnes berichtet hatte. Es war einer der wenigen Momente, in denen ihr Kollege, der immer so hart, aufgeklärt und gefasst wirkte, Einblicke in sein Inneres gewährt hatte. Der berühmte weiche Kern in der harten Schale. Julian wollte nach seinem Abitur nur ein paar Wochen in Frankfurt bleiben, seinen Vater kennenlernen und Großstadtluft schnuppern. Doch dann hatte er Blut geleckt und sich für eine Ausbildung bei der Polizei beworben. Wahrscheinlich absolvierte er gerade ein Praktikum beim örtlichen Revier.

„Klar!“, bekräftigte Will und machte ein paar Schritte auf Julian Steinbrecher zu, um ihn zu begrüßen. Bohlan stiefelte währenddessen um Mittag herum, die in einer Blutlache auf dem Boden lag, Arme und Beine von sich gestreckt.

„Was ist das denn?“ Bohlans Finger zeigte auf einen Bembel, der neben dem Kopf der Leiche lag. Die Blutlache nahm am Schädel ihren Ausgang.

„... offensichtlich die Mordwaffe“, bemerkte Steinbrecher. „Soweit ich die Lage überblicke, erhielt Mittag einen gezielten Schlag auf den Kopf.“

Bohlan stutzte für einen Moment und nahm den Bembel ins Visier. Er sah aus wie ein stinknormaler Apfelweinbembel, wenn man von der Tatsache absah, dass er nicht aus Ton sein konnte. Dann wäre er nämlich beim Aufprall auf Mittags Kopf zerbrochen. Nachdenklich schlich er um die auf dem Boden liegende Tote, die einen schwarzen Bademantel trug. „Hübsche Frau. Ich frage mich, ob sie wirklich alleine gelebt hat?“

„Wir werden es herausbekommen“, sagte Steinbrecher.

„Unbedingt. Allerdings werden wir wohl Überstunden ansetzen müssen. Das ist der dritte Mord innerhalb weniger Tage. Ich weiß langsam nicht mehr, wo mir der Kopf steht.“ Bohlan beugte sich zu der Toten hinunter.

„Wir haben es definitiv mit jemanden zu tun, der in der Führungsetage der Kelterei mal gründlich aufräumt“, murmelte Bohlan mehr zu sich als zu den anderen, wandte sich dann aber an Will: „Hast du das Foto aus dem Eckenheimer Hof auf dem Tablet?“

„Natürlich“, entgegnete Will. „Moment.“

Kurze Zeit später gab sie das Tablet an Bohlan weiter. Der Kommissar warf einen kurzen Blick auf den Bildschirm und begann zu schwitzen. Hitzewellen durchzuckten seinen Körper und ließen Schweißtropfen auf seine Stirn treten.

„Dachte ich es mir doch. Hier sehen wir das Mordwerkzeug." Sein Finger wies auf das Foto, das Heinz Schenk zeigte, der einen Bembel in der Hand hielt.

„Der Hinweis bestand also diesmal darin, dass uns der Täter das nächste Mordwerkzeug vorab präsentierte", fügte Will nachdenklich hinzu.

„Und wieder haben wir ihn nicht rechtzeitig gedeutet." Steininger war von seinem Rundgang durch das Haus zurückgekehrt und stand nun direkt hinter Bohlan.

„Stimmt, aber lass das bloß nicht die Maurer mitbekommen. Die bringt es fertig und entzieht uns den Fall wegen Unfähigkeit." Steinbrecher begann, eine Zigarette zu drehen. Dann verschwand er mit seinem Sohn vor die Eingangstür.

„Netter Junge", bemerkte Will mit einem Blick nach draußen.

„Ja, und er scheint sich prima auf der Polizeischule zu machen. Jedenfalls, wenn man Walter glaubt."

„Es freut mich für ihn, dass sich alles zum Guten gewendet hat."

Bohlan blickte Will fragend an.

„Die Sache mit seinem Sohn."

„Ach so. Ja, stimmt. Sie sind so etwas wie ein Herz und eine Seele geworden." Der Kommissar wollte noch etwas hinzufügen, doch er kam nicht mehr dazu, weil Dr. Spichal das Haus betrat und mit Informationen versorgt werden wollte.

„Was für ein Tag!" Steinbrecher ließ sich erschöpft auf einen Stuhl fallen und gab ein gestresstes Schnaufen von sich. Sie waren erst kurz zuvor ins Präsidium zurückgekehrt, um vor Feierabend noch einmal die Lage zu sondieren und die Marschroute für den nächsten Tag festzulegen. Niemand rechnete damit, dass heute noch ein entscheidender Schritt nach vorne erfolgen könnte. Zunächst umriss Steininger kurz die Details, die zum Leichenfund im Dichterviertel geführt hatten. Gegen Mittag war ein anonymer Hinweis beim örtlichen Revier eingegangen, woraufhin man einen Streifenwagen zu Mittags Haus entsendet hatte. Zwei Kollegen, zu denen auch Julian Steinbrecher gehörte, hatten die Haustür unverschlossen vorgefunden. Nachdem sie die Leiche im Wohnzimmer entdeckt hatten, war die übliche Maschinerie in Gang gesetzt worden. Offensichtlich war das Opfer durch einen gezielten Treffer mit einem Metallbembel bewusstlos geschlagen worden. Danach war sie erstickt worden. Dr. Spichal hatte in einer ersten Stellungnahme den Todeszeitpunkt auf irgendwann zwischen eins und drei in der Nacht eingegrenzt. Jedem im Team war klar, dass das Motiv für die Morde in der Kelterei Wagenknecht zu suchen war. Bohlan fühlte sich dazu genötigt, einen Abriss über die von ihm und Will ermittelten Fakten aus dem Hause Wagenknecht zu geben. Natürlich spielten dabei die Erbstreitigkeiten der vergangenen Jahre genauso eine Rolle wie die wirtschaftlichen Schwierigkeiten einerseits und die aktuellen Markterfolge andererseits. Alles machte den Eindruck, als habe die Firma in letzter Sekunde die Wende geschafft und den Weg in eine bessere Zukunft gefunden. Vor diesem Hintergrund war es eigentlich der völlig falsche Zeitpunkt für eine Mordserie in der Führungsetage. Auch die Beziehungen zwischen den ermordeten Personen lagen noch arg im Dunkeln. Zwar waren sie alle mehr oder weniger für die Firma verantwortlich, aber in völlig unterschiedlichen Positionen. Alina Wagenknecht war zu einem großen Anteil Eigentümerin, besaß ein Vetorecht bei wichtigen Entscheidungen, war aber nicht in die laufenden Geschäfte eingebunden. Servatius war nicht an der Firma beteiligt, verfügte aber über großen internen Einfluss. Zudem war er, soweit Bohlan das verstand, derjenige mit dem besten Überblick über alle Zahlen. Auch galt er als Freund der Eigentümerfamilie und hatte so etwas wie eine Geheimnisträgerfunktion.

Wenn der alte Spruch *Wissen ist Macht* noch seine Gültigkeit besaß, dann war er wohl einer der mächtigsten Personen in der Kelterei. Die Rolle von Valerie Mittag hingegen war auf den ersten Blick weniger durchschaubar. Sie war erst kurze Zeit dabei, hatte aber als Marketingleiterin gewiss einen großen Anteil am jüngsten Erfolg. Im Vergleich zu Alina Wagenknecht und Daniel Servatius schien sie eher eine Randfigur zu sein. Bohlan beendete mit trockenem Mund seine Ausführungen und spürte an den Blicken der Kollegen, dass sie genauso erschöpft und ausgelaugt waren wie er. Da er keine erhellenden Gedanken mehr erwartete, beendete er die Besprechung und wünschte allen einen erholsamen Abend. Er wartete, bis seine Kollegen das Kommissariat verlassen hatten, blieb noch etwa fünf Minuten an seinem Platz sitzen und betrachtete das Whiteboard. Er versuchte, die Bilder zu fixieren und seine Gedanken zu ordnen, doch es wollte ihm nicht gelingen. Die Bilder verschwammen vor seinen Augen zu einem undurchdringbaren Farbengemisch ohne Konturen. Resigniert stand er auf und verließ das Kommissariat.

Er fuhr mit dem Aufzug in die Tiefgarage des Polizeipräsidiums. Dort setzte er sich in den Lupo, suchte eine Chris-Rea-CD aus dem Fach in der Fahrertür und schob sie in den Player. *This is the road to hell*, röhrte Rea. Bohlan hörte den Song gerne, vor allem, wenn die Ermittlungen ins Stocken kamen. Der Wagen schoss die Rampe nach oben und dann in Richtung Autobahn. Kurz bevor er die Auffahrt erreichte, durchzuckte den Kommissar ein Gedanke. Geistesgegenwärtig riss er das Lenkrad herum und vollzog einen U-Turn. Mit quietschenden Reifen fand er sich unversehrt auf der Gegenfahrbahn wieder. Die Sache mit dem Foto war ihm nicht aus dem Kopf gegangen und war nun Anlass für die Kehrtwende in Richtung Eckenheim. Eine Viertelstunde später parkte er vor dem Eckenheimer Hof und scherte sich einen Teufel um die keifenden Spaziergänger, die sich über das im absoluten Halteverbot parkende Auto beschwerten. Er knallte die Fahrertür zu und beeilte sich, den Hofeingang zu durchqueren. Statt rechts in die Gaststube einzutreten, passierte er den Hof, ohne vorwärts oder seitwärts zu schauen. Am Eingang zur Kegelbahn angekommen, drückte er zielstrebig die Klinke nach unten. Tatsächlich war die Tür nicht verriegelt. Bohlan öffnete sie und schlüpfte durch den Spalt. Der Saal war leer und dunkel. Die Tür fiel hinter ihm donnernd ins Schloss. Mit forschen Schritten näherte er sich der hinteren Wand. Durch die schmalen Seitenfenster schimmerte das Licht einer Straßenlaterne, sodass Bohlan die an der Wand angebrachten Gemälde studieren konnte. Fieberhaft ließ er im Halbdunkel seinen Blick über die Bilder schweifen, blieb vor dem Bild stehen, das Heinz Schenk zeigte. Zunächst fiel ihm nichts Besonderes auf. Er holte sein iPhone aus der Jacke und stellte die Taschenlampen-App ein. Mithilfe des hellen Lichtscheins scannte er das Bild ab. Zentimeter für Zentimeter. Heinz Schenk prostete ihm freudig zu. In einer Hand hielt er ein Geripptes, in der anderen Hand einen Bembel. Es war das Bild, auf dessen Ablichtung Servatius gesessen hatte. Mittlerweile war er in der rechten unteren Ecke angekommen. Und da fiel es Bohlan wie Schuppen von den Augen. Konnte das wirklich sein? War die Lösung derart einfach gewesen? Obwohl er den Fehler längst erkannt hatte, holte er das Foto aus der Jackentasche und leuchtete immer wieder abwechselnd zwischen der Aufnahme und dem Gemälde hin und her. Warum war ihm der gravierende Unterschied nicht gleich aufgefallen? Als sie das Foto gefunden hatten, war ihm zwar klar gewesen, wo das Bild hängt, aber der Signatur, die sich unten rechts auf dem Foto befand, hatte er keinerlei Bedeutung beigemessen. *V. Müller* stand an der Wand, *V. Mittag* auf dem Foto.

„Verdammte Scheiße!“, stieß Bohlan aus. Er begann zu schwitzen und in seinem Kopf hämmerte es, als hätte ihn eine Migräneattacke erwischt. Er ließ sich auf einen der Stühle fallen, und jegliche Kraft wich aus seinem Körper wie die Luft aus einem aufgeritzten Reifen. Diesmal war es so knapp wie noch nie gewesen. Warum war ihm dieser Unterschied nicht gestern schon aufgefallen? Eigentlich war er immer gut gewesen im Entdecken von Fehlern. Schon als Kind hatte er diese Rätsel geliebt. Diesmal hätte er eine Chance gehabt und den Mord verhindern können, er hätte nur diese gottverdammten Bilder miteinander vergleichen müssen. Dann wäre ihm die Veränderung am Namenszug des Künstlers aufgefallen. *V. Mittag* wäre leicht zu identifizieren gewesen. Wenn sie schnell geschaltet und gearbeitet hätten, hätten sie die schöne Valerie warnen können.

Nach einigen Minuten erhob sich Bohlan von dem Stuhl und taumelte in Richtung Tür. Die Welt um ihn herum begann sich zu drehen, beinahe so, als würde er durch ein Kaleidoskop blicken. Die Welt zersprang in tausend Teile und setzte sich immer wieder neu zusammen. Was war real, was waren Gedanken? Das Kaleidoskop drehte sich immer schneller, verwandelte sich in eines dieser modernen Karussells, die auf der Dippemess standen. Ein Dröhnen erfasste den Kommissar. Im selben Moment wurde er aus der Kapsel geschleudert und schlug mit enormer Wucht auf dem Boden auf.

Marietta Burgholz war genervt. Wenn sie etwas hasste, dann auf jemanden warten zu müssen. Johannes Wagenknecht war bereits über eine Stunde zu spät. Sie waren für neun Uhr verabredet gewesen, doch kurz vor dem vereinbarten Termin hatte er eine SMS geschickt. Es sei etwas Unerwartetes dazwischengekommen und er würde sich eine halbe bis dreiviertel Stunde verspäten. Natürlich konnte so etwas immer passieren, aber bei Johannes Wagenknecht war dies äußerst selten der Fall. Normalerweise war er die Pünktlichkeit in Person. Sie hatte einen Hugo bestellt und beschlossen, Nachrichten auf ihrem Tablet zu lesen. Zunächst checkte sie ihre E-Mails, allerdings waren nur Werbemails eingegangen. Danach las sie die neuesten Meldungen auf spiegel online.

Johannes Wagenknecht betrat um halb elf das Lokal, begrüßte sie mit Küsschen links und Küsschen rechts und nahm ihr gegenüber Platz.

„Was war denn los?“, erkundigte sich Burgholz.

„Nichts von Belang. In der Firma ist Land unter. Und jetzt ist auch noch Servatius tot.“

„Das ist für dich natürlich ein harter Schlag. Wer hat jetzt noch den Überblick?“ Marietta Burgholz konnte sich einen leicht ironischen Unterton nicht verkneifen.

„Was willst du damit sagen?“, entgegnete Wagenknecht. Seine Stimme klang gereizt.

„Dass du jetzt ziemlich alt aussiehst. Servatius war doch der Einzige, der den Laden im Griff hatte.“

„Ach papperlapapp. Es gibt genug Betriebswirtschaftler auf dem Markt – alles nur eine Frage des Preises!“

„Eben, genau das ist der Punkt. Zudem wird sich niemand in kurzer Zeit so viel Firmenwissen draufschaufeln können, wie Servatius gehabt hat.“

„Da war auch ziemlich viel Ballast aus einer anderen Zeit dabei. Frischer Wind ist vielleicht gar nicht schlecht. Aber was rede ich überhaupt? Das alles muss dich nicht interessieren.“

„Wieso denn nicht? Immerhin steckt auch mein Kapital in der Firma.“

„In der Vergangenheit hast du dich auch nicht um die Alltagsgeschäfte gekümmert.“

„Vielleicht war das ein Fehler?“ Burgholz nippte an ihrem Glas. Sie genoss es, wie Wagenknecht unruhig wurde. Ihre Worte schienen ihm nicht besonders in den Kram zu passen. Es war also an der Zeit, noch eine weitere Bombe zu zünden.

„Übrigens solltest du dein Privatleben ein wenig zügeln.“

Burgholz grinste Wagenknecht breit an. Sie registrierte mit Genugtuung die Schweißperlen, die sich auf seiner Stirn bildeten.

„Wie? Was meinst du damit?“, stotterte Wagenknecht.

„Du wirst deinem Vater immer ähnlicher.“

Wagenknecht antwortete nicht sofort, sondern nahm einen

kräftigen Schluck Apfelwein, den die Bedienung kurz zuvor auf den Tisch gestellt hatte. Burgholz musterte ihn unaufhörlich und genoss seine Nervosität sichtlich. Sie konnte förmlich die Rädchen in seinem Kopf rattern hören. Wahrscheinlich wog er gerade ab, was sie wirklich wusste und was nicht.

„Ich weiß nicht, was du meinst."

„Stell dich nicht dümmer, als du bist. Dein Vater war dem weiblichen Geschlecht verfallen. Jeder Psychologe hätte ihm Sexsucht attestiert. Und du hast seine Gene geerbt."

„Du redest Bullshit!"

„Und du brauchst mir nichts vorzuspielen. Ich weiß genau, dass du den treusorgenden Familienvater mimst, während du eine heftige Affäre mit dieser Marketingleiterin hast. Valerie Mittag heißt sie, wenn mich nicht alles täuscht. Und was Alina angeht ..."

„Lass Alina aus dem Spiel!" Wagenknecht war kurz davor aufzuspringen.

„Beruhige dich. Ich werde mein Wissen für mich behalten."

„Warum tischst du mir das dann alles auf?"

„Weil ich mir Sorgen mache."

„Pah!" In Wagenknechts Gesichtszügen lagen Hohn und Verachtung.

„Wirklich, Johannes. Du musst aufpassen, dass du das Geld und den Besitz, den du geerbt hast, nicht leichtfertig verspielst. Dein Vater hat schon genug verschenkt und verjubelt."

„Rede nicht so über Vater. Er hat viel Geld verpulvert, das ist richtig. Aber das war auch sein gutes Recht. Er hat hart für all das gearbeitet."

„Ja, das stimmt. Ich will dich auch nur davor warnen, zu leichtfertig zu sein. Ich traue einigen Leuten in deinem Umfeld nicht."

„Aber du bist besser, oder was?"

„Was meinst du?"

„Du kannst deine Finger auch nicht von unserem jungen ..."

Marietta Burgholz' Gesicht erstarrte. Mit nur einem Satz

hatte Wagenknecht die Gewichte in diesem Pokerspiel verschoben. Das Spiel zu gewinnen war viel schwerer als gedacht.

„Herr Bohlan ...!"

Jemand rüttelte an ihm. Unermüdlich. Fast von Panik befallen. War es Gott, der ihn begrüßte? Nein, dann müsste liebliche Musik erklingen oder ein Englein singen. In keinem Fall würde man so lieblos im Himmel empfangen werden. Das konnte nur eines bedeuten: Er musste in der Hölle angekommen sein. Dafür sprach auch, dass er Schmerzen verspürte. Sein Schädel dröhnte. Jemand schlug ihn im Wechsel links und rechts gegen die Wangen. Na, das kann ja heiter werden! Wenn man schon mit Folter empfangen wird. Was kommt dann als Nächstes? Der direkte Weg ins Fegefeuer oder Waterboarding? Eine raue Stimme sang *This is the road to hell.* Immerhin war Chris Rea auch hier unten angekommen. Warum eigentlich? Und warum war er in der Hölle? Was hatte er in seinem Leben Schlimmes verbrochen?

Wieder diese verdammten Schläge.

„Herr Bohlan! Können Sie mich hören?"

Natürlich kann ich Sie hören, dachte er. Ich will es aber nicht und schon gar nicht will ich die Augen öffnen. Der Kommissar war widerspenstig. Hartnäckig verweigerte er das Öffnen der Augen. Doch dann tat er es doch. Und was er sah, war weder der Teufel noch ein lieblicher Engel. Es war das Gesicht von Andreas Frommel.

Annegret Will verstaute die Spielsteine in einem Ledersäckchen und legte dieses auf das Backgammonbrett. Sie war enttäuscht und unzufrieden. Zum ersten Mal seit langer Zeit hatte sie drei Partien in Folge gegen Julia verloren, und dies, obwohl sie mit taktischer Raffinesse gespielt und alle Register gezogen hatte. Zweifelsohne hatte sich Julia in den vergangenen Jahren kontinuierlich gesteigert und war längst zu einer fast gleichwertigen Gegnerin geworden. Trotzdem konnte Annegret Will die Mehrzahl der Partien immer noch für sich entscheiden. Heute hingegen war es anders gewesen. Allerdings musste man einräumen, dass ihre Enkelin erhebliches Würfelglück gehabt hatte.

„Noch einen Schluck Wein?“ Annegret Will versuchte zu lächeln und hielt Julia die Rotweinflasche entgegen.

„Ja, gerne.“

Während der Wein in die Gläser floss, betrachtete sie ihre Enkelin. Irgendetwas lag in der Luft, Julia hatte etwas auf dem Herzen. Sie hatte ein Gespür für solche Sachen. In der Regel sah sie es ihrer Enkelin an der Nasespitze an, wenn sie etwas zu besprechen hatte. In der letzten Zeit waren es hauptsächlich kriminalistische Dinge gewesen. Immer wenn die Frankfurter Mordkommission über einem kniffligen Mord brütete und nicht weiterwusste, wurde sie von Julia zu Rate gezogen – ein Umstand, den sie sehr genoss. Natürlich war ihr bewusst, dass dies kein offizieller Rat war, und vermutlich erzählte Julia dies auch niemandem weiter, aber immerhin brachte sie ihr so viel Vertrauen entgegen, dass sie gegen das Dienstgeheimnis verstieß und sie in die geheimsten Überlegungen der Mordkommission einbezog. Obwohl Julia in den letzten Tagen eher schweigsam gewesen war, wusste Annegret Will, dass eine Mordserie die Polizei in Atem hielt. Schließlich waren die Morde im Dunstkreis einer Frankfurter Apfelweindynastie in der einschlägigen Presse ein großes Thema. Sehr zu ihrem Leidwesen hatte Julia bislang wenig darüber berichtet. Erwartungsvoll sah sie ihre Enkelin an. Doch irgendetwas war anders als sonst. Instinktiv wusste sie, noch bevor Julia die ersten Worte gesagt hatte, dass es keineswegs um den aktuellen Fall ging. Und tatsächlich sollte sie recht behalten.

„Ich muss etwas mit dir besprechen“, begann Julia zögerlich.

„Das habe ich längst bemerkt“, entgegnete Annegret Will. „Mach's nicht so spannend.“

Julia Will trank einen Schluck Wein. Sie brauchte noch etwas Mut.

„Alex und ich ...“, sagte sie dann, „... wir wollen zusammenziehen.“

Jetzt war es raus. Julia hatte die Worte geradezu hinausgeschleudert. Aber was hatte das zu bedeuten? Wollte sie tatsächlich bei ihr ausziehen? Natürlich hatte sie immer mit solch einer Wendung gerechnet. Und eigentlich war sie sehr froh darüber, dass Julia ihr privates Glück gefunden zu haben schien. Trotzdem fühlte es sich komisch an. Sie konnte die Gefühle nicht beschreiben, die in ihr emporkrochen.

„Wie findest du das?“, wollte Julia wissen.

„Das ist eine sehr gute Entscheidung“, antwortete Annegret Will.

„Wirklich?“

„Zweifelst du etwa?“

„Nein, das nicht. Aber es ist nur die halbe Wahrheit.“

Was sollte jetzt noch kommen? Annegret Will sah ihre Enkelin gespannt an.

„Sieh mal“, druckste diese. „Wir haben uns gedacht, dass Alex vielleicht zu mir ziehen könnte. Oben ist ja noch ein Zimmer frei. Du hast es zwar als Gästezimmer eingerichtet, aber in den letzten Jahren hat da niemand mehr übernachtet. Wenn wir es ein wenig renovieren und vielleicht ein paar Umbaumaßnahmen in die Wege leiten könnten, dann ...“

„Ihr wollt tatsächlich hier wohnen? Seid ihr denn völlig übergeschnappt?“

Julia Will runzelte die Stirn. Hatte sie zu hoch gepokert? War es ihrer Oma doch nicht recht, wenn Alex hier einzog?

„Was spricht denn dagegen?“

Annegret Will sah Julia ernst an.

„Gar nichts!“ Annegret Will musste plötzlich laut lachen. „Es spricht überhaupt nichts dagegen. Ich würde mich sogar sehr darüber freuen. Ich frage mich nur, ob ich euch nicht auf die Nerven gehe. Junges Gemüse will doch die Zeit mit sich verbringen und nicht mit so einer alten Schabracke wie mir.“

„Also, Oma, du übertreibst maßlos. Du bist doch keine alte Schabracke."

„Nein? Eigentlich stimme ich dir da zu. Aber ich habe eine bessere Idee."

„Was meinst du?"

„Natürlich könnt ihr das Gästezimmer haben. Aber wir können zusätzlich auch noch das Dach ausbauen. Haben die gegenüber auch gemacht. Dann gibt es jede Menge Platz und ihr bekommt eine eigene Küche und ein großes Bad."

Jetzt war es Julia, die ihre Oma überrascht ansah. Natürlich hatte sie gedanklich längst mit diesem Gedanken gespielt, aber sie hatte ihr die Initiative überlassen wollen.

„Das Dach ausbauen? Wer soll das denn bezahlen?"

„Das lass mal meine Sorge sein."

Julia war aufgestanden. Sie kam zu ihrer Oma und nahm sie fest in ihre Arme. Überglücklich drückte sie sie an sich. Annegret Will genoss die plötzlich aufkommende Nähe und legte ihre Arme ebenfalls um ihre Enkelin.

„Mensch, Oma, ich bin so froh, dass du einverstanden bist." Sie löste sich aus der Umarmung und wischte sich schnell eine Freudenträne von der Wange.

„Was hast du denn von mir erwartet?"

„Keine Ahnung. Ist ja schließlich auch für dich eine große Umstellung."

„Ach was. Alex gehört doch längst zur Familie. Außerdem trinkt er auch gerne ein Glas Wein mit mir, wenn du mal wieder bis tief in der Nacht im Kommissariat sitzt. Das passt schon."

Julia sah ihre Oma an und spürte plötzlich noch einmal das Bedürfnis, sie stark drücken zu müssen.

6.

Als Bohlan am nächsten Tag ins Kommissariat kam, fühlte er sich wie nach einer durchzechten Nacht. Hämmernde Kopfschmerzen und unendliche Müdigkeit bestimmten seine Wahrnehmung. Erschöpft ließ er sich auf seinen Stuhl fallen und tastete nachdenklich nach der Beule. Sie war immer noch da und schmerzte jetzt umso mehr. Frommels Schlag auf seinen Schädel war nicht von schlechten Eltern gewesen. Der Kneipier hatte bei einem Kontrollgang über den Hof den Lichtschein entdeckt, den Bohlans Taschenlampen-App verursacht hatte. Von den Vorkommnissen der vergangenen Tage in höchste Alarmbereitschaft versetzt, hatte er sich neben der Tür zur Kegelbahn in Stellung gebracht. Als der vermeintliche Eindringling die Tür aufstieß, hatte er zu einem gezielten Schlag ausgeholt. Bohlan war sofort k.o. gegangen. Selbstredend hatte sich der Kneipier wortreich entschuldigt, nachdem er Bohlan aus seinem Delirium erlöst hatte.

Bohlan überlegte, ob er die Vorkommnisse der vergangenen Nacht thematisieren sollte, vertagte es aber auf später.

„Du siehst verdammt schlecht aus“, stieß Steinbrecher hervor. Er schaute ziemlich erschrocken aus der Wäsche. „Vielleicht solltest du dir mal einen Tag freinehmen?“

„Vielleicht sollte ich das. Aber zu Hause komme ich auch nicht zur Ruhe und Urlaub hatte ich gerade erst. Und wir haben diese verdammte Mordserie ...“

„Und du bist hier unverzichtbar!“, ergänzte Will.

„Siehst du, ihr schafft das alles überhaupt nicht ohne mich“, sagte Bohlan zu Steinbrecher.

„Das hat Julia nicht so gemeint, stimmt's?“

„Doch, das habe ich so gemeint. Ohne Tom wären wir aufgeschmissen.“ Will zwinkerte Steinbrecher zu. „Es gibt übrigens etwas Neues." Sie zeigte auf einen graublauen Bembel, der in der Mitte des Besprechungstisches stand, eingepackt in eine Plastikfolie.

„Schon wieder ein Bembel?", fragte Bohlan.

„Genau. Aber es ist kein normaler Bembel. Auf der Rückseite befindet sich eine Inschrift." Will drehte das graublaue Gefäß herum und las vor.

„Wer nicht trinkt und wer nicht küsst, der ist so gut wie tot!"

„Interessante Weisheit", murmelte Bohlan.

„Wäre es ein stinknormaler Bembel, der in irgendeinem Dibbeladen herumstünde, könnte er uns egal sein. Dieser Bembel aber stand in einem Regal in Valerie Mittags Esszimmer, also quasi direkt neben der Leiche. Und das macht den Bembel interessant", dozierte Will.

„Du meinst, es ist ein neuer Hinweis?"

„Genau."

„Und was soll er uns sagen?", entgegnete Steinbrecher. „Wird nur ermordet, wer nicht küsst oder trinkt?"

„Vielleicht der Hinweis auf eine Affäre?"

„Nein, das passt nicht. Denn wer küsst und trinkt, der ist ja eben gerade nicht tot. Tot ist nur, wer weder küsst noch trinkt oder beides oder was auch immer." Steinbrecher stand auf.

„Wo willst du hin?", fragte Will.

„In den Hof. Eine rauchen."

„Apropos Hinweis", bemerkte Bohlan. „Ich war gestern Abend noch einmal im Eckenheimer Hof."

„Ach, deswegen bist du heute so derangiert!" Steinbrecher blieb an der Tür stehen.

„Genau, aber nicht, was ihr denkt. Den Schnaps habe ich erst nach meinem Zusammenbruch getrunken."

„Zusammenbruch, was denn für ein Zusammenbruch?"

Und dann erzählte Bohlan, was ihm am gestrigen Abend widerfahren war. Die Kollegen hörten aufmerksam zu und waren nach dem Ende seines Berichts einigermaßen entsetzt.

„Versteht ihr jetzt, warum ich mich so miserabel fühle?“

„In der Tat“, entgegnete Will. „Hast du einen Verdacht?“

Bohlan, immer noch ein wenig desorientiert, blickte Will verständnislos an.

„... wer dich niedergeschlagen haben könnte, meine ich.“

„Ach so. Das war Frommel. Er hielt mich für einen Einbrecher. Hatte ich das nicht erwähnt?“

„Sehr merkwürdig.“ Steinbrecher kratzte sich über die Wange.

„Wieso merkwürdig? Meinst du, Frommel hätte mich mit Absicht ausgeknockt?“

„Wäre doch möglich, oder?“

„Nein.“ Bohlan schüttelte den Kopf, was ein erneutes Dröhnen in seinem Schädel auslöste. „Nein, das glaube ich nicht. Aber er hat mir von zwei interessanten Details berichtet.“

„Und die wären?“

„An dem Abend, an dem Servatius seine Henkersmahlzeit eingenommen hat, sind noch zwei Personen im Eckenheimer Hof aufgetaucht: Niklas Volkmann und Valerie Mittag. Beide waren auf der Suche nach Servatius. Sie kamen übrigens, als Servatius schon weg war, trafen also nur den zurückgelassenen Apfelwein an.“

„Könnten sie etwas mit dem Mord an Servatius zu tun haben?“

„Ausgeschlossen ist es jedenfalls nicht. Mittag können wir leider nicht mehr befragen, aber Volkmann ist uns mindestens eine Erklärung schuldig.“

Bohlan lehnte sich zurück und rieb sich in der Hoffnung über die Schläfe, dass dies seine Kopfschmerzen mildern könnte.

„Bingo!“ Will schrie auf, als hätte sie sechs Richtige im Lotto gewonnen. Bohlan zuckte zusammen. Wills Stimme sorgte für weitere Schmerzschübe. „Was ist los?“, fragte er mit schwerer Zunge.

„Ich habe den Text gefunden. Hier, schau mal!“

Bohlan sammelte die Bruchstücke seiner Gedanken zusammen. Bembel. Inschrift. Will. Internet. Er war wieder halbwegs auf der richtigen Spur.

„Wer nicht trinkt und wer nicht küsst, der ist so gut wie tot! Das ist von Goethe."

„Na, das bringt uns jetzt richtig viel weiter. Unser Mörder heißt also Johann Wolfgang von Goethe. Da schreib den mal zur Fahndung aus." In Tom Bohlans Stimme lag jede Menge Sarkasmus.

„Sehr witzig! Es gibt sogar einen Laden, der Gerippte und Bembel mit dem Spruch drauf verkauft. Hier sieh mal."

Bohlan stand auf und lugte Will über die Schulter, die die Homepage des Frankfurt Shop angeklickt hatte. Neben allerlei regionalen Produkten wurde jede Menge Nippes mit Lokalkolorit angeboten. Also doch kein Unikat, schoss es Bohlan durch den Kopf. Aber immerhin gab es einen kleinen Anhaltspunkt.

„Ist das nur ein Internetportal oder haben die auch ein Ladengeschäft?"

„Es gibt auch ein Ladengeschäft, auf der Leipziger Straße."

„Prima. Dann sollte da mal einer von uns vorbeischauen. Vielleicht können die sich daran erinnern, wer in der letzten Zeit so einen Bembel gekauft hat." Da niemand auf seine Anregung reagierte, begann Bohlan lustlos in Dr. Spichals Obduktionsbericht zu blättern. Auf den ersten Blick lieferte der keine neuen Erkenntnisse. Vielleicht sollte er selbst nach Bockenheim fahren und sich ein wenig in dem Laden umsehen? Doch Steininger kam ihm zuvor. „Schon gut, Tom, ich mach mich gleich auf den Weg." Im selben Moment sprang er auf und griff seine Jacke. Das Zufallen der Tür löste eine erneute Schmerzattacke in Bohlans Schädel aus.

„Hier ist noch etwas Interessantes", sagte Will. „Es gibt auch ein Kochbuch, in dem der Spruch als Motto steht. Tausend und eine Idee für Apfelgerichte."

„Tausend und eine Idee?! Geht das überhaupt?", fragte Steinbrecher.

„Offensichtlich. Aber ich kann nur die ersten paar Seiten in der Vorschau anklicken. Soll ich es beim Versandhandel bestellen?“

„Bist du wahnsinnig? Bei der Ausbeutung, die da herrscht. Nein. Ich geh zum Buchhändler meines Vertrauens.“ Bohlan war nun ebenfalls behänd aufgesprungen. Er wunderte sich über seine plötzlich auflebende Schnelligkeit. Die Aussicht, dem Bürostuhl zu entkommen, setzte offenbar enorme Kräfte frei.

„Du willst jetzt nicht extra dafür ins Nordwestzentrum fahren?“, kombinierte Will, die wusste, dass Bohlan neuerdings eine Freundschaft zu dem dortigen Buchhändler pflegte. „Ist das nicht Vergeudung von Ressourcen, wenn der beste Ermittler, den wir haben, durch Frankfurt gondelt, um ein Kochbuch zu erwerben?“

„In meinem Zustand bringe ich hier sowieso nichts mehr auf die Reihe. Und wenn ich Glück habe, ist das Buch vorrätig. Dann halten wir es heute schon in den Händen und dein Versandhandel guckt blöd aus der Wäsche.“ Bohlan hatte bereits die Tür erreicht.

„Willst du nicht den Einkaufszettel mitnehmen?“ Will wedelte mit einem Stück Papier. Bohlan schaute irritiert.

„Titel, Autor, ISBN. Sonst guckst DU gleich blöd aus der Wäsche.“

Bohlan stapfte zu Will zurück und entriss ihr das Papier. Er fühlte sich wie ein Ehemann, der wieder einmal seine Unzulänglichkeit aufs Brot geschmiert bekommen hatte.

„Ah, der Herr Kommissar.“ Udo Falkenstein breitete die Arme aus, als wolle er Bohlan umarmen. „Wie geht es dir? Brauchst du neuen Lesestoff? Ich könnte dir so einiges empfehlen. Apropos: Am Samstag kommen einige Frankfurter Krimiautoren und signieren ihre Bücher, da könntest du doch mal dazustoßen?! So als Highlight.“

„Mal schauen!“, antwortete Bohlan. „Wir haben momentan

alle Hände voll zu tun. In der Tat suche ich nach einem ganz bestimmten Buch."

„Ja, ja. Das Erbe des Apfelweinkönigs", entgegnete Falkenstein, ohne auf Bohlans Buchwunsch einzugehen. Der Kommissar blickte erstaunt.

„Der Erbschaftsstreit geht in die entscheidende Runde. Jetzt mit Mord und Totschlag."

„Sagt wer?"

„Die Boulevardzeitung."

„Na, die müssen es ja wissen." Die wilden Spekulationen, die die Journalisten in die Welt posaunten, gingen Bohlan mächtig auf die Nerven.

„Was für ein Buch soll's denn sein?"

„Ach ja", Bohlan zauberte Wills Zettel hervor und streckte ihn dem Buchhändler entgegen. „Hier!"

Falkenstein schüttelte den Kopf. „Da musst du hoch zu den Kochbüchern. Was willst du denn damit? Neue Flamme am Start?"

„Schön wär's." Bohlan machte eine wegwerfende Handbewegung und war schon halb auf der Rolltreppe. „Ich komm gleich noch mal vorbei."

„Du musst unbedingt zur Polizei gehen und das alles erzählen. Andernfalls kommst du über kurz oder lang in Teufels Küche."

Klaus-Dieter Ritzel blickte Johannes Wagenknecht mit ernster Miene an. Wagenknecht hatte sich endlich ein Herz gefasst und dem stadtbekannten Anwalt alles erzählt, was sich in den vergangenen Tagen ereignet hatte.

„Ist das wirklich die einzige Chance?"

„Natürlich kannst du pokern und hoffen, dass die Mordkommission nicht dahinterkommt. Aber die leben auch nicht hinter dem Mond. Sie werden früher oder später etwas finden, und dann ist der Ärger doppelt groß. Die Salamitaktik ist die schlechteste aller Methoden. Das siehst du doch an den vielen Politikskandalen. Glaub mir, es ist besser, alles offen auf den

Tisch zu legen. Lieber ein großes Reinemachen als viele weitere Erklärungsversuche."

Wagenknecht wandte den Blick von Ritzel ab und blickte durch die große Fensterscheibe auf die Frankfurter Skyline, deren Glasfassaden in der Sonne funkelten. Insgeheim war er selbst längst zu dem Ergebnis gekommen, dass der Gang zur Polizei der beste Weg war. Aber er hatte gehofft, Ritzel könnte ihm noch andere Möglichkeiten aufzeigen. Seine klaren Worte hatten ihn eines Besseren belehrt.

„Okay, aber ich schaffe das nicht alleine, kannst du ..."

„Natürlich stehe ich dir bei. Das ist doch Ehrensache!"

Tom Bohlan hatte, nachdem er das Kochbuch erstanden hatte, noch ein Weilchen mit Udo Falkenstein geplaudert und danach eine Packung Schmerztabletten in der Apotheke gekauft. Nun saß er im Starbucks auf einer Art Barhocker an der Fensterscheibe. Vor ihm stand eine riesengroße Kaffeetasse, obwohl er einen kleinen Kaffee bestellt hatte. Die Amerikaner hatten offensichtlich jedes Maß verloren. Interessiert blätterte er im gerade erworbenen Buch: Apfelgelee, Rinderleber auf Apfelscheiben, Hessischer Traum ... Abgesehen von dem bereits bekannten Geleitzitat war das Buch zum Einschlafen langweilig. Wäre nicht irgendein Dippebauer auf die Idee gekommen, den blöden Text auf einen Bembel zu gravieren, würde er das Buch zu Falkenstein zurückbringen und es ihm um beide Ohren hauen. Er klappte es genervt zusammen und warf einen flüchtigen Blick auf die Rückseite. Eine Frau lächelte ihm entgegen. Marietta Burgholz, Jahrgang 1975, von Beruf Journalistin. Nie gehört, dachte Bohlan und las weiter im Text. „... entstammt einer Frankfurter Apfelweindynastie". Der Kommissar verschluckte sich fast am Kaffee und musste laut husten. In Frankfurt gab es bestimmt mehr als eine Apfelweindynastie, aber im Zusammenhang mit den jüngsten Ereignissen würde es schon an ein Wunder grenzen, wenn es zwischen der Autorin und der Kelterei Wagenknecht keinen Zusammenhang gäbe. Was hatte diese Marietta Burgholz mit der

Familie Wagenknecht zu schaffen, und warum hatte der Täter ein Zitat aus ihrem Kochbuch auf den Bembel gravieren lassen? War diese Frau Burgholz unter Umständen das nächste Opfer? Und vor allem: Was war eigentlich das Motiv für die ganzen Morde?

Bohlan griff nach seiner Tasse und trank einen kräftigen Schluck. Trotzdem war das Gefäß danach erst zur Hälfte leer. Sollte er es einfach stehen lassen und sich auf den Rückweg zum Präsidium machen? Aus irgendeinem Grund entschied er sich dagegen. Er schaute durch die Fensterfront. Ab und an wurde ein Wasserstrahl von einem der Brunnen durch die Luft in den nächsten gespritzt. Für einen kurzen Moment sah es aus, als ob der Wasserspritzer in der Luft stehen blieb, bevor er sich in den nächsten Brunnen fallen ließ. Ein faszinierender Anblick. Da gerade ein Platz in einem der tiefen Plüschsessel frei wurde, entschied Bohlan, den Tisch zu wechseln, dort den Kaffee in aller Ruhe auszutrinken und dabei über die möglichen Hintergründe der Mordserie zu grübeln. Er konnte nicht ahnen, dass es dazu nicht mehr kommen würde.

„Tom!?“ Bohlan fuhr zusammen und sah an sich hinunter. Offensichtlich war er nicht der Einzige, der den freien Tisch angepeilt hatte. Er war mit einer Konkurrentin zusammengestoßen und hatte dabei seinen Kaffee verschüttet. Er spürte eine feuchte Wärme auf seinem Bauch. Sein Hemd war voller Kaffee. Hektisch suchte er eine Serviette.

„Du bist es wirklich? Dass ich dich mal wiedersehe, nach all den Jahren!“

Bohlan hob den Kopf und betrachtete zum ersten Mal die Person, mit der er zusammengestoßen war. Vor ihm stand eine Frau, Mitte dreißig, mit langen blonden Haaren. Obwohl er so tat, als müsse er überlegen, hatte er sie längst erkannt. Ein Kopf kleiner als er, schlank und grüne, strahlende Augen mit einer winzigen Pupille. Sie hatte sich kaum verändert.

„Mensch, Tamara. Das ist ja bestimmt eine Ewigkeit her. Wie geht es dir?“

„Ganz gut so weit, und dir?“

Bohlan zuckte mit den Schultern. Sie standen einen Moment voreinander. Keiner wusste so recht, was er sagen könnte. Schließlich gab sich Bohlan einen Ruck.

„Willst du dich nicht einen Moment zu mir setzen?“, fragte er mit Blick auf die Tasse, die Tamara in den Händen hielt. Seine Frage kam genau zum richtigen Zeitpunkt, um das vorangehende Schweigen nicht unangenehm werden zu lassen.

„Ja, natürlich. Warum nicht?“

Beide setzten sich.

„Bist du wieder in Frankfurt?“ Bohlan erinnerte sich, dass Tamara damals, ein paar Monate nach ihrer Affäre, nach Thüringen gezogen war. Das musste jetzt vielleicht zehn Jahre her sein.

„Eigentlich nicht. Ich wohne jetzt in Berlin.“

„Also Heimaturlaub?“

„Na ja, eher Abwicklung. Meine Mutter ist vor ein paar Wochen gestorben. Ich muss sehen, dass ich das Haus verkaufe.“

„Das tut mir natürlich leid.“

Tamara nickte. „Und du? Wie ich gehört habe, bist du wieder auf Verbrecherjagd.“

Wenn Bohlan sich richtig erinnerte, hatte er Tamara kennengelernt, als er sich gerade die Auszeit vom Dienst genommen hatte. Sein damaliger Kollege war bei einem Schusswechsel ums Leben gekommen. Ein Ereignis, das Bohlan in eine tiefe Sinnkrise gestürzt hatte. Kurz darauf war sein Vater verstorben. Das Renovieren des Hausboots entwickelte sich zu seinem Lebensinhalt. Und dann diese Spontanreise in den Club auf Mallorca. Sonne, Animation und jede Menge Unterhaltung. Schon am zweiten Tag war ihm Tamara über den Weg gelaufen, die mit einer Freundin angereist war. Beide hatten sich an seine Fersen geheftet. Am Abend, beim gemeinsamen Besuch der allabendlichen Show, fing Tamara an, Bohlan zu befummeln, und in der Nacht stand sie plötzlich vor seiner

Tür. Nach dem Urlaub hatten sie sich noch ein paarmal getroffen. Doch Tamara war eigentlich liiert und Bohlan wurde die ganze Sache zu bunt.

„Ja, ich bin tatsächlich in den Dienst zurück. Und du wirst es kaum glauben: Es macht mir wieder Spaß.“

„Und das Boot?“

„Ist fertig. Ich wohne immer noch da.“

„Echt? Damals war es eher eine große Baustelle. Das muss ich unbedingt mal sehen!“

„Komm halt mal vorbei.“ Die Antwort war ein Reflex. Bohlan biss sich auf die Zunge. Wenn Tamara immer noch so drauf war wie früher, waren Verwicklungen vorprogrammiert.

„Klar!“, ihre Augen leuchteten auf, „heute Abend?“

Na bitte, dachte Bohlan und überlegte, wie er aus der Nummer wieder herauskam.

„Weiß nicht. Ich muss jetzt noch mal ins Präsidium. Es kann länger dauern.“

„Macht nichts. Sagen wir gegen neun Uhr? Ich habe sowieso noch einen Termin mit dem Makler.“

Bohlan führte seine mittlerweile leere Kaffeetasse zum Mund. Um Zeit zu gewinnen, schaute er aus dem Fenster. Tamara blickte ihn fragend an.

„Okay. Neun Uhr.“ Er deutete auf das vor ihm liegende Buch. „Aber kochen schaffe ich nicht.“

Tamara zwinkerte ihm zu und antwortete. „Keine Angst, wegen deiner Kochkünste besuche ich dich mit Sicherheit nicht.“

Nachdem Bohlan sich von Tamara verabschiedet hatte, rief er im Kommissariat an, teilte Julia Will seine jüngste Entdeckung in Sachen Kochbuch mit und bat sie darum, Burgholz' Adressdaten herauszusuchen. Er brachte die Tasse zum Tresen zurück und schlenderte durch das Einkaufszentrum in Richtung Tiefgarage. An Tamara hatte er in den letzten Jahren keinen einzigen Gedanken verschwendet. Er war froh, dass sich die damaligen Ereignisse aus seinen Erinnerungen bislang herausgehalten hatten. Sie war eine attraktive Frau, vielleicht die attraktivste, mit der er jemals eine Affäre gehabt hatte. Genau genommen war sie eine Frau, die einem den Verstand rauben konnte: selbstbewusst, herausfordernd, bestimmend. *Bitch* schoss es ihm durch den Kopf. Hatte er tatsächlich gerade ein Date mit ihr ausgemacht? Bohlan schob den Gedanken beiseite und versuchte, sich wieder auf den Fall zu konzentrieren. Entgegen der eigenen Erwartungen gelang ihm dies tatsächlich. Am Polizeipräsidium sammelte er Julia Will ein, die darauf bestanden hatte, mit ihm zu Burgholz zu fahren.

Marietta Burgholz bewohnte eine großzügige Wohnung in Sachsenhausen. Sie empfing Bohlan und Will in ihrem Arbeitszimmer.

„Ich habe Sie schon erwartet", sagte Marietta Burgholz und nahm Bohlan gegenüber Platz.

„Wieso denn das?"

„Na ja, nach den ganzen Vorfällen der letzten Tagen. Da müssen Sie doch alle Personen vernehmen, zu denen es einen Zusammenhang gibt."

Also doch. Burgholz entstammte nicht irgendeiner Apfelweindynastie, sondern tatsächlich dem Hause Wagenknecht. Bohlan hatte den richtigen Riecher gehabt. Um ganz sicher zu gehen, hakte er aber noch einmal nach: „In welchem Zusammenhang stehen Sie denn zur Kelterei Wagenknecht?"

Burgholz schien für einen Moment verblüfft.

„Ich bin eine uneheliche Tochter von Heinz Wagenknecht. Ich dachte, das sei Ihnen bekannt. Sind Sie nicht deshalb hier?"

Bohlan fuhr sich mit der Hand über den Kopf, bevor er antwortete.

„Ja und nein. Natürlich sind wir wegen der jüngsten Vorfälle hier. Dass Sie aber verwandtschaftliche Beziehungen haben, war bislang nur eine Vermutung."

„Hat man Ihnen das nicht gesagt? Das ist mal wieder typisch. Es wird so einiges verschwiegen, wenn es um Heinz Wagenknecht geht. Weshalb sind Sie denn dann gekommen?"

Bohlan zog das Buch aus seiner Tasche und legte es auf den Tisch.

„Deswegen", sagte er.

Burgholz warf einen flüchtigen Blick auf das Buch.

„Deswegen? Ich verstehe nicht ganz."

„Interessantes Buch."

„Finden Sie wirklich?"

„Ja, ich hätte nie gedacht, dass man so viele Rezepte zum Thema Apfel finden kann."

„Haben Sie auch den Anhang gelesen?

Bohlan blickte irritiert.

„Mir geht es nicht nur um die Rezepte. Sondern auch darum, den Menschen wieder mehr Gefühl für das zu geben, was sie essen. Die Menschen müssen lernen, wieder selbst zu kochen, statt das ganze Fertigzeug in sich hineinzustopfen."

„Was soll daran denn so schlecht sein? Für viele Menschen ist das doch auch eine Erleichterung."

„Wir werden von einer Zuckermafia beherrscht. Jeder Deutsche verzehrt im Schnitt mehr als vierzig Kilogramm Zucker pro Jahr. Das sind über zehn Kilogramm mehr als unsere Eltern und Großeltern zu sich genommen haben."

„Ja, ich weiß, die Coca-Cola-Sache." Bohlan machte eine beschwichtigende Handbewegung. Er verspürte wenig Lust auf einen Dozentenvortrag zum Thema Ernährung. Doch Burgholz schien sich gerade erst in Rage geredet zu haben.

„Es geht nicht nur um Cola. Die Lebensmittelindustrie packt den süchtig machenden Stoff überall rein. Egal ob in Getränke, Fertigprodukte, Wurst, Kartoffelbrei oder Fischfond. Für die zunehmende Fettleibigkeit ist in erster Linie die erhöhte Kalorienzufuhr verantwortlich, nicht etwa Mangel an Bewegung. Wissen Sie, dass die Kinder – um zum durchschnittlichen Körpergewicht der Siebzigerjahre zurückzukehren – täglich etwa dreihundertfünfzig Kalorien weniger zu sich nehmen müssten? Das sind eine Dose Cola und 'ne kleine Pommes. Erwachsene müssten die Kalorien um fünfhundert pro Tag reduzieren. Für eine ähnliche Gewichtsreduktion müssten Sie hundertzehn Minuten am Tag laufen."

Burgholz schien mit ihren Ausführungen erst einmal am Ende zu sein. Jedenfalls sah sie Bohlan erwartungsvoll an. Da der Kommissar zum Thema nicht viel hinzufügen wollte, entschied er sich, nunmehr zum eigentlichen Grund seines Besuches zu kommen:

„Es geht um die Widmung am Anfang des Buches."

Bohlan schlug die Seite auf.

„Was man eben so schreibt ..."

„Es ist nicht der Inhalt, der den Text so interessant macht."

„Sondern?"

Bohlan räusperte sich. „Es ist der Text an sich. Wir haben ihn auch auf einem Bembel gefunden."

„Dann bin ich wohl nicht die Einzige, die sich des Zitates bemächtigt hat."

Bohlan ging nicht weiter auf Burgholz' Zwischenruf ein. „Mit besagtem Bembel wurde gestern Valerie Mittag erschlagen. Sie haben das sicher mitbekommen. Um es auf den Punkt zu bringen: Wir glauben, dass Sie möglicherweise das nächste Opfer sein könnten."

„Um Gottes willen! Wie kommen Sie denn darauf?"

„Der Mörder spielt mit uns so etwas wie eine Schnitzeljagd. Immer wenn ein Opfer gefunden wird, hinterlässt er am Tatort einen Hinweis auf das nächste Opfer."

„Aber dann hätten Sie doch bereits einige Morde verhindern können!"

„So leicht macht es uns der Täter nicht. Die Hinweise sind versteckt, oft sind es nur Andeutungen oder Rätsel. Wir brauchen eine gewisse Zeit, um sie zu lösen. Und kurz vorher schlägt der Mörder wieder zu. Ich glaube, dass der Täter die Rätsel so stellt, dass er ungefähr einschätzen kann, wie lange wir brauchen."

„Ganz schön perfide. Warum macht er so etwas?"

„Ich weiß es nicht. Vielleicht gibt es ihm den besonderen Thrill. Jedenfalls wurde neben Mittags Leiche ein Bembel gefunden, auf dem der Text aus Ihrem Buch eingraviert war."

„Und deswegen glauben Sie, dass ich die Nächste bin?"

„Genau, eine andere Lösung fällt mir dazu nicht ein."

Burgholz lachte auf. „Und wie bitte schön wollen Sie meinen baldigen Tod verhindern?"

„Wir hätten da ein paar Möglichkeiten. Polizeischutz zum Beispiel. Wir könnten Sie auch für ein paar Wochen aus dem Verkehr ziehen."

„Ich bitte Sie, Herr Kommissar. Das ist doch kompletter Blödsinn. Mich wird keiner umbringen. Ich fühle mich absolut sicher und brauche keinen Polizeischutz."

Bohlan sah Burgholz eine Zeitlang an. Sie machte wirklich nicht den Eindruck, von ängstlicher Natur zu sein. Aber was sollte das schon nützen, wenn eine Drohne vor dem Fenster auftaucht und einfach drauflosballert? Oder was auch immer der Täter sich als Nächstes ausdachte. Bohlan unternahm einen letzten Versuch.

„Wir können Sie natürlich nicht dazu zwingen. Aber ich bitte Sie sehr, sich die Sache noch einmal zu überlegen."

Burgholz schwieg einen Moment und sah nachdenklich aus dem Fenster.

„Nein, Herr Bohlan. Vielen Dank für Ihr Angebot. Aber das kommt für mich nicht in Frage", sagte sie schließlich.

„Was macht Sie so sicher, dass Sie nicht das nächste Opfer sind?", fragte Will.

„Das Leben ist ein Risiko an sich. Es gibt für nichts eine Garantie."

„Aber man kann das Risiko begrenzen."

„Meinen Sie? Ich weiß nicht. Aber wie dem auch sei. Ich bin zwar eine uneheliche Wagenknecht, aber ansonsten habe ich nichts mit den Erbschaftsstreitigkeiten zu tun. Es gibt keinen Grund, mich aus dem Weg zu räumen. Ich stehe null in der Öffentlichkeit."

„Wie ist Ihr Verhältnis zum Rest der Familie?", wollte Bohlan wissen.

„Entspannt. Sehen Sie, ich habe mit meinem Vater bereits zu seinen Lebzeiten einen Erbvertrag geschlossen. Er hat mich mit einem kleinen Vermögen ausgestattet, und ich habe auf alle weiteren Rechte verzichtet."

Bohlan machte sich ein paar Notizen. „Dann wollen wir Sie nicht länger aufhalten ..." Er schob Burgholz seine Visitenkarte über den Tisch. „Wenn Sie es sich noch einmal anders überlegen, können Sie mich jederzeit anrufen."

„Okay", antwortete Burgholz.

Als Bohlan die Tür schon fast erreicht hatte, drehte er sich noch einmal um. Eine Taktik, die er gerne anwandte. Erst den Gesprächspartner in vermeintlicher Sicherheit wiegen und dann noch einmal eine gezielte Nachfrage hinterherschieben.

„Ich habe eine Kleinigkeit vergessen."

Er beobachtete Burgholz, die in Habachtstellung gegangen war. „Haben Sie vielleicht einen Verdacht?"

„Verdacht in welcher Hinsicht?"

„Wer für die Morde verantwortlich sein könnte?"

Burgholz wartete einen Moment, bevor sie antwortete. „Nein, eigentlich nicht. Obwohl ..." Burgholz hielt inne. „Nein, das ist, glaube ich, zu weit hergeholt."

Bohlans Interesse an Burgholz' weiteren Ausführungen war um ein Vielfaches gestiegen. „Sprechen Sie aus, was Sie denken. Jeder Hinweis, jeder Gedanke kann uns weiterhelfen."

„Also gut. Es gibt da einen Mitarbeiter in der Produktentwicklung, der mit Johannes Wagenknecht im Clinch liegt. Er steht kurz vor der Entlassung. Vielleicht könnte das ein Motiv sein."

„Vielleicht", antwortet Bohlan, der sich insgeheim mehr versprochen hatte. „Wie heißt der Mann?"

„Warten Sie, ich muss kurz nachdenken. Volkmann, glaube ich. Ja, Niklas Volkmann."

„Was hältst du von Marietta Burgholz?“, fragte Bohlan, als Will und er wieder im Auto saßen.

„Undurchsichtige Person“, antwortete Will. „Ich glaube, sie weiß mehr, als sie sagt.“

„Da könnte was dran sein. Vermutlich steckt sie tiefer in den Erbschaftsgeschichten drin, als sie zugibt.“

„Meinst du?“

„Da bin ich mir ziemlich sicher. Ist es nicht auch ziemlich komisch, dass sie die ganze Zeit so unbeteiligt tut und dann nebenbei einen Verdächtigen aus dem Hut zaubert?“

Will zuckte mit den Schultern. „Weiß nicht. Vielleicht ist ihr das mit Volkmann wirklich erst eingefallen, als wir schon gehen wollten. Außerdem scheint es da ja wohl eher um eine firmeninterne Sache zu gehen.“

„Auch wieder wahr.“ Bohlan war schon halb aus der Parklücke, als ein dunkelblauer BMW an ihm vorbeisauste. Bohlan konnte nur mit Mühe einen Zusammenstoß verhindern.

„Arschloch“, schrie Bohlan und ordnete sich in den Verkehr ein. „Niklas Volkmann ist doch der Produktentwickler, oder?“

„Ja.“

„Haben wir zu ihm schon Hintergründe ermittelt?“

„Ich kann mich nicht daran erinnern. Wir müssen auf jeden Fall noch einmal die Verhörprotokolle durchgehen, wenn wir im Präsidium sind.“ Will kaute nervös auf ihrer Unterlippe, dann stieß sie hervor: „Weißt du, was mir vorhin noch aufgefallen ist?“

„Nein, spann mich nicht auf die Folter.“

„Burgholz sagte, sie sei eine uneheliche Tochter von Wagenknecht.“

„Und?“

„Sie sagte nicht *die*, sondern *eine*, Tom.“

„Du meinst, es könnte noch mehr von der Sorte geben?“

„Warum nicht?!“

„Vielleicht war es nur so dahergeredet, ohne Bedeutung.“

„Das glaube ich nicht. Marietta Burgholz redet nicht einfach so daher. Außerdem hat mich noch ein Satz stutzig gemacht."

„Und der wäre?" Sie überquerten mittlerweile den Main. Bohlan genoss die Aussicht auf die Frankfurter Skyline.

„Sie sagte, dass so einiges verheimlicht würde, was mit Heinz Wagenknecht im Zusammenhang stünde. Ich frage mich, was sie damit gemeint hat."

„Hhm, richtig. Aber diesmal irrst du dich. Sie sagte nicht verheimlicht, sondern hat ein anderes Wort gebraucht."

„Welches?"

„Verschwiegen."

Nachdem Bohlan und Will wieder im Präsidium waren, zog sich jeder an seinen Schreibtisch zurück. Erst ein paar Stunden später setzten sie sich wieder zusammen.

„Ich habe mal alle wichtigen Daten aus Heinz Wagenknechts Leben zusammengetragen." Will blickte ihre Kollegen vielsagend an. „Zunächst die harten Fakten: Wagenknecht hat die Kelterei von seinen Eltern geerbt, die sie gegründet hatten. Schon damals war das Unternehmen ein Vermögen wert. Er baute den Laden weiter aus und legte das Geld, das er damit verdiente, sehr gut an. Er besaß eine Vielzahl an Immobilien, nicht nur in Frankfurt." Will trank einen Schluck Cola, bevor sie fortfuhr. „Von seinen Eltern hat er aber nicht nur die Kelterei geerbt, sondern auch die Liebe zu Kunst und Kultur. Wagenknecht hat mit seinem Geld eine Vielzahl von Aktivitäten gesponsert, war ein gern gesehener Mäzen. Alle wichtigen Größen der Stadt suchten seine Nähe wie die Insekten das Licht."

„Kein Wunder! Wenn es Geld zu verteilen gibt, stehen alle Schlange", warf Steinbrecher ein.

„So weit zu Glanz und Gloria. Wagenknecht war nicht nur ein Kunstliebhaber. Er liebte auch die Frauen, und das nicht zu knapp. Für sie saß sein Geld genauso locker wie für Kunst und

Kultur. Er war mit einer Reihe von Models liiert, schenkte ihnen Autos, Häuser und Luxusartikel. Und alles an der Steuer vorbei. Erst im letzten Jahr wurde eines seiner ehemaligen Playmates wegen Steuerhinterziehung verhaftet. Sie war ein wunderschönes Glückskind. Irgendwo im russischen Nirgendwo geboren, bekam sie von Wagenknecht alles geschenkt: Reisen, Partys, Schmuck, Pelzmäntel, die tollsten Klamotten. Dazu sogar zwei Häuser und mehrere Luxusautos."

„Na bravo. Aber bringt uns das weiter? Dass sich Models an reiche Opas heranwerfen, ist nicht strafbar."

„Das sicher nicht. Aber es gibt da noch andere Gerüchte."

„Und welche? Mensch, Julia, mach's nicht so spannend!"

„Wagenknecht soll auch Organisator zahlloser ausschweifender Sexpartys gewesen sein. Teilweise sollen sie in seiner Privatvilla stattgefunden haben oder in extra dafür angemieteten Locations."

„Und? Auch das ist nicht strafbar."

„Wenn dazu LKW-weise Prostituierte angekarrt werden, schon – vor allem, wenn sie vorzugsweise jung sind."

„Du meinst, so etwas wie *Bunga Bunga* am Main?", fragte Steininger.

„Genau."

„Widerlich", entgegnete Bohlan.

„An den Partys sollen honorige Persönlichkeiten aus Frankfurts High Society teilgenommen haben. Leider hat man diese Gerüchte niemals aufgeklärt."

„Wird man wohl auch nicht."

„Und ich weiß auch, warum. Es werden genug Staatsanwälte und Richter bei den Orgien dabei gewesen sein."

„Oder gar der Polizeipräsident", pflichtete Bohlan bei. Er musste unwillkürlich an einen Traum denken, der ihm eine Nacht geraubt hatte, als er zum Tod eines Steuerfahnders ermittelt hatte. Er war gemeinsam mit Will in einem Kellergewölbe gelandet, in dem wilde Partys gefeiert wurden, und wollte die gesamte Gesellschaft verhaften lassen. Natürlich schlug der Plan fehl und er landete in einem dunklen Verlies, bevor er schweißgebadet wieder aufwachte.

„Wie auch immer, wir sollten das jetzt nicht thematisieren."

„Warum nicht?" In Wills Stimme lag eine Spur Aggressivität.

„Weil es vermutlich nichts mit den Morden zu tun hat."

„Weiß man's?"

„Julia, diese Partys liegen Jahre zurück. Wagenknecht verfault unter der Erde. Ich glaube nicht, dass die Spur, die wir suchen, in die Vergangenheit führt. Wenn wir jetzt ohne Not dieses Fass aufmachen, stoßen wir in ein Wespennest."

„Aha, daher weht also der Wind. Du willst dich nicht mit den Mächtigen dieser Stadt anlegen. Also ist doch etwas an den Gerüchten dran!?"

„An was für Gerüchten?"

„Dass du Gerdings Nachfolger werden willst."

„Wie kommst du denn darauf?"

„Es zwitschert in den Fluren, Tom."

„Jetzt mach mal halblang, Julia." Steinbrecher sah sich bemüßigt einzugreifen, bevor die Situation komplett außer Kontrolle geriet. „Wenn einer gegen Obrigkeitsgehorsam gefeit ist, dann doch wohl Tom. Das hat er mehr als einmal unter Beweis gestellt."

„Ach ja? Bislang wollte er auch keine Karriere machen."

Steinbrecher blickte zu Bohlan. „Sag ihr, dass an den Gerüchten nichts dran ist."

Tom Bohlan blickte seine Kollegen nacheinander an, die gespannt auf eine Antwort warteten. Genau solch eine Situation hatte er vermeiden wollen. Was war hier eigentlich los?

„Ach, lasst mich doch alle mal in Ruhe!" Bohlan stand wutschnaubend auf und stürzte aus dem Zimmer.

„Siehst du!", schrie Will, nachdem die Tür ins Schloss gefallen war. „Ich hatte recht."

„Quatsch! Der ist sauer, weil du ihm nicht vertraust."

„Wenn du meinst. Ich sehe das anders."

„Was willst du damit sagen?"

„Dass jeder käuflich ist, auch Tom. Es ist nur eine Frage des Preises." Will schnappte nach Luft und wollte noch etwas hinzufügen, wurde aber durch ein Klopfen an der Tür davon abgehalten. „Herein!", stieß sie genervt hervor.

Die Tür wurde aufgedrückt, ein massiger Körper im Nadelstreifenanzug stand im Türrahmen. Der Mann hatte graue Haare und war braungebrannt. Eine übergroße schwarze Hornbrille zierte sein Gesicht.

„Guten Tag, mein Name ist Rechtsanwalt Klaus-Dieter Ritzel. Johannes Wagenknecht möchte eine Aussage machen." Ritzel machte einen Schritt zur Seite und gab den Blick auf Wagenknecht frei, der hinter ihm stand und ein wenig verloren wirkte. Natürlich hätte Ritzel sich nicht vorstellen müssen. Der korpulente Mann mit der viel zu großen Brille war bekannt wie ein bunter Hund, blieb aber immer höflich und bescheiden. Will überlegte einen Moment lang, wie sie sich verhalten sollte. Normal wäre es, Tom über Wagenknechts Anliegen zu informieren. Es war davon auszugehen, dass er bei der Aussage dabei sein wollte. Aber Steinbrecher kam ihr zuvor.

„Kommen Sie rein." Er war aufgesprungen und begrüßte die beiden Männer mit Handschlag. Danach machte er eine einladende Geste in Richtung Besprechungstisch.

„Vielen Dank", antwortete Ritzel.

„Hauptkommissar Bohlan ist momentan nicht da. Sollen wir auf ihn warten?" Will hatte sich ebenfalls erhoben und die beiden begrüßt.

„Das überlasse ich Ihnen", entgegnete Ritzel.

„Ich versuche ihn eben zu erreichen." Will ging zurück an ihren Schreibtisch und wählte Bohlans Nummer.

„Möchten Sie vielleicht etwas trinken?", fragte Steinbrecher.

„Nein, danke."

Statt Bohlan erreichte Will nur die Mailbox und hinterließ eine kurze Nachricht. Dann entschied sie sich dazu, die

Aussage ohne Bohlan zu Protokoll zu nehmen. Schließlich war er selbst schuld. Wer abhaut, darf sich nicht wundern, wenn die Welt sich in der Zwischenzeit weiterdreht.

Bohlan war stinksauer. Konnte man denn in diesem Präsidium nichts geheim halten? Nicht einmal drei Sekunden? Gerding und er hatten absolutes Stillschweigen vereinbart. Bohlan konnte sich nicht daran erinnern, zu irgendjemandem ein Sterbenswörtchen gesagt zu haben. Hatte Gerding sich nicht an die Absprache gehalten? Eine Vorstellung, die ihm fremd war. Klaus Gerding war normalerweise die Verschwiegenheit in Person. Bohlan stapfte direkt zu Gerdings Büro und riss die Tür auf. Klaus Gerding, der hinter seinem Schreibtisch saß und in einer Akte blätterte, sah erschrocken auf.

„Tom! Bist du verrückt geworden. Kannst du nicht anklopfen?“

„Nein. Ich bin stinksauer. Ich könnte platzen vor Wut!“

Gerding, dem nichts Gutes schwante, stand auf und schloss die Tür, die Bohlan offen gelassen hatte.

„Jetzt setzt du dich erst mal hin und dann sagst du mir, welche Laus dir über die Leber gelaufen ist.“

„Wir hatten eine Abmachung.“ Bohlan stand immer noch vor dem Schreibtisch. Gerding setzte sich auf seinen Stuhl und schwieg.

„Klaus, könntest du mit diesem Theater aufhören?“

„Jederzeit, wenn du endlich runterkommst und dich dort hinsetzt.“ Der Chef der Mordkommission deutete auf den freien Stuhl.

„Also gut“, murmelte Bohlan und setzte sich widerwillig.

„Schön“, knurrte Gerding. „Und jetzt sagst du mir erst mal, was passiert ist.“

„Meine Kollegen unterstellen mir, dass ich korrupt geworden sei und es auf deinen Posten abgesehen habe.“

„Interessanter Aspekt. Soll das etwa heißen, dass ich auch korrupt bin?“

„Keine Ahnung, jedenfalls sind sie stinksauer. Ich frage mich, von wem sie diese Informationen haben."

„Keine Ahnung. Von mir jedenfalls nicht."

Bohlan blickte finster zu Gerding.

„Moment mal, du meinst doch nicht im Ernst, dass ich …" Gerding brach ab.

„Wieso nicht? Als wir über diese Sache gesprochen haben, hast du mir Bedenkzeit gewährt, und wir haben Stillschweigen vereinbart. Ich jedenfalls habe mich daran gehalten."

„Du traust mir das wirklich zu?"

Bohlan wartete einen Moment mit der Antwort, dann sagte er: „Eigentlich nicht. Aber wer soll es sonst gewesen sein?"

„Tom, wie lange kennen wir uns jetzt schon?"

Bohlan versuchte nachzurechnen, murmelte dann aber lediglich: „Lang!"

„Eben. Habe ich mich in all der Zeit jemals nicht an Absprachen gehalten?"

„Nein", entgegnete Bohlan kleinlaut.

„Genau. Und es gibt keinen Grund, dies auf der Zielstrecke meiner beruflichen Laufbahn zu ändern. Ich würde mich freuen, wenn du mein Nachfolger werden würdest. Aber mir fiele im Leben nicht ein, deine Entscheidung durch irgendwelche Tricks zu beeinflussen. Du alleine musst das entscheiden. Ich werde stillhalten und schweigen."

Bohlan fuhr sich mit der Hand über den Kopf und starrte einige Zeit aus dem Fenster.

„Also gut. Ich habe mit niemandem darüber gesprochen, du hast mit niemandem darüber gesprochen. Wie kommt Julia dann auf die Idee, dass wir etwas ausbaldowert haben?"

„Julia hat dich deswegen angesprochen?"

„Ja, sie sagte, es würde auf den Gängen gezwitschert."

„Tom, du weißt, was alles geredet wird. Du bist lange genug bei der Truppe."

„Ja, das stimmt."

„Und genau das ist der Punkt. Wahrscheinlich bin ich nicht

der Einzige, der auf den Gedanken gekommen ist, dass du der geeignete Nachfolger wärst. Niemand ist so lange dabei und niemand hat in den letzten Jahren so viele Erfolge gehabt wie du."

„Es waren nicht meine Erfolge, Klaus. Es waren die Erfolge meines Teams. Das weißt du genau."

„Aber du bist der Chef der Truppe. Erfolge und Misserfolge haften immer dem Anführer an."

„Ich bin auch kein Anführer."

„Reg dich nicht auf. Du weißt, was ich meine. Wenn eine Fußballmannschaft schlecht spielt, wird auch der Trainer gefeuert, obwohl sein Einfluss begrenzter ist, als man allgemein meint."

„D'accord!", entgegnete Bohlan erneut kleinlaut. „Trotzdem glaube ich nicht, dass auf den Fluren nur so dahergeredet wird. Irgendjemand muss das Gerücht in Umlauf gesetzt haben."

„Vielleicht. Ich werde sicher nicht der Einzige sein, der sich Gedanken über meine Nachfolge macht."

„Also, wer könnte dahinterstecken?"

Gerding kratzte sich über die Wange. „Weiß ich im Moment auch nicht. Aber ich denke mal darüber nach."

„Okay." Bohlan erhob sich.

„Und du denkst auch nach, aber bitte über mein Angebot."

„Ja ja!"

„Das ist ja mal ein echter Hammer!" Will lehnte sich erschöpft nach hinten. Wagenknecht hatte eine umfangreiche Aussage gemacht und danach gemeinsam mit Ritzel das Kommissariat wieder verlassen.

„Ich weiß gar nicht, was ich dazu sagen soll. Dass wir bislang keinerlei Anhaltspunkte für Wagenknechts Anwesenheit an den Tatorten gefunden haben, ist ein echtes Armutszeugnis für unsere Ermittlungsarbeit." Steinbrecher legte seinen Tabakbeutel auf den Tisch und breitete ein Zigarettenpapier vor sich aus, das er penibel glatt strich.

„In der Tat", pflichtete Will bei. „Aber zum Glück hast du das ordentlich überspielt. Das war echt eine oscarverdächtige Meisterleistung. Von wegen, wir hätten ihn schon unter intensiver Beobachtung gehabt."

Steinbrecher nickte, ohne den Kopf zu heben, und ließ Tabak auf das Papier rieseln. „Ich musste aus der Not eine Tugend machen. Ritzel hätte uns ja sonst nicht für voll genommen."

„Unabhängig davon: Was hältst du von Wagenknechts Aussage?" Will begann nervös auf ihrer Unterlippe zu kauen.

„An sich machte er einen glaubhaften Eindruck. Dass er sich selbst gemeldet hat, spricht natürlich für ihn. Aber auch hier gilt der Spruch: Es gibt für nichts eine Garantie. Vielleicht war das Ganze auch nur ein vorbeugendes Ablenkungsmanöver."

Steinbrecher leckte über die fertig gedrehte Zigarette, die er die ganze Zeit in den Händen gehalten hatte, und klebte sie zusammen. „Wir sollten Wagenknecht unbedingt auf unsere Watchlist nehmen."

In diesem Moment stieß Steininger die Tür auf, der von seinem Ausflug nach Bockenheim zurückgekehrt war. Er stürzte zu seinem Schreibtisch und schraubte hastig die dort stehende Wasserflasche auf. Gierig setzte er sie sich an den Mund und trank sie bis zum letzten Tropfen leer. „Diese Hitze bringt mich noch um den Verstand."

„Warst du wenigstens erfolgreich?", fragte Will, die sich insgeheim wunderte, wieso Steininger so lange unterwegs gewesen war. Immerhin hatte er den ganzen Nachmittag gebraucht, um in einem einzigen Laden zu recherchieren.

„Ja und nein", antwortete Steininger und stellte die nunmehr leere Wasserflasche in den Kasten. „Es scheint tatsächlich so zu sein, dass der Frankfurt Shop der einzige Laden ist, der diesen Bembel im Angebot hat. Die Ladeninhaberin hat ihn selbst entworfen und lässt ihn in einer kleinen Manufaktur herstellen. Ein großer Kassenschlager ist er allerdings nicht. Die

Gläser gehen besser, aber von den Bembeln wurden nicht viele verkauft. Einer allerdings in der vergangenen Woche."

„Das klingt doch zumindest nach einer Fährte", entfuhr es Steinbrecher.

„Das schon. Aber leider konnte sie sich nicht so recht erinnern, wer der Käufer war. Vermutlich war es ein Pärchen."

„Sie muss sich doch an irgendwelche Äußerlichkeiten erinnern können?"

„Leider nein. Es sei an dem Tag sehr voll gewesen. Wenn wir vielleicht ein Bild hätten, dann ..."

„Okay. Wir behalten das mal im Hinterkopf", entschied Will. „Ich habe mir übrigens noch einmal die Liste der wichtigen Mitarbeiter in der Kelterei angesehen, und da ist mir noch jemand aufgefallen." Will vermied es zu erwähnen, dass Marietta Burgholz den Namen ins Spiel gebracht hatte.

„Wer?", fragte Steininger.

„Niklas Volkmann, er ist der leitende Produktentwickler."

„Was ist mit ihm?"

„Eigentlich nichts, aber es bleibt sonst fast niemand mehr übrig. Daniel Servatius, der Herr des Geldes, wenn man so sagen kann, ist tot. Die Marketingleiterin, Valerie Mittag, ebenfalls tot. Alina Wagenknecht starb als Erste. Der Chef, Johannes Wagenknecht, hat heute hier ausgesagt und zugegeben, an den Tatorten gewesen zu sein, leugnet allerdings jede Täterschaft."

Steininger starrte Will ungläubig an.

„Das war, während du in Bockenheim warst. Er hat ausgesagt, dass er am Tattag bei Alina war, wenige Stunden bevor sie erschossen wurde. Außerdem war er mit einem Ersatzschlüssel in Servatius' Wohnung, während dieser im Keller des Eckenheimer Hofs hingerichtet wurde. Ferner unterhielt er eine Affäre mit Valerie Mittag und hatte in ihrer Todesnacht ein Schäferstündchen mit ihr. Unter normalen Umständen wäre er unser Hauptverdächtigter. Aber jetzt hat er im Beisein seines Anwalts die Karten offen auf den Tisch gelegt."

„Habt ihr ihn etwa laufen lassen?" Steininger sprang entgeistert auf. „Das kann doch nur eine Finte sein? So viele Zufälle gibt es doch gar nicht."

„Wir haben das auch hin und her überlegt. Es könnte aber noch eine andere Erklärung geben." Will blickte Steininger ernst an. „Jemand will ihm die Morde anhängen."

Steininger schüttelte immer noch fassungslos den Kopf. „Habt ihr das mit Tom oder Feli... äh ... ich meine Frau Maurer abgesprochen?"

„Tom ist nicht zu erreichen. Sein Handy ist ausgeschaltet. Und Felicitas Maurer ist für mich momentan noch nicht relevant", antwortete Will schnippisch.

Steininger wollte etwas erwidern, biss sich aber im letzten Moment auf die Lippe und hielt sich zurück. Er wusste, dass er Felicitas Maurer gegenüber als voreingenommen galt und wollte kein weiteres Öl ins Feuer gießen.

„Kommen wir noch einmal auf Niklas Volkmann zurück", ergriff Julia Will wieder das Wort. „Laut unseren Recherchen hat er weder für den ersten noch für den zweiten Mord ein Alibi. Als Alina Wagenknecht starb, hatte er Urlaub. Angeblich war er mit einer Bekannten unterwegs, wollte ihren Namen aber nicht nennen. An dem Abend, an dem Servatius starb, hat er in einem Sportzentrum trainiert. Und jetzt ratet mal, in welchem?"

Steininger zuckte mit den Achseln.

„Spann uns nicht auf die Folter", grummelte Steinbrecher.

„Im Fitness Pur in Eckenheim. Ist nur ein paar hundert Meter vom Eckenheimer Hof entfernt. Es wäre also kein Problem gewesen, dort mal zwischendurch aufzutauchen."

„Fitness Pur? Was ist das denn für eine Klitsche?", wollte Steinbrecher wissen.

„Nach Klitsche sieht das eher nicht aus", entgegnete Will. „Alles sehr trendig und nobel, zumindest was die Homepage so hergibt."

„Zeig mal!" Steinbrecher war aufgesprungen und stand jetzt hinter Will.

„Das ist in Eckenheim?" Steinbrecher klickte sich durch die Bilder der Seite, die moderne Fitnessgeräte, eine Sauna und einen großen Swimmingpool zeigten. „Ich glaub, ich kenn den Laden. Ich hab da mal Ende der Achtziger Squash gespielt. Damals sah das aber noch ganz anders aus."

„Die Zeiten ändern sich eben", bemerkte Steininger. „Squash ist out."

„Eben, deswegen spiele ich auch nicht mehr." Steinbrecher grinste Steininger an.

„Wie auch immer. Jedenfalls verkehrt Volkmann in dem Studio. Ist doch auffällig, oder?" Will klopfte mit ihrem Stift auf den Tisch.

„Dann sollten wir ihn uns unbedingt einmal vornehmen." Steininger sprang auf, als wolle er sich in eine Schlacht stürzen.

„Ja, aber nicht jetzt", entgegnete Will mit ruhiger Stimme. „Ich hab für heute genug. Außerdem ist Volkmann auf Dienstreise und kommt erst spät am Abend zurück. Er hat mir telefonisch versichert, morgen früh hier zu erscheinen."

„Also gut. Feierabend!" Steinbrecher packte seine Tabakutensilien zusammen. „Mir soll's recht sein. Ich bin noch mit Julian verabredet."

„Oder hast du eine andere Idee?" Will musterte Steininger. Sie hatte den Eindruck, dass er mit der Situation unzufrieden war. Sein Gesicht war nachdenklich, sein Blick auf das Whiteboard gerichtet.

„Wenn Volkmann unterwegs ist, sind uns tatsächlich die Hände gebunden. Aber wir sollten ihn morgen dann richtig in die Mangel nehmen. Und dazu brauchen wir Fakten."

„Was schlägst du vor?"

„Ich schnapp mir sein Foto und fahre nochmal nach Bockenheim. Vielleicht hilft es der Bembel-Queen auf die Sprünge."

Gar nicht mal eine so schlechte Idee, dachte Will. Wenn Steiningers Idee Früchte tragen sollte, hätten sie tatsächlich einen weiteren Joker im Ärmel.

Als Bohlan in der Hohemarkstraße parkte, dämmerte es bereits. Der Kommissar blieb im Wagen sitzen und trommelte mit dem Daumen gegen das Lenkrad. Er war nervös und wusste nicht so recht, wie er das Gespräch mit Will angehen sollte. Nachdem er einige Varianten durchgespielt hatte, fasste er sich ein Herz. Es hatte keinen Sinn, länger zu grübeln. Er musste die Unstimmigkeiten aus der Welt räumen, andernfalls würden sie einen langen Schatten auf die weiteren Ermittlungen werfen. Unstimmigkeiten waren das Letzte, was er jetzt in seinem Team gebrauchen konnte. Er lief die wenigen Meter zu Wills Haus und blieb vor dem Gartentor stehen. Sein Finger näherte sich der Klingel. Kurz bevor er sie erreicht hatte, überkam ihn ein kurzes Zögern, doch dann drückte er. Es dauerte eine gefühlte Ewigkeit, bis die Tür geöffnet wurde und Julia Will im Türrahmen stand.

„Na sieh mal einer an!" Ihr Gesicht war frei jedweden Lächelns. Bohlan öffnete die Gartentür und stieg die Stufen zum Eingang empor.

„Was willst du hier?"

„Mit dir reden."

„Jetzt plötzlich?"

„Komm, Julia, mach mir keine Szene."

Wenig später saßen sie in der Küche. Die Stimmung war angespannt.

„Ich möchte, dass du mir zuhörst, ohne mich zu unterbrechen", begann Bohlan. „Ich werde dir alles erzählen, und danach kannst du sagen, was du willst. Einverstanden?"

Will nickte widerwillig, hatte aber keine Möglichkeit, etwas zu erwidern, denn Bohlan fuhr ohne Pause fort: „Es ist jetzt drei oder vier Tage her. Da hat mich Gerding angesprochen und um ein persönliches Gespräch gebeten. Wir haben uns bei ihm zu Hause getroffen, und er hat mir erklärt, dass er die Absicht hat, im nächsten Jahr in Rente zu gehen. Er wünscht sich, dass ich sein Nachfolger werde. Mit seinem Vorschlag hat er mich total überrumpelt. Nicht einmal im Traum hätte ich daran gedacht, mich auf diese Position zu bewerben. Ich bin glücklich mit dem, was ich mache. Ich habe meinen Platz im Leben gefunden, wenn man einmal von meiner privaten Situation absieht. Aus diesem Grund habe ich in einer ersten Reaktion alle Ambitionen von mir gewiesen. Gerding war enttäuscht, das habe ich sofort gemerkt. Nur ihm zuliebe habe ich ihm zugesichert, mir die ganze Sache noch einmal zu überlegen. Er hat mir Bedenkzeit eingeräumt. Bis nach Abschluss des Falls, plus drei Tage, dann soll ich mich erklären."

Nachdem Bohlan geendet hatte, schwiegen sich die beiden einige Minuten an, dann fragte Will mit belegter Stimme: „Willst du ein Glas Rotwein?"

Bohlan willigte ein.

„Und hast du über die Sache noch einmal nachgedacht?", fragte sie, nachdem sie die Flasche geöffnet und zwei Gläser eingeschenkt hatte. Bohlan schüttelte den Kopf.

„Nicht wirklich. Natürlich schießt mir ab und an der eine oder andere Gedanke durch den Kopf. Aber ansonsten dreht sich alles nur um unseren Fall. Du weißt, ich bin nicht unbedingt ein Multitaskingtalent."

„Das ist mir durchaus nicht entgangen." Will lächelte – zum ersten Mal an diesem Abend.

„Natürlich wollte ich euch noch darüber informieren. Aber erst dann, wenn wir den Fall abgeschlossen haben. Noch ist alles so weit weg."

„Du bist nicht nur kein Multitasker, sondern auch ein Meister im Verschieben von unangenehmen Dingen."

„Schlimm?" Bohlan blickte Will zögerlich an.

„Überhaupt nicht. Leute, die immer alles gleich wissen und machen, sind mir unangenehm."

Bohlan fühlte sich erleichtert. Er griff zu seinem Glas und trank einen Schluck Wein.

„Ich arbeite gerne mit euch allen zusammen und das würde mir in jedem Fall fehlen, wenn ich auf Gerdings Platz sitzen würde. Abgesehen davon, dass ich viel zu gerne auf der Straße unterwegs bin. Eigentlich spricht alles dagegen. Aber ich möchte die Entscheidung nicht überstürzen. Und es war zu keinem Zeitpunkt meine Intention, euch zu übergehen. Und von irgendwelchen Machtspielen will ich schon gar nichts wissen. Ich dachte eigentlich, dass das jedem klar ist."

„Ist es auch. Ich habe heute im Präsidium überreagiert. Entschuldigung!"

„Angenommen. Was mich allerdings ein wenig stutzig macht, ist die Tatsache, dass auf den Fluren darüber spekuliert wird. Bislang haben nur Klaus und ich darüber gesprochen und absolutes Stillschweigen vereinbart."

Will blickte Bohlan nachdenklich an.

„Von wem hast du das Gerücht gehört?"

„Sabine Kraus."

„Die vom Betrugsdezernat?"

„Ja, ich werde noch mal nachhaken, von wem sie das hat."

„Okay."

„Noch einen Schluck Wein?"

„Gerne."

Will füllte noch einmal die Gläser.

„Gibt es etwas Neues in unserem Fall?" Bohlan war froh, dass das Thema vom Tisch war. Will trank einen Schluck Wein und stellte das Glas wieder zurück auf den Tisch.

„Ja. Wir haben uns noch ein wenig mit Niklas Volkmann auseinandergesetzt, nachdem du weg warst. Stell dir vor, was beim Abgleich seiner Aktivitäten mit den ermittelten Mordzeiten herausgekommen ist!"

„Ich bin ganz Ohr!" Bohlans Gesichtsausdruck war voller Spannung.

„Volkmann hat für keine Tat ein hieb- und stichfestes Alibi."

„Interessant. Habt ihr ihn schon festgenommen?"

„Nein, wir wollen ihn morgen mit der Faktenlage konfrontieren. Er ist für neun Uhr einbestellt."

„Gut", sagte Bohlan knapp.

„Außerdem ist Johannes Wagenknecht mit seinem Anwalt aufgetaucht ...“ Will fasste das Gespräch in knappen Worten zusammen.

Als Bohlan auf dem Weg nach Hause war, fühlte er sich nicht nur um Tonnen erleichtert, seine Stimmung war so gut wie lange nicht mehr. Die Diskrepanzen mit Will waren beiseitegeschoben, und die Aufklärung des Falls schien ebenfalls auf einem guten Weg zu sein. Gut gelaunt raste er Höchst entgegen. Hessen Radio spielte *Lieder*, den aktuellen Song von Adel Tawil. Bohlan drehte den Lautstärkeregler nach oben und war froh, dass er alleine im Auto saß. So konnte er lauthals mitsingen, ohne dass sich jemand über die falschen Töne beschwerte. Es war schon nach neun, als er das Hausboot passierte, um in Richtung Parkplatz zu fahren. Eine Frau schlenderte die Promenade entlang. Die blonden Haare wehten im Wind. Ihr Gang kam Bohlan seltsam bekannt vor. Für einen Moment blieb sie am Geländer stehen und blickte auf das Wasser hinunter. Offensichtlich schien sie auf jemanden zu warten. Bohlan rollte langsam an der Stelle vorbei. Sie wandte den Kopf und blickte sekundenlang zu ihm hinüber. Tamara, schoss es ihm durch den Kopf. Verdammt! Er hatte völlig vergessen, dass er sich mit ihr verabredet hatte. Im Wust und Durcheinander des Nachmittags war ihm die Begegnung im Starbucks völlig entfallen. Er war sich nicht sicher, ob er sich freuen sollte oder nicht. Als er das letzte Mal länger als einen Kaffee mit ihr zusammen gewesen war, hatte Chaos und Durcheinander in seinem Leben Einzug gehalten. Aber das lag Jahre zurück, und er war damals ziemlich labil gewesen. Auch Tamara war älter geworden. In jedem Fall fiel das Abhängen auf dem Sofa gründlich ins Wasser. Bohlan winkte ihr zu und fuhr in aller Seelenruhe weiter. Nachdem er den Wagen auf dem Parkplatz abgestellt hatte, schlenderte er den Weg zurück. Tamara stand immer noch am Geländer und war damit beschäftigt, sich das Haar aus dem Gesicht zu streichen, als er sie erreichte.

„Entschuldige die Verspätung", sagte er gehetzt. Sie hielt ihm die rechte Wange entgegen. Bohlan nahm die Geste zum Anlass für die gewünschte Begrüßung. Der Duft ihres Parfüms setzte sich in seiner Nase fest. Er versuchte, in seinen Erinnerungen nach dessen Namen zu kramen, kam aber nicht drauf. In solchen Dingen war er alles andere als ein Held.

„Mach dir um die fünf Minuten keinen Kopf. Ich weiß, dass du als Kommissar viel um die Ohren hast."

„So ist es in der Tat. Ich hatte seit heute Mittag keinerlei Pause. Aber jetzt ist Feierabend", erwiderte Bohlan und fügte zur Bekräftigung hinzu: „Endgültig." Insgeheim hegte er indes die Befürchtung, der Mörder könnte ihm erneut einen Strich durch die Rechnung machen.

„Sieht wirklich gut aus, dein Boot. Alle Achtung!" Tamara schien den Kampf gegen den Wind aufgegeben zu haben und band sich die Haare zu einem Zopf zusammen.

„Warte erst mal ab, bis du es von innen gesehen hast."

Bohlan schloss das Tor auf. Sie liefen über den Steg, den das Boot mit dem Ufer verband, und standen wenig später im Inneren des Kahns. Tamara ließ sich alle Räume zeigen und brachte mehrfach ihre Verwunderung darüber zum Ausdruck, wie toll er das alles hinbekommen hatte. Da Bohlans Kühlschrank wie immer leer war, wenn man einmal von diversen Weinflaschen und Biervorräten absah, bestellten sie beim Lieferservice zwei Pizzen und ließen sich auf dem Deck nieder. Tamara berichtete, dass der Termin mit dem Immobilienmakler sehr positiv verlaufen war und dieser davon ausging, das Haus in relativ kurzer Zeit verkaufen zu können. Natürlich äußerst lukrativ.

„Kein Wunder", bemerkte Bohlan, „der Frankfurter Wohnungsmarkt boomt. Es ist fast unmöglich, bezahlbaren Wohnraum zu finden."

Tamara nickte. „Bevor er loslegen kann, muss ich allerdings noch den Nachlass sichten."

„Ist es viel?"

„Ein Reihenhaus voll. Die meisten Sachen werde ich weggeben. Aber manches möchte ich auch behalten. Zum Beispiel die Fotoalben aus meiner Kindheit. Auch den einen oder anderen Gegenstand und die Schmuckstücke natürlich."

Es klingelte. Bohlan schreckte auf, weil er befürchtete, es könnten Julia oder Walter sein, denen in den Sinn gekommen war, nochmal über den aktuellen Fall zu reden. Doch zu seiner Erleichterung war es der Pizzaservice.

„Du solltest dich ein wenig entspannen", rief ihm Tamara hinterher, der seine Anspannung nicht entgangen war.

Johannes Wagenknecht saß seit fast einer Stunde im Gerippten. Das Restaurant, an der Heddernheimer Landstraße schräg gegenüber der Müllverbrennungsanlage gelegen, war für deftige Speisen und Grillteller bekannt. Der Mann, auf den er wartete, hatte sich vor einer halben Stunde gemeldet und angekündigt, dass er sich wegen eines Staus verspäten würde. Nachdem Wagenknecht die Gespräche mit der Kripo Revue hatte passieren lassen, studierte er die Speisekarte. Er war froh, dass er reinen Tisch gemacht hatte. Die Kommissare schienen seiner Geschichte Glauben zu schenken. Vielleicht hätte er diesen Schritt schon eher machen sollen? Aber die Zeit ließ sich leider nicht zurückdrehen. Er bestellte ein Filetsteak mit Bratkartoffeln und vorweg Garnelenspieße. Da das Lokal nur mäßig besucht war, stand die Vorspeise kurze Zeit später auf dem Tisch. Wagenknecht schob die Garnelen vom Spieß, trank einen Schluck Rotwein und biss auf die erste Garnele. Sie schmeckte vortrefflich. Während des Essens ging er in Gedanken noch einmal die Argumente durch, die er sich zurechtgelegt hatte.

Als Bohlan ins Esszimmer zurückkam, hatte Tamara den Tisch gedeckt und die Bierflaschen gegen zwei Weingläser ausgetauscht. Sie nahm ihm die Pizzaverpackungen aus der Hand und ließ die Pizzen auf die Teller gleiten. Bohlan hätte das niemals gemacht, doch ließ er es kommentarlos geschehen. Er hätte die Pizza direkt aus der Verpackung gegessen, schon aus spültechnischen Gründen. Aber egal.

„Und was machst du in Berlin?", fragte er, nachdem er die ersten Bissen verdrückt hatte.

„Ich arbeite für eine Marketingagentur. Du weißt doch, ich war schon immer so eine Kreativnudel."

Bohlan nickte. „Welcher Bereich?"

„Alles Mögliche. Momentan haben wir viel mit Lebensmitteln zu tun. Die sind alle ziemlich scharf auf meine Slogans." Sie griff nach dem Glas und trank einen Schluck.

„Welche Werbebotschaft ist denn von dir?"

Tamara überlegte einen Moment. „Jeden Tag einen Schluck gesünder." Sie grinste Bohlan an.

„Ist für einen Jogurt, oder?"

„Ja, genau. Aber demnächst ist Schluss mit dem Mist. Wenn ich das Haus verkauft habe, mache ich mich selbstständig."

Bohlan blickte überrascht.

„Weil ich diese verlogene Kacke nicht mehr mitmachen will."

„Bislang scheinst du aber gut daran verdient zu haben, oder?"

„Ich kann ja schlecht zu meinem Chef gehen und sagen ‚Sorry, das Produkt gefällt mir nicht'. Dann sitze ich am nächsten Tag auf der Straße."

Bohlan nahm sich noch ein Stück Pizza, biss hinein und dachte einen Moment nach, während er kaute.

„Aber es sind doch nur Lebensmittel. Du machst ja schließlich keine Werbung für Zigaretten oder Alkohol."

„Das macht die Sache nicht besser. Was meinst du, was in dem ganzen Zeug drin ist!"

„Sag's mir."

„Hauptsächlich Zucker und Aromen. Weißt du, man kann sich zwanzig Pullover und hundert Paar Schuhe kaufen oder sich drei Autos in die Garage stellen. Aber niemand kann mehr essen, als der Magen fasst. Und das ist das Problem der Lebensmittelindustrie. An den einfachen klassischen Lebensmitteln wie Butter und Mehl lässt sich nichts mehr verdienen. Du musst ständig etwas Neues auf den Markt bringen, den neuen Trend kreieren."

Bohlan zerkleinerte die Pizza. Das mit dem Zucker hatte er heute schon einmal gehört. Und zwar von Marietta Burgholz. Es schien also tatsächlich etwas dran zu sein.

„Aber was ist mit den ganzen Bioartikeln? Auf unzähligen Verpackungen prangen Schlagwörter wie Heimat oder Omas Rezept. Das muss doch gut sein!"

Tamara lachte auf. „Das ist doch auch nur so ein Werbetrick. Meinst du im Ernst, diese Produkte unterscheiden sich von anderen?! Und die meisten Biolabels kannst du auch vergessen." Tamara machte eine abfällige Handbewegung. „Nimm zum Beispiel diese probiotischen Joghurts. Angeblich sollen sie die Aktivität körpereigener Immunzellen steigern. Doch das tun auch andere Milchsäureprodukte. Naturjoghurt, Kefir oder Sauerkraut haben den gleichen Effekt. Und die nächste Welle rast bereits auf uns zu. In Zukunft sollen uns Lebensmittel nicht nur gesünder, sondern auch leistungsfähiger, glücklicher und schöner machen. Kaugummi gegen Schweißgeruch, Schokolade gegen Akne, Marmelade gegen Falten oder Brain Food gegen Alzheimer. Wer krank ist, sollte zum Arzt gehen. Wer Hunger hat, sollte sich etwas kochen." Tamara hatte sich regelrecht in Rage geredet. Nun brauchte sie eine Pause, um Luft zu holen. Bohlan taxierte ihre Gesichtszüge. Wenn sie sich aufregte, verlor sie kein bisschen von ihrer Schönheit. Sie war in all den Jahren noch attraktiver geworden. Er versuchte sich daran zu erinnern, warum es damals nur bei einer Affäre geblieben war. Wenn er sich recht erinnerte, war sie liiert gewesen und hatte sich standhaft geweigert, ihren Freund zu verlassen. Bohlan, dessen Leben damals recht chaotisch gewesen war, hatte dies auch nicht gestört. Im Gegenteil. Sie hatten sich eine Zeitlang heimlich getroffen, bis sie Frankfurt verlassen hatte. Einmal war er ihr für ein Wochenende hinterhergereist. Dann hatte sich ihre Spur verloren, und er hatte sich wieder seiner zweiten Leidenschaft hingegeben: dem Bootsbau.

„An was denkst du?"

Tamaras Frage riss ihn aus den Gedanken. Bohlan war sich unschlüssig, was er antworten sollte, und versuchte seine Unsicherheit zu überspielen, indem er sein Glas austrank.

„Ich versuche die Erinnerungen zurückzuholen." Bohlan merkte, dass seine Zunge ein wenig schwerer geworden war. Der Wein zeigte Wirkung und ließ ihn die Kontrolle über sich verlieren.

„Wozu an gestern denken?", antwortete Tamara und öffnete ihren Zopf. Die blonden Haare fielen ihr um das Gesicht.

„Stimmt auch wieder", sagte Bohlan, stand wie in Trance auf und setzte sich auf den freien Platz neben ihr. Alles Weitere passierte wie vorbestimmt. Er legte seinen Arm um sie. Sie wandte den Kopf. Sekundenlang sahen sie sich in die Augen, als könnte man durch sie in die Gedanken des Anderen blikken. Dann küssten sie sich.

„Hey Leute, kommt mal her. Beim Kommissar gibt's 'nen Porno zu sehen." Es folgte ein deftiger Rülpser. „Und bringt mir noch 'ne Flasche mit."

Bohlan löste sich von Tamara und sah zum Ufer hinauf. Am alten Ladekran hatten sich mal wieder die Obdachlosen zum gemeinsamen Besäufnis zusammengefunden. Er wollte etwas den Hang hinaufrufen, doch Tamaras Anziehungskraft war stärker. Sie blickten sich wieder an. Beide mussten lachen.

„Lass uns reingehen und die Vorhänge zuziehen."

Johannes Wagenknecht hob das scharfe Messer an und führte es langsam in Richtung der Stelle, die er sich für den ersten Einstich ausgesucht hatte. Als die Messerspitze in das Fleisch einstach, drang Blut nach außen und breitete sich auf der dunkelbraunen Kruste aus. Das Steak war perfekt gebraten. Außen knusprig, innen blutig. Genauso liebte es Wagenknecht. Der Mann, der ihm seit wenigen Minuten gegenübersaß, hob für einen Moment den Kopf und wandte sich dann wieder der Speisekarte zu.

„Bestell, was du möchtest, aber die Sachen vom Grill kann ich nur empfehlen. Die sind wirklich ausgezeichnet. Wenn dir das hier zu blutig ist, bestellst du es eben durchgebraten."

Niklas Volkmann entschied sich aber für Zander mit Gemüse und drückte der Bedienung die Karte in die Hand.

„Schön, dass du dir noch Zeit genommen hast", fuhr Wagenknecht fort. „Immerhin warst du den ganzen Tag unterwegs."

Volkmann nickte. „Kein Problem, es sind schließlich schwere Zeiten."

„Genau darüber wollte ich mit dir reden. Wir müssen jetzt alle zusammenstehen, sonst bleibt niemand mehr übrig. Bei dem Gemetzel ..." Wagenknecht sah Volkmann ernst an.

„Was meinst du damit?"

„In den letzten Tagen sind drei Menschen gestorben. Niemand will, dass es noch mehr werden. Oder wie siehst du das?"

Volkmann blickte Wagenknecht in die Augen. Sein Blick war fest und standhaft. Die Situation erschien ihm wie ein Kräftemessen. Volkmann wollte nicht der Erste sein, der den Blick abwandte. Plötzlich hob Wagenknecht sein Glas.

„Ich sehe, wir verstehen uns."

Er führte das Glas zur Tischmitte. Volkmann blieb nichts anderes übrig, als mit Wagenknecht anzustoßen.

„Ich muss morgen früh ins Polizeipräsidium", sagte Volkmann, nachdem er getrunken hatte.

„Warum das?" Wagenknecht wirkte aufgeregt.

„Keine Ahnung. Diese junge Kommissarin rief mich heute Nachmittag an. Sie wollen noch ein paar Dinge mit mir klären."

Wagenknecht lehnte sich zurück. „Du musst keine Panik haben, die machen auch nur ihren Job. Bleib einfach ruhig und überlege dir vorher genau, was du sagen willst und was nicht. Und denke immer daran: Das ist jetzt kein Spiel mehr."

„Ich denke, dass ich weiß, wie ich mich zu verhalten habe. Trotzdem danke für die Tipps."

Die Bedienung servierte den Fisch. Volkmann griff nach dem Besteck und begann ohne ein weiteres Wort zu essen. Wagenknecht beobachtete ihn eine ganze Weile und kam zu dem Schluss, dass Volkmann von der Sorte Mensch war, die sich nicht so leicht aus der Ruhe bringen ließ. Trotzdem hoffte er, dass Volkmann zur Einsicht kam.

Nachdem sich die beiden Männer verabschiedet hatten, entschied sich Niklas Volkmann dazu, seinen Wagen auf dem Parkplatz des Gerippten stehen zu lassen und die paar Hundert Meter zu seiner Wohnung im Mertonviertel zu Fuß zurückzulegen. Er hatte viel zu viele Stunden des Tages hinter dem Steuer verbracht. Die zwei Gläser Wein taten ein Übriges. Er wählte den Weg, der ihn an der Müllverbrennungsanlage vorbei durchs Gewerbegebiet führte. Am Ende der Straße angekommen, überquerte er die U-Bahn-Gleise. So sehr er die laue Nachtluft genoss, war er doch froh, seine Wohnung zu erreichen. Die letzten Tage waren anstrengend und kräftezehrend gewesen. Was er jetzt brauchte, war eine Mütze voll Schlaf. Oder sollte er doch seine Freundin anrufen, um mit ihr die Nacht zu verbringen? Volkmann blieb unschlüssig vor dem Haus stehen.

7.

Als Bohlan um halb neun im Präsidium eintraf, waren Will und die Stones schon da. Es herrschte eine aufgekratzte und zugleich angespannte Stimmung. Niklas Volkmann würde sich für seine fehlenden Alibis erklären müssen und alle waren gespannt darauf, wie er dieses Kunststück bewerkstelligen würde. Zudem war Steiningers abendlicher Ausflug nach Bockenheim von Erfolg gekrönt gewesen. Die Inhaberin des Frankfurt Shops glaubte Niklas Volkmann erkannt zu haben. Er sei tatsächlich der männliche Part des Pärchens gewesen, das den Bembel erstanden hatte. Um den weiblichen Teil allerdings rankten sich weiterhin allerlei Spekulationen. Die Frau hatte vor dem Laden gewartet. Bohlan fühlte sich von den Ereignissen der Nacht wie berauscht. Erst gegen halb vier waren er und Tamara erschöpft in die Kissen gesunken und eingeschlafen. Als um halb acht der Wecker klingelte, war er trotzdem hellwach und beeilte sich, den Wecker auszuschalten. Warum sollte Tamara nicht ausschlafen dürfen, nur weil er ins Präsidium musste? Er duschte, aß statt Frühstück ein übrig gebliebenes Pizzastück und hinterließ Tamara einen Zettel.

Jetzt nahm er dankbar den von Will bereiteten Kaffee entgegen und setzte sich zu den anderen. Keiner sagte einen Ton. Alle warteten auf Volkmann. Die Uhr tickte lauter als sonst. Die Sekunden krochen langsam dahin. Die Anspannung steigerte sich. Bohlan griff nach der Boulevardzeitung, die auf dem Tisch lag, und informierte sich über den neuesten Klatsch und Tratsch. Als der Zeiger der Uhr, die neben der Eingangstür des Kommissariats hing, auf die Neun zuckte, war die Spannung zum Greifen nah. Doch auch die nächsten Minuten vergingen, ohne dass sich etwas ereignete. Das einzige Geräusch, das zu hören war, war das Ticken der Uhr. Die Kommissare verharrten auf ihren Plätzen und versuchten, sich mit belanglosen Tätigkeiten zu beschäftigen. Als die Zeiger der Uhr auf halb zehn vorrückten, platzte Bohlan der Kragen.

„Seid ihr euch sicher, dass ihr ihn hierherbestellt habt?“

„Natürlich. Ich bin ja nicht senil“, entgegnete Steinbrecher. „Ich werde zur Sicherheit in der Kelterei anrufen. Vielleicht hat Volkmann etwas falsch verstanden.“ Steinbrecher beeilte sich, die Nummer in die Tastatur des Telefons zu hämmern. Die Wortfetzen, die Bohlan während des Telefonats vernahm, verhießen nichts Gutes. Und die Zusammenfassung, die Steinbrecher von sich gab, nachdem er das Gespräch beendet hatte, bestätigte Bohlans Vermutung.

„Volkmann ist heute nicht an seinem Arbeitsplatz aufgetaucht. Allerdings war man dort davon ausgegangen, dass er sich bei uns befindet.“

„Das kann nur zwei Dinge bedeuten. Entweder ist er getürmt oder ...“ Bohlan wollte den weiteren Gedanken nicht aussprechen.

„... wir haben ein weiteres Opfer“, ergänzte Will.

„Auf seinem Handy ist er jedenfalls auch nicht zu erreichen“, bemerkte Steinbrecher.

Bohlan sah Will kurz an. Es brauchte keine weiteren Worte, ein Blick genügte zur Verständigung.

Wenig später saßen alle vier im Polizeiwagen und fuhren ins Mertonviertel.

„Hier muss es sein.“ Steinbrecher deutete auf ein Mehrfamilienhaus. Bohlan trat abrupt auf die Bremse und lenkte das Auto mit quietschenden Reifen auf einen Schotterparkplatz, der zu einem hellgrauen Gebäudekomplex gehörte. Vier Etagen, jede mit drei bis vier Wohnungseingängen. Unzählige Fahrräder und Kinderwagen standen vor dem Eingang.

„Ich vermute mal, es ist der zweite Stock“, sagte Will, nachdem sie einen Blick auf die Klingelanlage geworfen hatte. Bohlan blickte an der Fassade hoch. Das Treppenhaus befand sich auf der linken Seite. In jeder Etage führte ein offener Gang zu den jeweiligen Wohnungstüren. Die vier stiefelten das Treppenhaus nach oben. Volkmanns Wohnung lag tatsächlich am Ende des Gangs in der zweiten Etage. Bohlan wartete, bis seine Kollegen hinter ihm standen, und drückte dann auf die Klingel. Zunächst tat sich nichts. Bohlan klingelte erneut. Wieder erfolgte keine Reaktion. Der Kommissar wollte sich schon gegen die Tür werfen, als er glaubte, Geräusche hinter der Tür zu hören. Es waren keine Schritte. Es klang eher wie unverständliche Worte. Bohlan blickte zu seinen Kollegen.

„Habt ihr etwas verstanden?"

Die Antwort war allgemeines Kopfschütteln. Der Kommissar hielt den Kopf nahe an die Tür und hämmerte mit der Faust gegen das Holz.

„Herr Volkmann! Polizei! Öffnen Sie bitte die Tür!"

„Ich glaube so etwas gehört zu haben wie: *Geht nicht. Gefesselt.*" Bohlan blickte sich noch einmal fragend um. Seine Kollegen waren genauso ratlos wie er selbst. Er unternahm einen weiteren Versuch.

„Herr Volkmann, wir kommen jetzt rein!"

„Nein. Lebensgefahr!", deutete Bohlan das Gemurmel.

„Wenn ich das richtig verstanden habe, besteht Lebensgefahr, wenn wir eintreten." Bohlan lehnte sich mit dem Rücken gegen die Tür und wirkte ratlos.

„So wie er spricht, hat er einen Knebel im Mund."

Will nickte zustimmend. „Vielleicht ist irgendein Gasgemisch in der Luft."

„Möglich", entgegnete Bohlan. „Was machen wir? Irgendwelche Vorschläge?"

„Ich könnte versuchen, von der anderen Seite auf den Balkon zu klettern", sagte Steinbrecher. „Vielleicht kommt man von dort in die Wohnung."

„Oder wir können zumindest erkennen, was da drin los ist", fügte Will hinzu.

Bohlan überlegte einen Moment. „Warum nicht?! Mach das!"

„Ich komme mit“, rief Will.

Bohlan ging einen Schritt von der Tür weg und lehnte sich gegen das Geländer. Die gegenüberliegende Straße war wie leer gefegt. Die Schritte von Steinbrecher und Will verhallten im Treppenhaus. Kurze Zeit später sah Bohlan seine Kollegen, wie sie um das Haus liefen. Die weiteren Minuten zogen sich wie Stunden.

„Hoffentlich sind wir diesmal rechtzeitig!“, murmelte Steininger und trat nervös von einem Bein auf das andere.

„Wenn nicht, dann war es so knapp wie nie.“ Bohlans Stimme war voller Zynismus. Im selben Moment glaubte er, Geräusche aus der Wohnung zu vernehmen. Er drückte wieder sein Ohr gegen die Tür.

„Und?“, fragte Steininger.

„Schritte und Stimmen. Klingt nach Will. Sie sind in der Wohnung.“

Bohlan hämmerte wieder gegen die Tür.

„Walter, Julia, was ist los?“

„Moment, Chef. Ich lass euch gleich rein. Hier drin ist alles im grünen Bereich.“

Bohlan war erleichtert. Gleichzeitig steigerte sich die innere Anspannung. Was war mit Volkmann? Es dauerte weitere zwei Minuten, bevor sich die Eingangstür öffnete und Will im Türrahmen stand. „Alles klar, Chef.“

„Was heißt alles klar? Was ist da drin los?“

„Ich würde mal sagen, dass wir dem Täter diesmal einen Strich durch die Rechnung gemacht haben. Aber seht selbst.“

Will trat einen Schritt zur Seite. Tom Bohlan betrat die Wohnung und benötigte einen Moment, um die Situation in Gänze zu erfassen. Niklas Volkmann stand auf einem Stuhl in der Mitte des Wohnzimmers. Um seinen Hals lag ein Strick, der wiederum durch einen Haken an der Decke führte. Der Strick war straff gespannt. Jeder Zentimeter, den Volkmann nach unten verlor, würde dafür sorgen, dass sich der Strick um seinen Hals zuzog. Tod durch Erdrosseln wäre die unmittelbare Folge.

„Vorsichtig mit dem Drahtseil“, warnte Steininger, der damit beschäftigt war, Fotos mit seinem Handy zu schießen. Bohlan blickte auf den Boden. Ein Drahtseil war am Stuhlbein befestigt und lag schlaff auf dem Boden.

„Die größte Gefahr ist vorbei“, erklärte Will. „Ich habe das andere Ende bereits von der Tür entfernt. Volkmann kann sich nur noch selbst richten, wenn er jetzt das Gleichgewicht verliert.“

Bohlan schaute kurz zu Volkmann, der immer noch regungslos auf dem Stuhl stand, aber sichtlich erleichtert wirkte.

„Wir machen Sie gleich los“, sagte Steininger und steckte das Handy ein. „Die Fotos sind für die Beweissicherung.“

„Was hat es mit dem Drahtseil auf sich?“, erkundigte sich Bohlan.

„Ein ausgeklügelter Mechanismus. Das eine Seilende ist hier am Stuhlbein befestigt. Das Seil selbst verlief hier entlang bis zur Wand im Flur, dort über die Winde nach oben zur Decke, von hier aus auf die andere Seite, wieder nach unten, bis zur Türklinke.“ Bohlan folgte Wills Finger, der der Richtung des Seils folgte. Ein teuflischer Mechanismus: Beim Öffnen der Tür würde sich das Drahtseil straffen und den Stuhl unter Volksmanns Füßen wegziehen.

„Der freundliche Finder wird zum Todbringer. Perfider Plan“, platzte es aus Bohlan heraus.

Steinbrecher hatte mittlerweile einen zweiten Stuhl geholt und war gerade dabei, Volkmanns Kopf aus der Schlinge zu ziehen. Steininger half ihm vom Stuhl und befreite ihn von Fesseln und Knebeln. Volkmann ließ sich erschöpft auf den Stuhl fallen. Sein Gesicht war bleich, seine Hand zitterte, als er sich über die Stirn fuhr, um den Schweiß wegzuwischen.

„Das war wirklich knapp. Als Sie an die Tür gehämmert haben, dachte ich schon, es ist alles vorbei.“

„Zum Glück haben Sie sich laut genug verständlich gemacht. Ich war wirklich kurz davor, die Tür einzutreten.“ Bohlan war genauso erleichtert wie Volkmann. Die Boulevardzeitung hätte bestimmt eine Riesenschlagzeile daraus gemacht: Kommissar erhängt Verdächtigen – oder so ähnlich.

Veronique Wagenknecht stand an diesem Morgen länger unter der Dusche als üblich. Wie immer war sie um Viertel vor sieben aufgestanden und war in die Küche geeilt. Während Johannes und die Jungs sich anzogen, hatte sie den Tisch für das Frühstück gedeckt, das sehr harmonisch verlaufen war. Ihr Mann wirkte seit dieser Nacht wie ausgewechselt. Zwar war er wieder sehr spät nach Hause gekommen, doch die Nacht war anders verlaufen als in den vergangenen Wochen. Sie hatten sich endlich wieder einmal geliebt und waren nicht schweigend nebeneinander eingeschlafen. Johannes schien befreit und aufgekratzt, als seien alle Probleme gelöst. Um die gute Stimmung nicht zu stören, vermied sie es, ihn auf die Gründe anzusprechen, die zu seinem Stimmungsumschwung geführt hatten. Doch zu ihrer Verwunderung hatte er selbst in der Nacht, als sie erschöpft nebeneinander lagen, das Thema zur Sprache gebracht.

„Schatz, alles wird gut. Ich glaube nicht, dass es noch weitere Tote geben wird."

Sie hatte sich zur Seite gedreht, ihn lange angesehen und über die Haare gestreichelt. Tausend Fragen waren ihr durch den Kopf geschossen, aber sie hatte nicht eine davon gestellt. Sie war einfach nur glücklich über den Moment und wollte nicht an die nächsten Tage denken. Schon gar nicht wollte sie darüber nachdenken, was er angestellt haben könnte. Sie befürchtete, dass Johannes viel tiefer in dem ganzen Sumpf steckte, als er dies ihr gegenüber zugab. Immerhin schien die ganze Sache jetzt auf der Zielgeraden zu sein, und Johannes schien das Spiel zu gewinnen. Das alleine reichte ihr. Sie wollte keine Details über die Schlachten wissen. Zu viel Wissen würde ihre Seele nur zu stark belasten. Aus diesem Grund fragte sie nicht weiter nach, nicht in der Nacht und auch nicht am Morgen.

Volkmann setzte das Latte-Macchiato-Glas ab und wischte sich den Milchschaum vom Mund. Er legte die Arme auf die Lehnen eines großen Ohrensessels. In sein Gesicht war die Farbe zurückgekehrt, die Strick und Todesangst verdrängt hatten. Bohlan und Will waren mit ihm die wenigen Schritte von seiner Wohnung zu dem winzigen Café in der Merton's Passage gelaufen und saßen ihm nun gegenüber, nur durch ein kleines Tischchen getrennt. Seine Hände zitterten nicht mehr. Die Stimme war klar und fest, als er sprach. „Normalerweise lasse ich niemanden in meine Wohnung. Aber der Mann sagte, er sei der Bundestagskandidat und dem wollte ich schon immer mal meine Meinung sagen. Als ich die Tür öffnete, standen sie schon davor. Zwei Personen mit dunklen Kapuzen über dem Kopf, so wie beim Ku-Klux-Klan. Sie überwältigten, fesselten und knebelten mich. Dann installierten sie dieses Drahtseilsystem. Nachdem sie fertig waren, durchsuchten sie meine Wohnung. Schließlich wurde ich auf den Stuhl gestellt. Das Ganze hat allenfalls eine halbe Stunde gedauert. Schöne Scheiße!" Volkmann trank noch einen Schluck Kaffee. „Das hätte echt schiefgehen können. Mann, Mann, Mann ...!"

„Wann haben die Männer geklingelt?"

Volkmann dachte einen Moment nach. „Es wird so gegen acht Uhr gewesen sein. Ich war gerade aus dem Bad gekommen und wollte frühstücken."

„Haben Sie eine Idee, wer die beiden Männer gewesen sein könnten?"

„Nein, wie gesagt, sie trugen diese Kutten."

„Vielleicht ihre Stimmen?", hakte Will nach.

„Nein. Sie haben die ganze Zeit über kein Wort gesprochen. Nur am Anfang und da ist mir nichts aufgefallen. Die ganze Aktion lief ziemlich geräuschlos ab. Es war fast beängstigend still. Totenstill." Volkmann lachte gequält auf.

Bohlan machte sich ein paar Notizen, dann fragte er: „Wer wusste, dass Sie heute Morgen ins Präsidium wollten?"

Volkmann überlegte einen Moment. „In der Firma habe ich natürlich Bescheid gesagt. Ansonsten ... niemand."

„Freunde?“

„Nein. Ich habe niemandem etwas erzählt. Was wollten Sie eigentlich genau von mir wissen?“

„Ich denke, das hat sich erst mal erledigt. Es gab einige Unklarheiten wegen Ihrer Alibis, aber nachdem Sie jetzt selbst fast zum Opfer geworden wären, sind Sie als Täter aus dem Rennen.“

Steinbrecher und Steininger betraten das Café. Sie wirkten seltsam entspannt. Wahrscheinlich hatten sie den Weg von Volkmanns Wohnung mehr schlendernd als eilig zurückgelegt.

„Und? Habt ihr etwas gefunden?“

Steininger schüttelte den Kopf. „Nein, nichts, was uns weiterhelfen könnte.“

„Was haben Sie eigentlich in meiner Wohnung gesucht?“

„Hinweise“, sagte Will knapp.

„Hinweise auf den nächsten Mord“, ergänzte Bohlan. „Der Täter hinterlässt normalerweise kleine, versteckte Dinge für uns.“

„Was sind das für Dinge?“, wollte Volkmann wissen.

„Mal ein Foto, mal einen Bembel. Meistens so Sachen zum Knobeln.“

„Sachen zum Knobeln?“, wiederholte Volkmann ungläubig.

„Der Täter veranstaltet mit uns so etwas wie ein Ratespiel“, erklärte Bohlan. „Offenbar erfreut es ihn, wenn wir im Dunkeln tappen.“

„Wir könnten nochmal zusammen in die Wohnung gehen. Vielleicht fällt mir etwas auf, was da nicht hingehört“, schlug Volkmann vor.

Bohlan dachte einen Moment nach. So dumm war Volkmanns Idee gar nicht. Vielleicht hatten die Stones tatsächlich etwas übersehen. „Warum nicht? Jan, Walter, was haltet ihr davon?!“

Die Begeisterung der beiden hielt sich in Grenzen. Trotzdem stapften sie kurze Zeit später gemeinsam mit Volkmann zurück in dessen Wohnung. Der von beiden erhoffte Kaffee musste warten.

„Meinst du, es ist eine gute Idee, Volkmann von der Liste zu streichen?“, fragte Will, nachdem die drei außer Sichtweite waren.

„Wie ein Selbstmordversuch sah das nicht gerade aus, oder?“, erwiderte Bohlan.

„Stimmt. Andererseits: Wer sagt uns, dass das eine Aktion des Mörders war?“

„Wer soll es sonst gewesen sein?“ Bohlan strich sich mit der Hand über den Kopf und trank anschließend seine Tasse Espresso leer.

„Ich weiß nicht, Tom. Irgendetwas stimmt nicht, irgendwas ist an diesem Fall anders.“

„Das Opfer hat überlebt. Das ist anders. Aber das war doch eher Zufall. Hätte gut und gerne anders kommen können.“

Will zog die Stirn in Falten, sagte aber kein weiteres Wort. Doch Bohlan wusste, dass sie etwas ausbrütete. Aber er ahnte auch, dass sie noch etwas Zeit brauchte, um zu einem Ergebnis zu kommen.

8.

Bohlan hegte zwiespältige Gefühle. Zum einen war er froh, dass es keinen weiteren Toten gegeben hatte. Zum anderen standen sie wieder einmal am Anfang. Hatten sich in den letzten Tagen die Verdachtsmomente gegen Niklas Volkmann mehr und mehr erhärtet, so war an diesem Morgen die mögliche Lösung des Falls wie ein Kartenhaus in sich zusammengestürzt. Zwischen Hochmut und Zerknirschtheit schwankend, hatte der Kommissar den weiteren Tag im Kommissariat verbracht. Nun versuchte er, die trüben Gedanken in die hinterste Ecke seines Gehirns zu schieben. Immerhin war er wieder mit Tamara verabredet. Dass er die Verabredung mit ihr nicht vergessen hatte, war ein Indiz dafür, dass sie ihm bereits wichtiger war als gestern noch gedacht. Dennoch wollte Bohlan die Sache langsam angehen und Tamara nicht zu sehr an sich heranlassen. Die Zukunftsaussichten für eine Beziehung mit ihr waren schließlich nicht gerade rosig. Tamara lebte in Berlin. Über ihre privaten Verhältnisse hatte sie, wenn man die Sache genau betrachtete, noch gar nicht gesprochen. Vielleicht war er für sie auch nur so etwas wie ein Zeitvertreib für die Tage, die sie in Frankfurt verbrachte. Oder eine Zeitreise in die Vergangenheit mit Rückkehrgarantie. Und wenn schon, sagte er zu sich. Er konnte die Tage mit ihr genießen. Niemand verpflichtete ihn zu mehr. Er musste nur sehen, dass er seine Gefühle unter Kontrolle behielt.

Bohlan fuhr die Eschersheimer Landstraße stadtauswärts bis zur Hügelstraße, bog dort nach rechts ab, um gleich wieder zu wenden. Er musste ein kurzes Stück zurück stadteinwärts fahren, um in die Wilhelm-Busch-Straße einbiegen zu können. Tatsächlich fand er nach wenigen Metern einen Parkplatz und stieg aus. Tamaras Elternhaus lag rechter Hand in einer Reihenhauszeile. Sie öffnete Sekunden nach seinem Klingeln die Tür und war abmarschbereit.

„Bin ich schon wieder zu spät?“

„Nein, ich kann es nur nicht abwarten, hier rauszukommen. Es sind einfach zu viele Erinnerungen. Das Alleinsein zwischen all dem Zeugs macht keinen wirklichen Spaß.“

Sie gingen zurück zum Auto und stiegen ein.

„Wie war dein Tag?“, fragte Tamara nach ein paar Minuten. Bohlan seufzte auf. „Es ist wie verhext. Wir kommen einfach nicht voran. Unser bisheriger Hauptverdächtiger ist nun selbst zum Opfer geworden. Wir stehen quasi wieder bei null.“

„Klingt nicht gut.“

„Lass uns einfach den Tag vergessen und den Abend genießen!“

„Vielleicht ist das wirklich die beste Idee.“

Sie erreichten die Innenstadt. Bohlan steuerte den Lupo in ein Parkhaus. Sie fuhren mit dem Aufzug nach unten und schlenderten durch die Schillerpassage, blieben vor einigen Schaufenstern stehen und betraten die YOURS Australian Bar. Sie aßen Emu-Burger mit Chips, tranken Bier und zogen dann weiter zum Metropolis, um sich einen Film in der Spätvorstellung anzusehen. Allerdings bekamen sie vom Film nicht allzu viel mit, weil sie mehr mit sich beschäftigt waren als Blicke auf die Leinwand zu werfen. Nach Mitternacht erreichten sie das Hausboot am Höchster Ufer und verbrachten erneut eine Nacht miteinander. Tamara blieb bis zum Morgen. Nach dem Frühstück setzte Bohlan sie in der Wilhelm-Busch-Straße ab. Er wartete, bis sie im Haus verschwunden war, und startete den Wagen. Noch bevor er aus der Parklücke fuhr, schaltete er das Radio ein, um auf andere Gedanken zu kommen.

„Ich lass für dich das Licht an, obwohl's mir zu hell ist“, sangen die Revolverhelden. Eigentlich ein schönes Lied, dachte Bohlan. Doch er wechselte den Sender. Zu viele Emotionen waren einfach nicht gut.

Als er das Kommissariat betrat, wurde er von hektischer

Betriebsamkeit erwartet. Julia Will redete ohne Punkt und Komma in den Telefonhörer hinein und fuchtelte gleichzeitig mit den Händen durch die Luft, als wolle sie diese zerteilen. Steininger war dabei, weitere Papiere aus dem Drucker zu holen und auf dem Tisch zu verteilen, nur von Steinbrecher fehlte jede Spur.

„Was ist denn hier los?“, fauchte Bohlan, doch Will bedeutete ihm mit einer Handbewegung zu schweigen. So wartete der Kommissar geduldig, bis Will das Gespräch beendet hatte.

„Du wirst nicht glauben, was passiert ist.“ Ihr Redeschwall war ungebrochen, nur dass er sich jetzt an Bohlan richtete statt an den Telefonhörer. Bohlan wusste, dass Nachfragen nicht erwünscht war. Die Worte sprudelten schier aus Will heraus.

„Wir haben Fingerabdrücke auf dem Strick gefunden. Nicht viele, aber genug, um damit kriminaltechnisch etwas anfangen zu können. Die Jungs in der Technik haben die Abdrücke natürlich gleich durch die Datenbank gejagt. Und stell dir vor, was dabei herausgekommen ist ... Sie sind bei uns gelistet. Die Fingerabdrücke, meine ich natürlich. Sie gehören zu Oliver Guth, einen Kleinkriminellen mit einer ganzen Latte Vorstrafen. Da staunst du, was?“ Will, die vom schnellen Reden ganz aus der Puste gekommen war, machte eine kurze Pause, die aber nur dem Luftholen diente. „Aber es kommt noch besser. Guth ist seit drei Jahren auf freiem Fuß und seit zwei Jahren hat er sogar einen Job. Als Hausmeister ...“ Wieder eine kurze Pause. Diesmal aber nicht zum Luftholen, sondern aus dramaturgischen Gründen. Will sah Bohlan auffordernd an, gab die Antwort aber selbst: „... in der Kelterei Wagenknecht.“

„Ist nicht dein Ernst?“, sagte Bohlan verblüfft.

„Doch, mein voller. Das ist doch sensationell, oder?“

„In der Tat“, sagte Bohlan mehr nachdenklich als euphorisch. „Gib mir mal den ganzen Papierkram!“ Bohlan fühlte sich von Wills Ergebnissen überrumpelt und wollte der Sache noch einmal selbst auf den Grund gehen. In den letzten Tagen hatte er sich zu oft auf falschen Fährten bewegt.

Die nächsten Minuten verbrachte der Kommissar damit, die Analyse der Fingerabdrücke und Guths Vorstrafenregister zu studieren – eine Tätigkeit, die mehr dem Sammeln von Gedanken diente als der Aussicht auf weitere Erkenntnisse. Natürlich waren die Spuren der Fingerabdrücke, die am Tatort gefunden worden waren, mit denen identisch, die sich in der Datei befanden. Und wenn nicht, wäre Bohlan auch nicht in der Lage, dies zu überprüfen. Für so etwas gab es schließlich Experten und Computersoftware. Guths Vorstrafenregister war lang: Betrug, Diebstahl, Unterschlagung, ein wenig Hehlerei. Trotzdem war Guth niemand, den Bohlan üblicherweise in die Finger bekam. Dafür waren andere Abteilungen im Polizeiapparat zuständig. Aber natürlich war er ein Krimineller, sogar ein professioneller. Bohlan fragte sich, was dazu geführt haben könnte, dass jemand, der jahrelang nur kleine Räder gedreht hatte, plötzlich zum Serienmörder mutierte? Er beschloss, der Sache schnell auf den Grund zu gehen.

Oliver Guth war ein Schrank von einem Mann. Groß gewachsen, tätowierte, muskelbepackte Oberarme und kurz rasierte Haare. Sein lückenhaftes Gebiss war Zeugnis dafür, dass sein Leben nicht immer ohne Komplikationen verlaufen war. Guth war niemand, dem man nachts im Dunkeln auf der Straße begegnen wollte. Bohlan schätzte ihn auf Anfang fünfzig, und dafür war er körperlich gut in Form. Vermutlich verbrachte er den Großteil seiner Freizeit damit, Gewichte zu stemmen. Guth, nur mit geripptem Unterhemd und Boxershorts bekleidet, schaute einigermaßen verschlafen aus der Wäsche, ließ die Ermittler aber ohne Murren in seine Wohnung. Nachdem die Formalitäten geklärt waren, kam Bohlan gleich zur Sache.

„Wo waren Sie gestern früh, so gegen sieben?“

„Wer will das wissen?“

Das fängt ja gut an, dachte Bohlan. Die ruppige Antwort war ein deutlicher Hinweis darauf, dass es kein leichtes Verhör werden würde. „An Ihrer Stelle wäre ich ein wenig freundlicher.

Sie befinden sich nicht gerade in einer komfortablen Situation", raunzte der Kommissar zurück.

„Ich wüsste nicht, was ich mir hätte zuschulden kommen lassen." Guth verschränkte die Arme vor seinem Körper und blieb die Ruhe in Person.

„Ach nein?", erwiderte Bohlan. „Da spricht das hier aber eine ganze andere Sprache." Der Kommissar wedelte mit dem Vorstrafenregister.

„Was soll das sein?" Guth blickte betont desinteressiert.

„Eine Liste Ihrer bisherigen Strafen. Soll ich mal daraus zitieren?"

„Nicht nötig, die kenne ich selbst. Alle abgesessen. Hat mich einige Jahre meines Lebens gekostet. Das können Sie mir jetzt aber nicht mehr zum Vorwurf machen."

„Mach ich auch nicht. Also, wo waren Sie gestern Morgen?"

„In meinem Bett. Ich habe geschlafen."

„Bis wann?"

„Weiß nicht genau. Vielleicht bis eins, halb zwei."

„Zeugen?"

„Natürlich, Betty." Guth zwinkerte mit den Augen. „Wollen Sie Details? Sie liegt noch im Bett. Aber Vorsicht. Sie ist nackt."

„Nicht nötig. Sie haben also bis um sieben mit ... Betty ...?"

„... gebumst", ergänzte Guth. „Vielleicht. Vielleicht habe ich aber schon den Schlaf des Gerechten genossen. Ich arbeite als Nachtwächter. Die Ablösung kommt um fünf, dann nichts wie nach Hause. Bisschen kuscheln mit Betty, dann schlafen."

Bohlan notierte sich die Zeitangaben. „Das heißt, dass Sie um fünf das Betriebsgelände verlassen haben?"

„So ungefähr."

„Und wann waren Sie zu Hause?"

„Halb sechs."

Verdammt. Wenn die Zeitangaben stimmten, konnte Guth nicht bei Volkmann gewesen sein. Allerdings war die Messe hier noch keinesfalls gelesen. Guths vermeintliches Alibi war nicht allzu viel wert. Diese Betty würde mit Sicherheit alles und nichts bestätigen. Bohlan entschloss sich dazu, Guth noch ein wenig zu kitzeln.

„Sagt Ihnen der Name Niklas Volkmann etwas?"

„Natürlich, der arbeitet auch bei Wagenknecht. Sozusagen ein Kollege von mir." Guth lachte in sich hinein.

„Wissen Sie, wo er wohnt?"

Guth zuckte mit den Schultern. „Keine Ahnung. So weit geht unsere Freundschaft dann doch nicht. Was ist mit Volkmann?"

Bohlan machte ein ernstes Gesicht.

„Er wird doch nicht etwa ...?"

„Nein. Er lebt noch. Allerdings wurde auf ihn ein Mordanschlag verübt."

„Ein Mordanschlag auf Volkmann?!" Guth schüttelte den Kopf.

„Na ja, sagen wir es einmal so, er wäre nicht der erste Tote in Ihrer Firma."

„Das stimmt. Die letzten Wochen waren nicht gerade die friedlichsten. Aber Volkmann! Wie wollte man ihn denn umbringen?"

Guth war geschickter, als Bohlan gedacht hatte. Aus der Reserve locken ließ er sich jedenfalls nicht.

„Er sollte erhängt werden. Mit einem Strick." Bohlan legte die Hand um seine Kehle und symbolisierte mit der anderen Hand einen Strick.

„Unfassbar", stammelte Guth.

„Wir haben den Strick von unseren Leuten untersuchen lassen. Und wissen Sie, was die gefunden haben?"

„Bin ich Hellseher?"

„Fingerabdrücke", sagte Bohlan unbeirrt, „und zwar von Ihnen!"

Guths Unterkiefer fiel nach unten.

„Nein", stammelte er. „Das ist völlig unmöglich, Herr Kommissar. Ich habe damit nichts zu tun. Bitte glauben Sie mir. Ich habe mir bei der letzten Entlassung aus dem Knast geschworen, dass ich keine krummen Dinger mehr drehe."

Bohlan täuschte ein verständnisvolles Gesicht vor. „Dann erklären Sie mir mal, wie Ihre Fingerabdrücke auf das Mordwerkzeug gekommen sind."

„Ich habe keine Erklärung dafür."

„Sehen Sie, und genau das ist Ihr Problem."

„Herr Kommissar, wirklich ... Ich habe einige krumme Geschäfte gemacht. Aber Mord? Damit hatte ich noch nie etwas zu tun!"

„Ich würde Ihnen gerne glauben, aber die Tatsachen sprechen eine andere Sprache. Ich muss Sie bitten, sich etwas anzuziehen und mit uns zu kommen."

„Wollen Sie mich etwa wieder einbuchten?"

„Erst mal nur verhaften. Den Rest müssen andere entscheiden."

„Fuck, was für ein Scheißtag!" Guth stand auf. „Okay, ich komme mit. Ich zieh mir nur schnell was Ordentliches an."

„Aber lassen Sie die Tür offen, damit wir sichergehen können, dass Sie nicht aus dem Fenster türmen", rief Bohlan ihm hinterher.

Als Guth kurze Zeit später im Wohnzimmer zurück war, trug er Jeans und Poloshirt im Dieter-Bohlen-Stil.

„Herr Kommissar. Mir ist da noch etwas eingefallen, das wichtig sein könnte."

„Schießen Sie los."

„Also die Sache mit dem Strick. Es gibt da möglicherweise eine Erklärung. Wir hatten vor Kurzem eine Lesung mit lokalen Krimi-Autoren. Ich komme gerade nicht auf die Namen."

„Delbrück und Richter", sagte Bohlan, der nichts Gutes ahnte.

„Genau. Lustige Vögel. Jedenfalls hatten wir den Raum ordentlich dekoriert, mit allerlei Requisiten. Messer, Patronenhülsen und so weiter. Und von der Decke hing auch ein Strick. Ich war dafür zuständig, die ganzen Sachen zu befestigen."

Bohlan sah erneut ein Kartenhaus vor seinem inneren Auge in sich zusammenbrechen, ließ sich aber nichts anmerken. Immerhin konnte alles auch nur eine billige Ausrede sein.

„Wissen Sie, was mit den Requisiten nach der Lesung passiert ist?"

„Natürlich. Ich habe sie alle in eine Kiste gepackt und in den Keller gestellt."

„Wo?"

„Na, bei Wagenknecht."

Bohlan fuhr sich mit der Hand über den Kopf. Es war einfach zum Verzweifeln. Er fühlte sich, als hätten sich alle bösen Mächte der Welt gegen ihn verschworen. Immer, wenn auch nur der Ansatz einer möglichen Lösung auftauchte, gab es neue Verwicklungen. Trotzdem wollte er auf keinen Fall den Kopf in den Sand stecken. „Wir werden das alles überprüfen, darauf können Sie sich verlassen. Sie kommen jedenfalls erst mal mit ins Präsidium."

Guth fügte sich zähneknirschend seinem Schicksal und ließ sich von Bohlan ins Auto führen, während Will die Stones per Telefon zur Kelterei Wagenknecht beorderte.

„Und, wart ihr erfolgreich?" Bohlan sah die Stones gespannt an.

„Ja", nickte Steinbrecher zufrieden und machte einen Schritt zur Seite.

Steininger kam zum Vorschein. Er hatte die ganze Zeit hinter seinem Kollegen gestanden und trug eine blaue Plastikbox, die er auf den Tisch stellte. Nachdem die beiden sich ihrer Jacken entledigt hatten, öffnete Steinbrecher die Schnappverschlüsse.

„Der Inhalt ist halbwegs überschaubar. Im Wesentlichen sind die Dinge drin, die Guth beschrieben hat. Messer, Patronenhülsen, eine Gaspistole. Aber eine Sache fehlt natürlich."

„Lass mich raten", knurrte Bohlan. „Der Strick!"

Natürlich konnte der Strick nicht in der Kiste sein, schließlich befand er sich in der KTU. Blieb noch zu klären, wie er aus dem Keller der Kelterei in Volkmanns Wohnung gekommen war. Bohlan trat an den Tisch heran und warf einen flüchtigen Blick in die Kiste.

„Was sollen wir mit dem ganzen Zeugs machen?", fragte Steininger.

„Ab zur KTU. Vielleicht finden die noch irgendwas." Bohlan griff den Hörer des Telefons, um die Kollegen von der KTU über die neuen Beweisstücke in Kenntnis zu setzen.

„Guth bleibt also Hauptverdächtiger", bemerkte Steininger. Bohlan nuschelte etwas Unverständliches. Will sah ihn fragend an.

„Das ist die falsche Fährte." Bohlans Worte waren nun etwas verständlicher. „Guth ist nicht der Täter. Er ist nur ein weiteres Spielchen für uns. So eine Art Beschäftigungstherapie. Wir sollen uns an ihm abarbeiten, damit der Mörder seine Ruhe hat." Bohlan schwieg einen Moment und fügte dann in sarkastischem Tonfall hinzu: „Oder seinen Spaß."

„Aber es spricht doch alles gegen Guth." Steinbrecher wollte noch nicht von seiner Theorie abrücken.

„Weil es so aussehen soll. Aber das alles passt nicht zu Guth."

„Wieso nicht? Immerhin hat er einige Jahre Knast auf dem Buckel und eine Menge Dreck am Stecken."

„Genau. Aber schau dir mal seinen Lebenslauf an. Seine kriminelle Vergangenheit spielte sich im Drogen- und Beschaffungsmilieu ab. Mord und Totschlag gehören nicht zu seinen Spezialgebieten."

„Auch ein Gangster kann dazulernen und sich weiterentwickeln."

„Ja, aber Guth wollte genau das Gegenteil. Er wollte aussteigen und die schiefe Bahn verlassen. Außerdem ist er der typische Gehilfe. Er ist nicht jemand, der raffinierte Taten plant und ein Versteckspiel mit der Polizei anzettelt. Wenn er etwas Kriminelles gemacht hat, dann um an Geld heranzukommen. Hier geht es um etwas ganz anderes. Guth ist für solch eine Mordserie zu einfältig."

„Vielleicht gibt es einen Hintermann und Guth führt aus?", gab Steininger zu bedenken. „Natürlich gegen ein schönes Sümmchen Geld."

„Das wäre natürlich eine Möglichkeit, aber ich glaube nicht daran. Nein! Guth wurde vom wahren Täter für uns als falsche Fährte ausgewählt. Wir sollen uns an ihm die Zähne ausbeißen. Jemand hat ihm den Strick untergejubelt und dafür gesorgt, dass Guths Fingerabdrücke draufkommen. Schließlich hat man den Strick aus dem Keller entwendet und zu Volkmann gebracht." Bohlan lehnte sich zurück und verschränkte die Hände hinter seinem Kopf. „So war es und keinen Deut anders."

„Gut ... nehmen wir einmal an, du hast recht ...", unternahm Steininger einen letzten Versuch, „... aber es war doch Guths Versteck."

„Er ist ein kleiner Angestellter. Meinst du, er ist der Einzige, der einen Schlüssel zu diesem Raum hat? Im Leben nicht!"

„Okay, wie sollen wir weiter vorgehen?", fragte Steinbrecher.

„Lasst uns Guth noch mal ordentlich in die Mangel nehmen."

„Was versprichst du dir davon, wenn er doch unschuldig ist?" Steininger kniff die Augen zusammen und fixierte Bohlan.

„Unschuldig ist er mit Sicherheit. Aber ich bin mir sicher, dass er uns noch ein paar interessante Sachen erzählen kann."

Bohlan erhob sich und begab sich gemeinsam mit Will in den Verhörraum, in dem Guth seit der Rückkehr ins Präsidium saß. Sie platzierten sich ihm gegenüber und blickten ihn eine Zeitlang schweigend an. Guth wirkte nervös, wartete offensichtlich auf eine erlösende Nachricht, doch Bohlan wollte ihn noch ein wenig zappeln lassen. Und tatsächlich fing Guth an zu quasseln.

„Ich habe noch einmal nachgedacht." Er kratzte sich über die dicken Oberarme. Trotz seiner immensen Muskelmasse wirkte er jetzt zerbrechlich und schüchtern. Bohlan war gespannt, was er ihm jetzt auftischen würde. Ein Geständnis mit Sicherheit nicht. Das würde Bohlan an seiner Menschenkenntnis zweifeln lassen.

„Also wegen dem Strick ...“

„Ja?“, munterte Bohlan sein Gegenüber auf.

„Es gibt da eine kleine Geschichte, die ich vergessen hatte. Einen Tag nach der Lesung kam Marietta Burgholz zu mir und fragte nach dem Strick. Sie brauchte ihn zu Dekozwecken.“

„Wollen Sie damit sagen, dass Sie den Strick an Frau Burgholz ausgehändigt haben?“

„Ne, ich habe ihr nur gesagt, dass die Requisiten nicht ausgegeben werden können.“

„Wie hat Frau Burgholz reagiert?“

„Ziemlich pampig Sie hat mir ein eindeutiges Angebot gemacht und wollte den Strick auch zurückbringen. Aber ich bin hart geblieben.“

„Eindeutiges Angebot?“, fragte Bohlan. „Was meinen Sie denn damit?“

„Na ja“, druckste Guth herum, „sie hat mir schöne Augen gemacht, wenn Sie verstehen, was ich meine. Aber ich bin ja mit Betty zusammen.“

Bohlan sah Guth schief an. Wollte er ihn auf die Schippe nehmen? Der Kommissar konnte sich nicht im Traum vorstellen, dass Marietta Burgholz wirklich mit Guth in die Kiste springen wollte. Aber das war nun wirklich ein anderes Thema. Trotzdem griff Bohlan zum Telefon und rief im Kommissariat an. Er beauftragte Steinbrecher, Marietta Burgholz ins Präsidium einzubestellen, und zwar dringend. Dann wandte er sich wieder Guth zu.

„Was haben Sie ihr denn erzählt, warum Sie den Strick nicht herausgeben dürfen?“

„Anweisung von oben, und das stimmt ja auch! Wagenknecht hat mir gesagt, ich soll alle Requisiten in eine Kiste packen und im Keller verstauen.“

„Das haben Sie wörtlich gesagt?“

„Ich denke schon. Warum fragen Sie?“

„Das heißt also, dass Frau Burgholz wusste, wo sich die Kiste befand.“

„Das schon. Sie glauben doch nicht, dass sie den Strick an sich genommen hat, oder?“

„Warum nicht? Wenn sie so großes Interesse an ihm gehabt hat, wie Sie behaupten, spricht doch nichts dagegen.“

Guth dachte einen Moment nach. „Aber sie hat keinen Zutritt zum Kellerraum. Nur das Wachpersonal und der Chef kommen da rein.“

„Sind Sie sich da sicher?“

„Hundert Prozent. Sonst hat niemand einen Schlüssel. Das Schloss im Keller gehört nicht zur Schließanlage.“

„Hm“, grummelte Bohlan, „wie viele Schlüssel gibt es denn?“

„Wie gesagt: Wagenknecht hat einen, und der andere befindet sich an der Pforte in einem Schlüsselkasten.“

„Und wie viele Wachleute gibt es?“

„Vier.“

„Vielleicht hat Burgholz es noch bei einem der anderen versucht.“

„Das kann natürlich sein“, räumte Guth ein.

Bohlan schob Guth einen Zettel über den Tisch.

„Was soll ich damit?“

„Aufschreiben. Die Namen aller Personen, die im Wachbereich eingesetzt sind.“

Bohlan und Will erhoben sich und ließen Guth mit sich und dem Blatt Papier alleine.

„Glaubst du, Marietta Burgholz hat etwas damit zu tun?“ Will sah Bohlan fragend an.

„Warum nicht? Vielleicht hat sie doch mehr Interesse an der Kelterei, als sie zugibt.“

„Warte mal“, stieß Will aus und rannte die wenigen Meter über den Gang, die sie noch vom Kommissariat trennten. Bohlan trottete seelenruhig hinterher. Als er das Kommissariat betrat, wühlte sie emsig in ihren Aufzeichnungen, die einen stattlichen Papierberg gebildet hatten.

„Die Burgholz ist schon da“, sagte Steinbrecher. Bohlan wollte sich gerade setzen und einen Kaffee trinken.

„Was? So schnell?“

„Ich habe sie auf dem Handy erreicht. Offenbar war sie in der Nähe unterwegs.“ Steinbrecher zuckte mit den Schultern.

„Wo ist sie?“, wollte Bohlan wissen.

„Im Verhörraum.“

„Hol sie her!“

Steinbrecher sah Bohlan verwundert an, doch dieser machte keine Anstalten, seine Anweisungen näher zu begründen. In Wahrheit hatte er keine Lust auf ein Gespräch in der Sterilität des Verhörraums. Zudem wollte er, dass Will zuhören konnte, ohne ihre Recherchearbeit unterbrechen zu müssen.

„Was wollten Sie mit dem Strick?“, fragte Bohlan, als Burgholz ihm kurz darauf gegenübersaß. Für einen Moment wirkte es, als träfe sie die Frage völlig unvorbereitet. Doch dann erwiderte sie mit ernstem Gesicht: „Mich umbringen, natürlich. Ich dachte, die Gelegenheit sei günstig.“

Bohlan wusste nicht, wie er reagieren sollte. Eine gewisse Anspannung lag in der Luft. Meinte Burgholz das ernst oder beabsichtigte sie ihn zu veräppeln? Bohlan blickte hilfesuchend zu Will, die weiterhin an ihrem Schreibtisch hockte und in ihren Aufzeichnungen las. Offensichtlich konnte sie nichts aus der Ruhe bringen. Burgholz brach in lautes Gelächter aus.

„Jetzt habe ich Ihnen einen schönen Schrecken eingejagt, stimmt's?“ Sie schüttelte sich vor Lachen. „Was für einen Strick meinen Sie überhaupt?“

„Den von der Krimilesung. Sie erinnern sich vielleicht?“

„Ach ja, stimmt, die Deko. Und was soll ich mit dem gemacht haben?“

„Das weiß ich nicht. Aber Sie hatten offensichtlich Interesse an ihm, sonst wären Sie nicht zu Guth gegangen.“

Burgholz überlegte einen Moment. „Ach ja, richtig. Ich wollte ihn ebenfalls für eine Krimilesung haben, die ich für unsere Kirchengemeinde organisiere. Aber Guth wollte ihn nicht rausrücken."

„Und das haben Sie akzeptiert?"

„Natürlich. Was sollte ich machen?"

„Sie haben sich nicht zufällig Zugang zu dem Kellerraum verschafft, in dem das ganze Zeugs gelagert wurde?"

„Wo denken Sie hin?", erwiderte Burgholz resolut. „Trauen Sie mir etwa so was zu? Nein wirklich, so viel kriminelle Energie habe ich nicht."

„Wie viel haben Sie denn?"

„Was?"

„Kriminelle Energie. Wenn Sie nicht so viel haben, wie Sie sagen, dann haben Sie doch immerhin ein wenig."

„Jetzt drehen Sie mir nicht die Worte im Mund herum! Für mich war die Sache mit Guths Weigerung abgeschlossen. So wichtig war der Strick nun auch wieder nicht."

„Sie hatten nicht zufällig vor, mit dem Strick Niklas Volkmann zu erhängen?"

„Niklas Volkmann? Wie kommen Sie denn darauf?"

Bohlan sah Burgholz ernst an.

„Ist er etwa …?"

„… tot? Nein, glücklicherweise kamen wir diesmal zur rechten Zeit. Aber es hätte durchaus der Fall sein können."

„Oh Gott!" Burgholz schlug die Hände vor den Mund. „Hört dieser ganze Spuk denn niemals auf?"

Bohlan zuckte mit den Schultern. „Das weiß nur der Mörder."

„Was haben Sie gestern Morgen gemacht?"

„Nichts Besonderes. Gearbeitet."

„Aha. Und warum hat man Sie dann vor Volkmanns Wohnung gesehen?" Diesmal war es Will, die die Frage stellte. Bohlan war überrascht. Wann war Burgholz vor Volkmanns Wohnung gesichtet worden? War es das, was Will eben eingefallen war? Und wieso wusste er nichts davon? Er ließ sich aber von seiner Verunsicherung nichts anmerken.

„Vor Volkmanns Wohnung? Keine Ahnung. Ich weiß noch nicht einmal, wo der wohnt."

„Louis-Pasteur-Straße."

„Louis – was? Wo liegt das denn?"

Bohlan ging nicht auf Burgholz' Unwissenheit ein, die er für gespielt hielt.

„Man hat Sie dort aber gesehen", sagte Will.

„Das kann nicht sein", sagte Burgholz mit fester Stimme.

Bohlan, der von der neuen Situation ziemlich überrascht war, überlegte fieberhaft, was zu tun sei. Wenn Marietta Burgholz tatsächlich vor Volkmanns Wohnung gesehen worden war, dann war das ein Indiz dafür, dass sie nicht die Wahrheit sagte oder zumindest etwas verschwieg. Bohlan verspürte das dringende Bedürfnis, sich mit Will zu besprechen. Sie brauchten Zeit – auch um die anderen drei Tatkomplexe im Hinblick auf Burgholz noch einmal genauestens unter die Lupe zu nehmen. Deshalb fasste Bohlan einen Entschluss: „Ich verhafte Sie hiermit wegen des dringenden Tatverdachts, einen Mordanschlag auf Niklas Volkmann versucht zu haben."

Nachdem Marietta Burgholz abgeführt worden war, griff sich Bohlan die Akte, in der Will fündig geworden war. Tatsächlich berichtete eine Nachbarin von einer Frau, die in der Nacht vor dem Haus gestanden hatte. Die Beschreibung konnte auf Marietta Burgholz zutreffen. Er versuchte, das Protokoll Wort für Wort und Buchstabe für Buchstabe zu lesen, wurde aber vom Klingeln des Telefons unterbrochen.

„Hallo, Tom." Tamaras Stimme klang ein wenig kraftlos.

„Hi", sagte Bohlan. „Wie kommst du voran?"

„Eigentlich ganz gut. Ich habe schon mehrere Kisten zusammengepackt und in den Flur gestellt. Nachher kommt jemand von der Entrümpelungsfirma vorbei. Aber das ist nicht der Grund, warum ich anrufe."

„Was dann?"
„Ich habe ein schlechtes Gewissen dir gegenüber."
„Warum denn das?"
„Weil ich dir nicht gesagt habe, dass ich verheiratet bin."
Bohlan war für einen Moment sprachlos. Doch irgendwie passte das in das Bild, das er sich von Tamara gemacht hatte. Nicht in den letzten Tagen, aber vor einigen Jahren. Sie hatte sich wirklich nicht verändert. Damals hatte sie eine Affäre mit ihm begonnen, obwohl sie liiert war. Und nicht nur das. Sie war sogar so weit gegangen, mit ihrem Freund bei einer Party aufzutauchen, diesen in der Küche zu parken, um mit Bohlan auf der Toilette zu verschwinden.
„Ist es immer noch Dominik?"
„Nein, wo denkst du hin? Das ist lange vorbei."
„Was erwartest du jetzt von mir?"
„Ich weiß nicht, das musst du entscheiden. Ich wollte es dir nur sagen, bevor du dir zu große Hoffnungen machst."
„Das ist sehr fürsorglich von dir."
„Tom, es war nicht geplant. Ich hatte wirklich nicht vor fremdzugehen, als ich nach Frankfurt kam. Aber dann habe ich dich getroffen, und es ist einfach passiert."
„Bereust du es?"
„Um Gottes willen! Jede Sekunde mit dir war es wert. Nicht dass du das falsch versteht. Aber natürlich habe ich auch ein schlechtes Gewissen meinem Mann gegenüber."
„Und wie soll es jetzt weitergehen?"
„Tom, ich weiß es nicht. Ich muss darüber nachdenken."
„Dann mach das."
„Und du bist mir nicht böse?"
„Nein, vielleicht ein wenig enttäuscht. Aber ich bin auch nicht mit allzu großen Erwartungen an die Sache herangegangen. Ich kenne dich ja!"
Tamara wollte noch etwas erwidern, aber sie spürte, dass jedes weitere Wort zu viel wäre. „Okay, lass uns einfach die Tage telefonieren."

„In Ordnung", antwortete Bohlan und drückte das Gespräch weg. Für einen Moment war er versucht, das Smartphone auf den Tisch zu donnern, aber er beherrschte sich. Er wusste nicht, was er denken sollte. War es Ernüchterung, Enttäuschung oder Wut?

„Schlechte Nachrichten?" Julia Will sah ihren Kollegen besorgt an.

Bohlan schaute kurz auf. „Nicht wirklich. War privat."

Trotzdem fühlte er sich außerstande, sofort zur Ermittlungsarbeit zurückzukehren. Eine Pause, um die Gedanken zu sortieren, war nun dringend geboten. Als er die Tür öffnete, stieß er beinahe mit Steinbrecher zusammen. Ein Gedanke schoss Bohlan durch den Kopf.

„Kann ich mir eine von deinen Zigaretten leihen?"

Steinbrecher sah ihn erstaunt an.

„Klar, ich schenke sie dir sogar. Seit wann rauchst du wieder?"

„Ich rauche nicht, und das soll auch so bleiben. Es ist eine einmalige Ausnahme."

„Brauchst du jemanden zum Reden?"

„Vielleicht später. Die Zigarette reicht erst mal."

Steinbrecher kramte seinen Vorrat aus der Jackentasche hervor und zog eine seiner Selbstgedrehten heraus. Bohlan nahm sie dankbar entgegen und verschwand ohne ein weiteres Wort.

„Was ist denn mit dem los?", fragte Steinbrecher.

„Irgendwas Privates." Will zuckte mit den Schultern. „Eine Frauengeschichte, vermute ich."

„Eine Frauengeschichte?" Steinbrecher blickte ungläubig. „Wenn du nichts weißt, wer dann?"

„Ich habe wirklich keine Ahnung."

Bohlan schleppte sich zum Couchtisch, wo er das Telefon, das fortwährend klingelte, unter einem Stapel Zeitungen vermutete. Nachdem er die erste Zigarette seit über fünf Jahren auf dem Hof des Polizeipräsidiums geraucht hatte, war er nach

Hause gefahren. Dort war er auf dem Sofa beim Anblick der vor dem Boot turtelnden Schwäne eingeschlafen. Wenigstens in der Natur schien die Welt noch in Ordnung zu sein. Fluchend und keifend stieß er die Papierstapel zur Seite. Das Klingeln wurde lauter, doch sichtbar war das Telefon noch nicht. Was ihn am meisten ärgerte, war, dass er niemand anderen als sich selbst für diese Unordnung verantwortlich machen konnte. Das Einzige, was nun noch auf dem Tisch lag, war Tamaras BH, den sie nach der letzten Liebesnacht vergessen hatte. Er hob ihn hoch, Tamaras Parfum zog an ihm vorbei. Und tatsächlich lag das Telefon darunter. Endlich. Vermutlich würde genau jetzt die Mailbox drangehen, und er hatte den ganzen Aufriss umsonst veranstaltet. Doch wider Erwarten drückte er den Knopf noch rechtzeitig.

„Bohlan."

„Frankfurter Zeitung, guten Tag", flötete es aus dem Telefon. „Spreche ich tatsächlich mit Tom Bohlan?"

„Ja", erwiderte Bohlan knapp. Verflixt und zugenäht, die Presse hatte ihm gerade noch gefehlt. Bestimmt wollten die ihn ausquetschen wie eine Zitrone. Und in dem Zustand, in dem er sich befand, wäre er tatsächlich ein dankbares Opfer.

„Herzlichen Glückwunsch!", donnerte der nette Mann aus dem Hörer, „Sie sind jetzt schon so viele Jahre Abonnent unserer Zeitung. Dafür ein herzliches Dankeschön!" Der Mann las von einem vorgefertigten Text ab. So wie er den Text aufsagte, war das unverkennbar, und trotzdem machte er es ausgezeichnet. Er leierte nicht, sprach dafür gekünstelt ausdrucksvoll.

„Sie haben damit nicht nur etwas für Ihre eigene Bildung getan, sondern auch zum Überleben unserer Zeitung einen entscheidenden Beitrag geleistet."

Zweites Semester Schauspielschule. Mindestens. Bohlan war gespannt, was der gute Mann ihm gleich verkaufen wollte. Die Zeitung hatte er schließlich schon abonniert. Gefühlter Trommelwirbel drang aus dem Hörer. Der Anruf näherte sich seinem marketingstrategischen Höhepunkt. „Und jetzt ist der

Punkt gekommen, an dem ich Ihnen einen einmaligen Vorschlag mache. Lassen Sie andere Menschen an Ihrem Glück teilhaben. Verschenken Sie ein tolles Probeabo an einen armen Menschen. Für nur vierundzwanzig Euro sind Sie dabei. Na, was sagen Sie dazu?"

„Ich bin total von den Socken", entfuhr es Bohlan.

„Sehen Sie", sagte der Mann und begann die Vertragsmodalitäten herunterzuleiern.

Das hätte er nicht tun sollen, denn in diesem Moment kam der Kommissar zur Besinnung. Höflich, aber bestimmt lehnte er den Kauf eines Geschenkabos dankend ab. Danach musste er allerdings zur Bestrafung die Frage, ob er denn mit der Zustellung der Zeitung zufrieden sei, bejahen. Endlich konnte er den Hörer zur Seite legen und sich wieder seinem Weltschmerz hingeben.

9.

Bohlan tobte vor Wut. Die Welt hatte sich gegen ihn verschworen. Er schien jegliches Gefühl für die Leichtigkeit des Lebens verloren zu haben. Tamaras Geständnis hatte ihm mehr zugesetzt, als er sich dies eingestehen wollte. Er hatte auf dem Hof des Polizeipräsidiums seine erste Zigarette seit Urzeiten geraucht und sich für den Rest des Tages auf seinem Hausboot verbarrikadiert, Wein gesoffen und melancholische Musik gehört. Am Morgen war er völlig verkatert aufgewacht, hatte sich zwei Schmerztabletten eingeworfen und den Rest der Packung in seiner Hosentasche verstaut. Er war sich ziemlich sicher, dass er diesen Vorrat im Laufe des Tages benötigen würde. Tatsächlich passte die Nachricht, mit der er im Präsidium begrüßt wurde, zu seiner Weltuntergangsstimmung. Ohne sich von Will besänftigen zu lassen, machte er auf dem Absatz kehrt und fuhr zur Staatsanwaltschaft. Sein Schädel hämmerte und schmerzte. Laut stapfend lief er den Gang zu Felicitas Maurers Büro entlang und drückte die Klinke nach unten, ohne vorher anzuklopfen. Maurer schreckte auf, als die Tür donnernd gegen die Wand krachte.

„Herr Bohlan!“ Die Staatsanwältin wirkte, als habe man sie bei etwas Verbotenem ertappt. Geistesgegenwärtig klappte sie den Laptop zu und richtete ihre Kleidung. „Haben Sie noch alle sieben Sinne zusammen?“

„Das könnte ich genauso gut Sie fragen“, donnerte Bohlan los. „Ich musste erfahren, dass Sie Burgholz entlassen haben. Was haben Sie sich dabei gedacht?“

Maurer lehnte sich in ihrem Stuhl zurück, ließ beide Hände auf dem Tisch liegen und drückte ihren Rücken gerade.

„Jetzt kommen Sie mal runter. Die Regeln, nach denen wir spielen, müssten Ihnen doch bekannt sein, oder?“

Grummelnd schloss Bohlan die Tür und setzte sich auf einen der beiden Stühle.

„Na also. Geht doch." Maurer räusperte sich. „Also, die Beweise, die Sie vorgelegt haben, reichen bei Weitem nicht aus, um Burgholz noch länger in Untersuchungshaft zu belassen. Dass sie sich nach dem Strick erkundigt hat, ist kein Beweis. Volkmann hat ausgesagt, dass er von zwei Personen überwältigt wurde, und er glaubt nicht, dass eine Frau dabei gewesen ist. Die Nachbarin, die sie mir präsentiert haben, kann sich auch nicht mehr so genau erinnern. Nennen Sie mir also einen Grund dafür, der eine weitere Haft rechtfertigen würde."

Bohlan überlegte, allerdings ohne konkretes Ergebnis.

„Die Frau hat Burgholz nicht erkannt?"

„Nein."

Maurer blickte Bohlan mit einer Mischung aus Überheblichkeit und Mitleid an. „Vielleicht sollten Sie mal ein, zwei Tage ausspannen. Sie scheinen mir ein wenig überarbeitet zu sein."

„Wollen Sie damit sagen, dass Sie mich für arbeitsunfähig halten?" Bohlan sprang donnernd auf.

„Das haben Sie gesagt."

„Ach, lassen Sie mich in Ruhe." Der Kommissar drehte sich um, verließ Maurers Büro, nicht ohne die Tür laut hinter sich ins Schloss fallen zu lassen. Das Knallen der Tür tat dem Kommissar vermutlich am meisten weh. Er schluckte zwei weitere Kopfschmerztabletten und fuhr zurück ins Präsidium.

„Schöne Scheiße!" Es gab keinen Satz, der die Stimmung im Kommissariat besser hätte treffen können. Bohlan lehnte sich zurück und starrte Löcher in die Decke. Auch sonst war alles so wie immer, wenn das Ermittlerteam nicht vorankam. Steinbrecher begann, Zigaretten zu drehen. Steininger hatte sich schweigend an seinen Schreibtisch zurückgezogen. Und Will klapperte auf der Tastatur ihres PCs herum.

„Ich halte das einfach nicht mehr aus!" Bohlan sprang auf.

„Was hast du vor?“, fragte Will.

„Weiß nicht. Ich muss hier raus, Luftschnappen!“

Will nickte. „Ich kann gut verstehen, dass du sauer auf die Maurer bist. Aber wir haben keinerlei greifbare Beweise gegen Burgholz in der Hand. Maurer konnte nicht anders handeln.“

Bohlan murmelte irgendetwas Unverständliches vor sich hin. Im Grunde genommen war er auch nicht wirklich auf Maurer sauer, sondern auf die ganze Situation. Die Staatsanwältin war allenfalls so etwas wie der Katalysator.

„Was dagegen, wenn ich mitkomme?“ Steinbrecher leckte mit der Zunge über das Zigarettenpapier und klebte es zusammen.

„Natürlich nicht.“

„Weißt du, ich glaube, wir haben irgendetwas übersehen“, sagte Bohlan, als sie auf einem der Innenhöfe des Präsidiums standen. Bohlan sog die frische Luft in sich auf, während Steinbrecher eine Rauchwolke in die entgegengesetzte Richtung ausstieß. Bohlan verspürte die Lust, es ihm gleichzutun. Er verfluchte die Zigarette vom Vortag. Verdammt, was so ein Ding alles bewirken konnte! Doch der Kommissar riss sich zusammen. Tamara war es nicht wert, wieder zum Raucher zu werden.

„Ja, es gibt mit Sicherheit irgendein winziges Detail, das uns entgangen ist. Die übliche Nadel im Heuhaufen“, bemerkte Steinbrecher zwischen zwei Zügen.

„Wir waren uns doch sicher, dass Burgholz vor Volkmanns Wohnung gesehen worden war. Plötzlich springt die Zeugin ab, und die ominösen Besucher in ihren Kutten hat niemand gesehen. Irgendwas stinkt da gewaltig zum Himmel.“

Steinbrecher nickte und stieß erneut eine Rauchwolke aus.

„Nur mal so eine Überlegung: Was wäre, wenn es doch die Burgholz war, die den Anschlag auf Volkmann verübt hat?“

„Weiß nicht. Vielleicht?“ Bohlan zuckte mit den Schultern. „Und dann wäre noch zu klären, wer ihr Begleiter war.“

„Warte mal", Steinbrecher wurde mit einem Mal nervös. „Er hat sie erkannt, aber er deckt sie."

Bohlan sah seinen Kollegen irritiert an. Ein durchaus interessanter Gedanke. „Wie kommst du darauf?"

„War nur so dahingesagt." Steinbrecher ließ den Rest der Zigarette zu Boden fallen und zertrat die Glut. „Wäre aber doch möglich, oder?"

„Klar, aber aus welchem Grund sollte er das tun?"

„Da kann es eine Menge Motive geben. Liebe zum Beispiel."

„Moment, willst du damit sagen, dass du denjenigen, der dich gerade umbringen will, aus Liebe deckst? Das ist doch absurd."

„Vielleicht nur auf den ersten Blick. Aber hast du nicht mal gesagt, dass unsere Welt immer absurder wird?"

„Hab ich das? Wann?"

„Bei einem unserer Philosophieabende."

„Du meinst nach dem vierten Bier?" Bohlan klopfte Steinbrecher auf die Schulter. „Lass uns wieder nach oben gehen."

Auf dem Weg nach oben schwiegen die beiden. Sie hatten ein wenig durch die Gegend gesponnen und Theorien ersonnen. Doch je länger Bohlan über die ganze Sache nachdachte, desto schlüssiger erschien ihm das, was Steinbrecher angestoßen hatte. Vielleicht war doch alles viel einfacher als gedacht. Es hatte gar keine zwei Besucher mit einer Kutte gegeben, sondern nur einen Besucher, eine Frau! Und diese war vielleicht in ganz anderer Absicht gekommen als bislang vermutet. Vielleicht bestand die Welt tatsächlich nur aus vielmehr Schein als Sein? Und dann kam Bohlan ein Gedanke, der ihn fesselte. Der Mordanschlag an Volkmann unterschied sich eklatant von den bisherigen Begebenheiten. Es gab keinen Toten, und es gab auch keinen weiteren Hinweis. Was, wenn es überhaupt keinen Anschlag gegeben hatte, wenn alles nur gestellt war?

Als der Aufzug im vierten Stock angekommen war, konnte Bohlan es kaum erwarten, dass sich die Tür öffnete. Er beeilte sich, den Flur zum Eingang des Kommissariats zurückzulegen. Steinbrecher hatte Mühe, ihm zu folgen. Kaum hatten die beiden den Raum betreten, stürmte Bohlan wie ein wilder Tiger auf den Aktenberg los, der in der Mitte des Besprechungstisches aufgebaut war. Ungeduldig zerteilte er die Aktendeckel und blätterte hektisch in ihnen hin und her, bis er offensichtlich das fand, was er gesucht hatte.

„Hab ich es mir doch gedacht!" Bohlan riss eine Seite aus der Akte, die er durchgeblättert hatte. Will, die Bohlan die ganze Zeit beobachtet hatte, stand auf und stellte sich hinter ihn.

„Hier!" Bohlan deutete mit dem Finger auf ein Foto. Es war in Volkmanns Wohnung aufgenommen worden und zeigte einen Teil der Seilkonstruktion, die von der Tür bis zum Stuhl führte, auf dem Niklas Volkmann gestanden hatte.

„Was ist damit?"

„Sieh dir das mal genau an!" Bohlan deutete auf eine Stelle an der Wand.

Will griff sich das Foto, um es eingehend in Augenschein zu nehmen.

„Ich weiß nicht, was du meinst", sagte sie nach einiger Zeit.

„Da!" Bohlan riss ihr das Bild aus der Hand und deutete nochmals auf die gleiche Stelle. „Schau doch mal genau hin! Das Seil hat an dieser Stelle jede Menge Spiel."

„Ja, und?"

„Mensch, Julia, wenn an dieser Stelle so viel Spiel ist, dann kann das doch nur eines bedeuten. Wenn man die Tür öffnet, dann spannt sich allenfalls das Drahtseil. Es reicht aber keineswegs aus, um den Stuhl zu Boden zu reißen."

„Zeig nochmal her", antwortete Will und riss nun ihrerseits das Foto an sich. „Du hast recht. Aber das würde bedeuten, dass ..."

„... es überhaupt keinen Anschlag gab", vollendete Bohlan den Satz mit einer Selbstverständlichkeit, die ihn selbst überraschte. Am liebsten wäre er sofort losgestürmt, um Volkmann zu verhaften. Doch nach all den Fehlschlägen der vergangenen Tage musste er diesmal besser vorbereitet sein. Auf keinen Fall wollte er noch einmal ins offene Messer laufen. Die Kommissare wälzten die Akten, trugen Beweise und Spekulationen zusammen und fertigten eine Liste mit offenen Punkten. Es war bereits später Nachmittag, als Bohlan sich für ein Gespräch mit Volkmann gewappnet fühlte.

10.

Niklas Volkmann wirkte, als habe man ihn zusammengeschrumpft. Je länger er den Ausführungen des Kommissars folgte, umso kleiner schien er zu werden. Bohlan breitete seine Theorie über einen vorgetäuschten Anschlag in aller Ausführlichkeit aus. Bohlans Team hatte seit dem gestrigen Abend ganze Arbeit geleistet und weitere Puzzleteilchen zusammengetragen, die in ihrer Gesamtheit den Produktentwickler stark belasteten. Wenn sie auch bislang keinen Zeugen gefunden hatten, der ihn an den Tatorten gesehen hatte, so deuteten doch einige Umstände darauf hin, dass er dort gewesen sein musste. Doch all diese Dinge hob sich der Kommissar für später auf. Jetzt genoss er den Moment, etwas ganz Entscheidendes herausgefunden zu haben. Er setzte zu seinem vorläufigen Schlusssatz an: „Und das kann in letzter Konsequenz nur eines bedeuten. Für Sie hat zu keinem Zeitpunkt eine wirkliche Gefahr bestanden. Alles war nur vorgetäuscht. Möglicherweise haben Sie noch nicht einmal lange auf dem Stuhl gestanden, sondern Ihre Position erst eingenommen, als wir geklingelt haben."

Bohlan machte eine Pause und fixierte Volkmann, der seinen Blick gesenkt hielt.

„Was haben Sie damit bezweckt?", setzte der Kommissar nach.

Volkmann antwortete nicht. Er blieb reglos sitzen und starrte auf die Tischplatte.

„Ich kann es Ihnen sagen", fuhr Bohlan fort. „Sie wollten von sich als Täter ablenken. Sie haben die ganzen Morde begangen, und um sich ein letztes, sicheres Alibi zu verschaffen, wollten Sie den Anschein erwecken, selbst ein Opfer zu sein."

Volkmann war während Bohlans Ausführungen deutlich

nervöser geworden. Mit einem Mal entluden sich alle Gefühle, die sich in ihm aufgestaut hatten. Er sprang von seinem Stuhl auf und schrie: „Nein, so war das nicht! Es ist alles ganz anders."

Bohlan war ebenfalls aufgesprungen. Er befürchtete, Volkmann würde auf ihn losgehen oder sich alternativ aus dem Fenster stürzen. Jetzt machte er einen Schritt auf Volkmann zu, fasste ihn an der Schulter und drückte ihn zurück auf den Stuhl.

„Ganz ruhig!"

Niklas Volkmann schien Bohlans Aufforderung mehr als genau zu nehmen. Wie eine Marionette, der man die Fäden durchgeschnitten hatte, fiel er auf den Stuhl und versank wieder in seiner Lethargie.

„Sie müssten sich schon ein bisschen mehr anstrengen, wenn Sie uns überzeugen wollen."

Es dauerte endlose Minuten, bis Volkmann den Mund aufmachte. „Also gut. Sie haben recht: Die ganze Sache war inszeniert. Trotzdem ist alles anders, als Sie denken. Ich habe die Morde nicht begangen, das müssen Sie mir glauben."

„Das fällt mir nicht so leicht. Warum haben Sie den Anschlag vorgetäuscht?"

„Ich habe doch gemerkt, dass Sie mich im Verdacht hatten. Und da kam mir der Gedanke, dass ich als Täter ausscheide, wenn ich selbst zum Opfer werde."

„Was um ein Haar auch geklappt hätte." Bohlan fand Volkmanns Ausführungen alles andere als überzeugend.

„Was passiert jetzt mit mir?"

„Untersuchungshaft, Anklage, Verurteilung", erwiderte Bohlan.

„Aber ich war es wirklich nicht. Sie können mich doch nicht wegen versuchten Mordes an mir selbst verurteilen."

„Vortäuschung einer Straftat. Wenn schon, denn schon. Aber das müssen Staatsanwalt und Richter entscheiden. Wir haben genug Beweise und Indizien zusammen. Demnach kommen Sie auch als Täter in den anderen Fällen in Frage."

Volkmann schreckte spürbar auf. „Das ... das kann nicht sein!“, stammelte er.

„Doch, das kann sein!“, sagte Bohlan.

„Sie haben sich sehr intensiv für das Haus interessiert, das neben Alina Wagenknechts Villa steht. Nach Angaben des Maklers hatten Sie zwei Besichtigungstermine. Den letzten einen Tag vor dem Mord an Alina. Sie sind Stammgast im Eckenheimer Hof und somit mit den Örtlichkeiten bestens vertraut. Außerdem trainieren sie regelmäßig im Fitness-Pur, das nur wenige Hundert Meter vom Tatort entfernt liegt. So auch an dem Abend, an dem Servatius starb. Und schließlich der Mord an Valerie Mittag: Es gibt mehrere Zeugen, die Ihr Auto in der Tatnacht vor ihrem Haus gesehen haben.“

Bohlan brach ab. Er hatte ziemlich alle Register gezogen, die ihm einfielen und dabei hoch gepokert. In Wahrheit war die Beweiskette nicht ganz so lückenlos, aber sie reichte aus, um Volkmann einstweilen hinter Schloss und Riegel zu bringen. Insgeheim hoffte Bohlan auf ein Geständnis. Doch Volkmann saß mit gesenktem Kopf vor ihm und machte keinerlei Anstalten, ihm diesen Wunsch zu erfüllen. Jedenfalls jetzt noch nicht. „Ich mache Ihnen einen Vorschlag“, sagte Bohlan schließlich. „Sie denken in Ruhe über alles nach, und wir unterhalten uns in ein paar Stunden nochmal.“

Der Schreibtisch war mit Excel-Tabellen und Kalkulationen überhäuft. Der Computer drohte im Wust der geladenen Zahlen und Fakten den Geist aufzugeben. Johannes Wagenknecht ging es nicht besser. Er saß an seinem Schreibtisch, raufte sich die Haare und versuchte Servatius' Zahlenwerk zu verstehen. Als es an seiner Tür klopfte, war er froh über die Abwechslung – wer auch immer es sein mochte – und blickte erwartungsvoll auf. Vielleicht war es sogar Veronique. Immerhin hatte sich die Stimmung zu Hause deutlich gebessert. Doch dann erblickte er Marietta Burgholz. Die letzten Begegnungen mit ihr waren alles andere als harmonisch verlaufen. Sie war in den letzten Jahren immer mehr zu einer Ökofetischistin geworden. Zum Teil verstand Wagenknecht ihre Beweggründe, aber die Radikalität, die sie dabei an den Tag legte, war absolut nicht seine Welt. Marietta war schon seit Jahren Vegetarierin und Wagenknecht wartete nur darauf, dass sie auf den Veganertrip aufsprang, der momentan total hip war. Auch war sie es, die erreicht hatte, dass auf den Flaschen, die das Werk verließen, ein Biosiegel prangte. Das war seinerzeit bei allen Beteiligten leicht durchzusetzen gewesen. Biosiegel waren en vogue und leicht zu bekommen. Immerhin war fast die Hälfte aller Waren, die es in einem stinknormalen Supermarkt zu kaufen gab, irgendwie Bio. Weder Verkäufer noch Kunde behielten bei diesem Durcheinander den Durchblick. Selbst Servatius war von der Verwendung des Siegels begeistert gewesen, und der Verkauf war tatsächlich deutlich gestiegen. Aber seit einem Jahr reichte Burgholz das Siegel nicht mehr. Sie plädierte in jeder Sitzung der Eigentümerversammlung dafür, komplett auf biologische Produkte umzusteigen. Mit Niklas Volkmann hatte sie einen Mitstreiter gefunden, der ihr dafür die Munition lieferte. Er hatte eine ganze Reihe neuer Getränke kreiert, die auf Bio und Nachhaltigkeit setzten. Doch nicht nur das. Burgholz wollte weitergehende Veränderungen. Die Getränke würden damit das bisherige Preissegment verlassen. Nach ihren Berechnungen gab es dafür einen Markt, aber Wagenknecht traute diesen Zahlen nicht.

„Hallo, Johannes“, flötete Burgholz.

„Guten Tag, Marietta. Was kann ich für dich tun?“

Sie setzte sich auf den Besuchersessel und schlug die Beine übereinander.

„Durchforstest du Servatius’ Zahlen?“

„Ich arbeite mich ein“, entgegnete Wagenknecht und schob den Papierstapel zur Seite. „Kaffee?“

„Tee wäre mir lieber.“

„Kein Problem.“ Wagenknecht drückte auf einen Knopf an der Telefonanlage und bestellte bei seiner Sekretärin einen

Kaffee und einen Tee für *Frau Burgholz*. Mit dieser Formulierung war für die Sekretärin klar, dass sie den Biotee zu nehmen hatte.

„Hast du nochmal über meine Vorschläge nachgedacht?“

Wagenknecht wollte lospoltern, doch er hielt sich zurück und antwortete stattdessen in ruhigem Tonfall: „Du kannst dir vielleicht vorstellen, dass ich momentan Wichtigeres zu tun habe. Der Mörder läuft immer noch frei herum. Und dazu muss ich mich mit all den Fragen und Problemen beschäftigen, um die sich bisher die Menschen gekümmert haben, die jetzt tot sind.“

„Hast du schon einmal darüber nachgedacht, dass genau jetzt der Zeitpunkt sein könnte, alles umzukrempeln?“

Wagenknecht sah Burgholz erstaunt an. War sie genial oder einfach herzlos? In jedem Fall war Wagenknecht sprachlos.

Burgholz wiederum deutete das Schweigen als Aufforderung.

„In jeder Krise steckt auch eine Chance. Nur die Menschen, die das erkennen, werden anhaltenden Erfolg haben.“

„Von welchem Mental-Fuzzi stammt denn dieser Quatsch?“

„Das ist kein Quatsch. Das ist schlicht und einfach die Realität.“

„Vielleicht hast du recht. Ich werde darüber nachdenken“, sagte Wagenknecht, der sich entschieden hatte, einstweilen unverbindlich zu bleiben. „Trotzdem gebietet es die Pietät, nicht gleich zur Tagesordnung überzugehen.“

Die Sekretärin betrat den Raum und stellte ein Tablett mit Tee, Kaffee und Gebäck auf den Beistelltisch.

„Möglicherweise“, sagte Burgholz, als sie wieder allein waren, „trotzdem sollten wir nicht allzu lange warten. Die Mehrheitsverhältnisse in der Eigentümerversammlung haben sich ja nun deutlich geändert. Der Zeitpunkt, neue Fakten zu schaffen, ist also günstig wie nie. Weißt du schon, was mit Alinas und Daniels Anteilen passiert?“

Wagenknecht trank einen Schluck Kaffee.

„Nein. Beide haben keine direkten Nachkommen. Damit müsste Papas Erbvertrag zum Greifen kommen, und die Anteile gehen an die Stiftung."

„Die von dir verwaltet wird."

„Darauf könnte es hinauslaufen."

Ein Lächeln huschte über Marietta Burgholz' Gesicht. „Du bist jetzt frei in deinen Entscheidungen, Johannes. Weder Servatius noch Alina können dir reinreden. Und auch die hübsche Valerie kann dir nicht mehr den Kopf verdrehen. Ist das nicht eine schöne Fügung des Schicksals?"

„Ganz so frei, wie du behauptest, bin ich nicht. Volkmann hat die Rezepte und rückt sie nicht raus. Und du setzt mich auch unter Druck."

„Ich setze dich nicht unter Druck. Ich will nur verhindern, dass deine Frau etwas von Valerie erfährt. Niklas Volkmann lass mal mein Problem sein. Den habe ich im Griff."

„Harte Nuss!", sagte Will, nachdem Volkmann abgeführt worden war. Bohlan nickte. Vielleicht war er das Verhör falsch angegangen? Vielleicht hätte er ihn härter rannehmen müssen? Er hoffte inständig, dass sich Volkmann in der Enge der Zelle zu einem Geständnis durchringen würde.

„Du brauchst dir keine Vorwürfe zu machen", sagte Will, die seine Gedanken erraten hatte. Ihre Hand lag aufmunternd und tröstend auf seiner Schulter. Bohlan wollte etwas erwidern, doch er kam nicht mehr dazu. Die Tür wurde aufgerissen, und Steininger stand mit einer Handvoll Fotos im Türrahmen. Er schnaufte, als habe er einen Hundertmetersprint zurückgelegt. Bohlan erinnerte sich daran, dass er ihn zu Volkmanns Wohnung geschickt hatte, um noch einmal nach verwertbaren Spuren zu suchen.

„Das müsst ihr euch unbedingt ansehen!", stieß Steininger hervor und wedelte wie wild mit dem Stapel Papier.

„Was ist das?", fragte Will und riss Steininger die Bilder aus der Hand. „Das gibt's doch nicht", stammelte sie, nachdem sie einen ersten Blick auf die Ablichtungen geworfen hatte. „Wo hast du die denn her?“

„Aus Volkmanns Wohnung. Die Kiste stand im Bücherregal, war uns wohl bei der ersten Durchsuchung entgangen.“

„Von was quasselt ihr da eigentlich die ganze Zeit?“ Bohlan hatte sich aus seinen Gedanken gerissen und sah seine Kollegen fragend an.

„Fotos von einer Betriebsfeier“, antwortete Steininger und streckte Bohlan den Stapel entgegen. „Sieht ganz so aus, als hätten wir da ein schönes Liebespaar.“

Bohlan betrachtete die Fotos. „Was haben denn Volkmann und Marietta Burgholz miteinander zu schaffen?“

„Offensichtlich mehr, als wir bislang vermutet haben.“

„Von wann sind die Fotos?“

„Weihnachtsfeier im letzten Jahr“, sagte Steininger. „Jedenfalls dem Datum auf der Rückseite nach zu urteilen.“

„Interessant“, murmelte Bohlan.

„Was ist, wenn wir es nicht mit einem Täter zu tun haben, sondern mit einem Täterpärchen? Das würde auch erklären, warum ein Pärchen den Bembel im Frankfurt Shop gekauft hat.“

Bohlan sah erst Will an, dann Steininger, der ihre Auffassung zumindest nicht für völlig abwegig zu halten schien.

„Ich habe übrigens noch etwas sehr Interessantes herausgefunden“, fuhr Steininger fort. „Als ich aus Volkmanns Wohnung kam, wurde ich von seinem Nachbarn abgefangen. So ein Typ Marke Blockwart. Vermutlich Rentner, aber noch sehr rüstig. Zuerst wollte er mich festhalten, doch als ich ihm meinen Dienstausweis gezeigt habe, wurde er sehr zutraulich.“

„Zutraulich?“, fragte Will. „Wie soll ich das verstehen?“

„Du weißt doch, wie solche Typen sind. Obrigkeitshörig und mitteilsam. Wie auch immer. Vor ein paar Wochen hat er ein Paket entgegengenommen, das für Volkmann bestimmt war. Und jetzt ratet mal, woher es kam?!“

Bohlan zuckte mit den Schultern.

„Russland.“ Steininger machte ein bedeutungsschweres

Gesicht. „Mensch, Leute! Klingelt's da nicht bei euch? Die Drohne ... von russischen Waffenlieferanten! Der Nachbar ist in der Jugend aus der DDR getürmt, deswegen konnte er die Schriftzeichen entziffern."

In diesem Moment kehrte Walter Steinbrecher ins Kommissariat zurück. Bohlan hatte auch ihn am Morgen mit Spezialaufträgen durch die Stadt gejagt. Offenbar war er erfolgreich gewesen. Wortlos, aber über das ganze Gesicht grinsend hängte er seine Lederjacke an den Haken und knallte den Tabakbeutel auf den Tisch.

„Die Schlinge zieht sich immer fester um Volkmanns Hals", sagte er schließlich und fläzte sich auf einen der Stühle.

„Mach's nicht so spannend", bellte Bohlan zurück.

„Also. Die Dame vom Frankfurt Shop hat nicht nur Volkmann wiedererkannt, sondern auch Marietta Burgholz. Ich hatte ja auch ihr Foto dabei. Ist doch der Hammer, oder?"

„Ja, ein echter Hammer", entgegnete Will, einigermaßen emotionslos. In ihrem Kopf fanden immer mehr lose Enden zusammen.

„Ein bisschen mehr Enthusiasmus hab ich schon erwartet. Es muss eine Verbindung zwischen Volkmann und Burgholz geben", philosophierte Steinbrecher.

„Die gibt es auch, aber das wissen wir schon." Bohlan legte die Bilder auf den Tisch, die Steininger gefunden hatte.

„Na, das erklärt natürlich einiges", raunzte Steinbrecher. „Auch meine anderen Ergebnisse. Burgholz ist nämlich auch im Fitness Pur registriert. Sie hat an Servatius' Todestag ebenfalls dort trainiert, aber durchgehend von 20.00 bis 22.00 Uhr, kann also nicht im Eckenheimer Hof gewesen sein. Dafür aber war Volkmann Stammkunde im Copy-Glück, einem Druckshop an der Bockenheimer Warte. Die haben da alles Mögliche im Angebot, auch Puzzles zum Selbermachen."

„Wie hast du das denn herausgefunden?"

„Zufall ..."

Eine Viertelstunde später wurde Niklas Volkmann erneut in

den Verhörraum geführt. Bohlan, der schon ungeduldig gewartet hatte, blieb breitbeinig sitzen und beobachtete, wie Volkmann sich unsicher auf dem gegenüberliegenden Stuhl niederließ. Als wolle er den dramatischen Soundtrack zum großen Finale liefern, trommelte Bohlan mit den Fingern auf dem Tisch herum. Tapp, tapp, tapp.

Volkmann rutschte nervös auf dem Stuhl hin und her. Schließlich griff Bohlan die Fotos, die verdeckt auf einem Stapel vor ihm gelegen hatten, und nahm sie nach und nach wie ein Kartenspiel auf die Hand. Mit dem Pokerface eines Profizockers betrachtete er das Blatt in seinen Händen, ohne sein Gegenüber zu beachten. Volkmann und Burgholz in inniger Umarmung, beim Tanzen, beim Küssen …

„Was haben Sie da?“, entfuhr es Volkmann, der die Stille nicht mehr aushielt.

Eins zu null, dachte Bohlan. Es war das alte Spiel. Wer zuerst redet, hat verloren. Jetzt hab ich dich! Bohlan fixierte sein Gegenüber und begann die Fotos wie Karten bei einer Pokerpartie auf den Tisch zu legen. Er ließ Volkmann keine Sekunde aus den Augen, während die Bilder auf die Tischplatte donnerten. So entging es ihm nicht, dass sein Gegenüber bereits beim Umdrehen des zweiten Bildes alle seine Widerstände aufzugeben schien. Schweißtropfen bildeten sich auf seiner Stirn. Seine Hand fuhr zum obersten Hemdknopf und öffnete ihn. Bohlan fuhr ungerührt fort, die Bilder auf dem Tisch auszubreiten. Zack, zack, zack.

„Also gut“, gestand Volkmann. „Wir sind zusammen. Marietta und ich. Seit einem Jahr.“

„Warum haben Sie uns das bislang nicht erzählt?“

„Sie haben mich nicht danach gefragt.“

Es war einfach nicht zum Aushalten, dachte Bohlan. Warum musste man immer allen Leuten die Informationen einzeln aus der Nase ziehen? Offensichtlich wollte Volkmann ihn auch noch für dumm verkaufen. Aber da war er an den Falschen geraten.

„Schön, Sie sind also ein Paar. Und weiter?“

„Nichts und weiter.“ Volkmann schien sich wieder gesammelt zu haben. Bohlan musste am Ball bleiben, musste ihn unter Druck setzen, um weiterhin die Oberhand zu behalten.

„Das heißt also, dass Marietta Burgholz wusste, dass Sie einen Anschlag auf sich inszenieren wollten.“

„Natürlich. Es war sogar ihre Idee. Sie hat mich förmlich dazu getrieben. Wissen Sie, ich war in den letzten Tagen ein wenig durch den Wind. Das hat natürlich auch unsere Beziehung belastet. Sie wollte, dass ich wieder unbeschwerter werde.“

„Vermutlich nicht ganz uneigennützig“, raunte Bohlan.

Volkmann sah den Kommissar verständnislos an, der zum nächsten Stich ansetzte: „Wollen Sie nicht endlich auspacken Die Beweislage gegen Sie ist erdrückend. Die Drohne wurde an Sie geliefert. Sie wollten das Grundstück kaufen, das neben Alinas Villa liegt. An dem Abend, an dem Servatius starb, waren Sie im Eckenheimer Hof. Und Sie waren es auch, der das Mordwerkzeug, einen ausgefallenen Bembel, gekauft hat, mit dem Valerie Mittag erschlagen wurde. Schlussendlich haben Sie auch das Puzzle bei einem Copyshop in Bockenheim in Auftrag gegeben, mit dem ich auf Alinas Spur gehetzt werden sollte.“ Beim letzten Punkt hatte Bohlan einen Schuss ins Blaue riskiert, aber offensichtlich getroffen. Volkmann saß wie geplättet auf seinem Stuhl. Der Schweiß stand ihm auf der Stirn, die Halsschlagader pulsierte sichtlich. „Nein“, platzte es aus ihm heraus, „nein, so war es nicht. Ich habe mit den Taten nichts zu tun. Das müssen Sie mir glauben.“

„Ich wüsste nicht, warum? Die Beweiskette ist schlüssig.“

Volkmanns Knie begann zu vibrieren. Ein klarer Hinweis darauf, dass es in ihm zu arbeiten schien.

„Also gut“, sagte er plötzlich und sprang dabei auf, um im Zimmer auf und ab zu gehen. Bohlan ließ ihn gewähren. Der Polizist, der draußen vor der Tür stand, gab ihm Sicherheit.

Volkmann wurde es heiß und kalt zugleich. Die Welt um

ihn herum begann sich wie ein Karussell zu drehen. Er hatte das Gefühl, dass sich der Boden unter ihm zu einem Loch auftat und ein Strudel an seinen Füßen zog. Er versuchte, Bohlans Worte nachzuvollziehen. Objektiv betrachtet kam er als Täter in Frage, wenn er auch nicht alles nachvollziehen konnte, was der Kommissar sagte. In ihm keimte ein schlimmer Verdacht. Was sollte er jetzt machen? Auspacken und damit die Frau, die er über alles liebte, ans Messer liefern? Oder sollte er in Anbetracht der Beweiskette die ganze Schuld auf sich nehmen? Und dann kam ihm ein rettender Gedanke.

„An dem Abend, an dem Servatius umgebracht wurde, habe ich die ganze Zeit über trainiert. Sie können das im Fitness Pur überprüfen. Ich kann ihn also gar nicht umgebracht haben."

„Nein, das stimmt nicht", entgegnete Bohlan mit eiskalter Miene. „Sie waren zwischendurch mal weg. Die Zeit hat ausgereicht, um in den Eckenheimer Hof zu fahren, Servatius zu töten und zurückzukehren."

„Woher wollen Sie das wissen?"

„Das Fitnessstudio hat eine elektronische Zeiterfassung. Wir haben Ihre Daten für den Abend auslesen lassen."

Wie konnte das sein? Die Welt um Volkmann begann sich erneut zu drehen. Er hatte das Studio nicht verlassen. Da war er sich zu hundert Prozent sicher. Und er hatte auch keinen Mord begangen. Er fühlte sich wie in einem klassischen Psycho-Thriller, in dem der Protagonist in eine Alptraumspirale gerät. Das konnte aber nur eines bedeuten. Marietta musste seine Karte benutzt haben. Aber warum? Schlagartig wurde ihm klar, dass alle Spuren so gelegt waren, dass sie auf ihn als Täter hindeuteten. Es gab nur eine Möglichkeit, den Kopf aus der sich immer fester zuziehenden Schlinge herauszubekommen. Volkmann gab sich einen Ruck.

„Es war alles Mariettas Idee", krächzte er verzweifelt. „Sie hat die Morde begangen. Ich habe allenfalls kleine Hilfsdienste erledigt. Alles nur, um sie glücklich zu machen."

„Ist Ihnen klar, was Sie da sagen?" Bohlan spürte, dass seine

Stimme belegt war. Er räusperte sich, bevor er weitersprach. „Sie wollen damit sagen, dass Marietta Burgholz all diese Menschen auf dem Gewissen hat?“

„Ja, so ist es!“, schrie Volkmann.

Was für ein wehleidiger Mann, dachte Bohlan. Er hatte Volkmann mehr Rückgrat zugetraut. Kaum als Täter überführt, versuchte er seinen Kopf aus der Schlinge zu ziehen, indem er alles seiner Freundin in die Schuhe schob.

„Bitte, Herr Kommissar. Sie müssen mir glauben!“ Volkmanns Stimme klang wie das Winseln eines Hundes.

„Also gut, Herr Volkmann. Nehmen wir einmal an, alles sei so, wie Sie sagen. Haben Sie denn irgendwelche Beweise?“

Volkmann schüttelte verzweifelt den Kopf.

„Noch nicht, aber ich werde sie beschaffen.“

„Da bin ich aber mal gespannt, wie Sie das anstellen wollen“, sagte Bohlan. Schließlich saß sein Gegenüber nicht nur gewaltig in der Bredouille, sondern obendrein auch in Untersuchungshaft. Und daran würde sich so schnell auch nichts ändern.

„Was halten Sie von einem Deal?“

Bohlan sah Volkmann mit einer Mischung aus Mitleid und Verachtung an. „Ich weiß nicht, was Sie meinen, geschweige denn, wie Sie sich das vorstellen?

„Ein Deal, eine Absprache, was weiß ich, wie das bei Ihnen heißt …“ Volkmann fuchtelte mit den Händen durch die Luft.

Nachdem Volkmann wieder in seine Zelle zurückgebracht worden war, saß Bohlan lange stumm und regungslos an seinem Schreibtisch. Seine Kollegen hatten verschiedene Versuche unternommen, mit ihm über das Verhör zu sprechen, doch er hatte alle abgeblockt. Er brauchte Ruhe, um seine Gedanken zu ordnen. Wieder und wieder ließ er sie wie einen Film vor seinem inneren Auge ablaufen, veränderte dabei die Perspektiven und den Plot. Konnte es wirklich möglich sein, dass Burgholz alles geplant hatte, und wenn ja, warum? Oder war Volkmann der Täter, der nun versuchte, sich irgendwie aus der Affäre zu ziehen? Sein Kopf steckte gewaltig in der Schlinge. War es ein letztes Aufbäumen, um ihn aus selbiger zu ziehen? Bohlan war sich unsicher, schwankte wie ein Fähnchen im Wind zwischen den verschiedenen Szenarien hin und her. Tendierte mal in die eine, mal in die andere Richtung.

„Willst du uns nicht an deinen Gedanken teilhaben lassen?“, fragte Will. Ihre Stimme klang dumpf – fast so, als seien seine Ohren verschlossen.

„Noch nicht. Ich weiß nicht genau ...“, stieß er hervor.

„Vielleicht hilft es, wenn du dich mit uns unterhältst. Wir haben auch so etwas wie kriminalistischen Spürsinn.“

Bohlan blickte auf und fixierte seine Kollegen der Reihe nach. Möglicherweise hatte Julia recht. Er sollte sie nicht von seinen Gedanken ausschließen. Das wäre unfair. Nein, nicht nur das: Es wäre fahrlässig. Bohlan gab sich einen Ruck.

„Ich hatte nicht vor euch auszuschließen. Ich musste nur meine Gedanken ordnen.“

„Aha“, entgegnete Will schnippisch und verzog dabei das Gesicht, „das tust du jetzt seit fast einer Stunde.“

Bohlan sah entsetzt auf seine Uhr. Tatsächlich. Er hatte nicht im Geringsten damit gerechnet, dass schon so viel Zeit vergangen war.

„Wir dachten schon, du seist Autist geworden.“

„Was haltet ihr von Volkmanns Vorschlag?“

„Wir sollten es probieren“, sagte Will mit fester Stimme. „Übrigens: Nur für den Fall, dass du dich nicht mehr erinnerst. Ich hatte schon vor Tagen die Überlegung geäußert, der Täter könnte eine Frau sein.“

Bohlan blickte Steinbrecher und Steininger an. Beide nickten.

„Es sei denn, du hast große Vorbehalte“, schob Will nach.

„Nein. Wir müssen es machen“, bestätigte Bohlan. „Aber wir müssen vorsichtig sein. Nicht dass Volkmann das als Chance zur Flucht begreift. Ich trau dem Kerl alles zu.“

Die Kommissare nutzten die weiteren Stunden, um verschiedene Möglichkeiten durchzuspielen. Wie war die Idee umzusetzen, Volkmann mit Burgholz zu konfrontieren und gleichzeitig das Risiko einer Flucht zu minimieren? Gegen sieben Uhr hatten sie so etwas wie einen Plan, vertagten sich aber zur endgültigen Entscheidung auf den nächsten Morgen. Müde und erschöpft fuhr Bohlan nach Hause, aß dort zwei Scheiben Brot mit Käse und legte sich auf das Sofa in seinem Wohnzimmer.

Annegret Will faltete die großen Papierbögen, die beinahe den gesamten Küchentisch bedeckten, zufrieden zusammen. Auf ihnen waren Pläne für einen Dachausbau gezeichnet, und Annegret Will hatte sie Julia und Alex in aller Ausführlichkeit erläutert.

„Und? Was sagt ihr dazu?"

„Das sieht alles sehr gut aus", antwortete Julia Will sichtlich beeindruckt. Obwohl ihre Gedanken mehr um Volkmann und Burgholz als um den Dachausbau kreisten, hatte sie versucht, sich auf Omas Erläuterungen zu konzentrieren. Es war ihr nur teilweise geglückt. „Was meinst du, Alex?"

„Unglaublich", stammelte Alex. „Ich weiß überhaupt nicht, was ich sagen soll. Mir fehlen die Worte!"

„Gefällt es dir denn nicht?" Annegret Will wirkte etwas enttäuscht.

„Doch, doch, natürlich", schob Alex schnell hinterher. „Es ist wie ein Traum. Ich bin total geplättet."

„Das muss aber doch eine Unmenge Geld kosten?" Julia Will sah ihre Oma ernst an.

„Lass das mal meine Sorge sein! Ich werde deswegen nicht zum Sozialamt müssen."

„Schon, aber ich will nicht, dass du dich in Unkosten stürzt, nur weil wir eine Wohnung brauchen. Ich habe noch einen Sparvertrag. Den könnte ich einbringen."

„Das lässt du mal schön bleiben. Ob das Geld auf der Bank liegt, oder in ein neues Dachgeschoss investiert wird, ist im

Ergebnis ja gleich. Außerdem wirst du sowieso einmal alles erben. Also."

Die Umbaupläne waren jetzt zu einem ordentlichen Stapel gefaltet. Annegret Will stand auf und holte drei Schnapsgläser nebst Marillenbrand aus dem Schrank.

„Dann sollten wir den Deal nach guter Familiensitte besiegeln."

„Aber ich werde es nicht erben", wandte Alex ein. „Deshalb bestehe ich darauf, dass ich Miete zahle. Ansonsten habe ich ein schlechtes Gewissen."

Annegret Will hatte das letzte Glas gefüllt und stellte die Flasche auf den Tisch. Bevor sie den Korkverschluss wieder in den Flaschenhals steckte, sah sie Alex ernst an.

„Das ist aller Ehren wert, aber ich will kein Geld. Wenn du unbedingt einen Obolus entrichten willst, dann klär das mit Julia. So, und jetzt Prost!" Sie hob ihr Glas an.

„Auf eine gute Hausgemeinschaft."

Alle leerten die Gläser in einem Zug.

„Jetzt musst du mir aber erklären, wie du das so schnell mit den Plänen hinbekommen hast", sagte Julia Will.

„Ich will ehrlich sein: Die Pläne sind nicht neu. Ich hatte schon früher über einen Ausbau nachgedacht, die Sache dann aber auf Eis gelegt."

„Und was meinst du, wie lange das dauern wird?"

Annegret Will zuckte mit den Schultern. „Weiß nicht. Das hängt davon ab, ob die Firma, die ich im Auge habe, freie Kapazitäten hat. Jedenfalls brauchen wir keine Baugenehmigung. Das habe ich bereits abgeklärt. Es könnte also bis zum Jahresende fertig sein."

„So schnell?" Alex blickte überrascht.

„Geht es dir zu flink?", hakte Julia schmunzelnd nach.

„Nein, Quatsch, ich muss nur sehen, was ich mit meiner Wohnung mache. Wegen der Kündigungsfrist und so."

„Bei der derzeitigen Wohnungssituation findest du bestimmt schnell einen Nachmieter", sagte Annegret Will.

„Mit Sicherheit, und ich wüsste auch schon einen.“

„Was? Wen denn?“ Alex sah Julia überrascht an.

„Wenn ich Steinbrecher richtig verstanden habe, ist Julian auf der Suche nach einer eigenen Bleibe. Ich werde ihn morgen mal darauf ansprechen.“

Bohlan schreckte hoch. Die Welt um ihn herum war dunkel. Er musste tatsächlich – erschöpft von dem ereignisreichen Tag – eingeschlafen sein. Was war das für ein Geräusch? Hatte es eben an der Tür geklopft? Benommen rappelte er sich auf und lief auf wackligen Beinen durch den Flur. Kurz bevor er die Tür erreicht hatte, klopfte es erneut. Wer stand auf der anderen Seite? Und vor allem, wie war er dort hingekommen? Vor unliebsamen Besuchern schützte ihn normalerweise das mannshohe Metalltor am Ufer. Hatte er vergessen es zu schließen oder war tatsächlich jemand über das Tor geklettert? Und wenn ja, wer? Der Kommissar spähte durch das Fenster, konnte aber nichts erkennen.

„Tom, bis du da? Hier ist Tamara.“ Wieder folgte ein Klopfen.

Bohlan öffnete die Tür und Tamara huschte hinein.

„Was machst du denn hier?“

„Hast du etwa schon geschlafen?“

„Um ehrlich zu sein: ja. Ich bin wohl auf dem Sofa eingedöst.“

„Tut mir leid, dass ich dich geweckt habe.“

„Macht nichts“, erwiderte Bohlan und winkte ab. Er war sich unschlüssig, wie er sich verhalten sollte. Tamara hatte ihm am Telefon gebeichtet, dass er allenfalls eine kleine Affäre war, und um Abstand gebeten. Warum also stand sie mitten in der Nacht vor seiner Tür? „Willst du ein Bier?“, fragte er unbeholfen und wollte an ihr vorbei in die Küche. Doch sie hielt ihn am Arm fest.

„Nein. Ein Bier hätte ich auch zu Hause bekommen.“

„Was willst du dann?“

Tamara löste das Band, das ihr Haar zusammengehalten hatte. Die blonden Locken fielen um ihr Gesicht.

„Kannst du dir das nicht denken?“ Sie spitzte die Lippen.

„Du solltest mich nicht so anschauen“, entgegnete Bohlan.

„Warum nicht?“

„Weil ich dann wieder schwach werde.“

„Genau das ist mein Plan.“ Sie drückte ihre Lippen auf seine. Bohlan sog den Duft ihres Parfüms in sich auf und erwiderte ihre Liebkosungen. Zunächst zaghaft, dann immer begieriger. Schließlich gab es kein Halten mehr und die pure Lust überrannte ihn. Er drängte Tamara in Richtung Schlafzimmer. Kleidungsstücke blieben auf dem Weg dorthin auf dem Boden liegen. Bohlans Müdigkeit war wie weggeblasen. Sein Handeln war nur noch von Verlangen bestimmt, und sie genoss sein stürmisches Drängen.

Als sie beide erschöpft in die Kissen sanken, konnte Bohlan an nichts mehr denken. Sein Kopf war seltsam leer. Er schlief neben Tamara ein, die sich dicht an ihn schmiegte und zufrieden lächelte.

11.

Am nächsten Morgen war die Spannung im Kommissariat mit den Händen zu greifen. Was würde dieser Tag bringen? Tom Bohlan hatte in der Nacht wieder einmal wenig geschlafen, was weniger seiner Nervosität geschuldet war als dem Umstand, dass er jede Sekunde mit Tamara auskosten wollte. Trotz der inneren Unruhe, die normalerweise seine Konzentrationsfähigkeit steigerte, fühlte er sich an diesem Morgen wie ferngesteuert und wäre sogar beinahe zu spät zum Dienst erschienen. Julia Will hingegen war ausgeschlafen und bestens gelaunt. Sie hatte Kaffee für alle gemacht und eine brillante Skizze des Ortes erstellt, an dem sich heute entscheiden würde, ob Volkmann gelogen hatte oder nicht.

„Sieht gut aus." Bohlan betrachtete Wills Zeichnung anerkennend und trank einen Schluck Kaffee, bevor er einen Blick auf die Uhr warf. „In zwanzig Minuten kommt der Einsatzleiter. Dann gehen wir alles noch einmal genau durch. Eine Stunde später wird Volkmann vorgeführt. Wir müssen ihn mit den technischen Gerätschaften vertraut machen und ihm die genaue Marschroute einimpfen." Bohlan stand auf, um Kaffeenachschub zu holen. Seine Hände zitterten, als er die Tasse unter den Auslauf der Maschine hielt – wie bei einem Junkie vor dem nächsten Schuss.

„Dein Kaffeekonsum ist heute auch ziemlich groß." Will betrachtete Bohlan besorgt.

„Schlecht geschlafen", grantelte der Kommissar.

„Wisst ihr, wovor ich am meisten Angst habe?", fragte Steinbrecher.

„Nein", grummelte Bohlan, in dessen Kopf just in diesem Augenblick eine Schmerzattacke schoss. Er verzog das Gesicht.

„... dass Volkmann uns alle verarscht. Wer sagt denn, dass es ihm wirklich darum geht, Burgholz zu überführen? Was ist, wenn er uns nur ein großes Schmierentheater vorführt und in Wahrheit seine Flucht vorbereitet?"

„Ausgeschlossen ist natürlich nichts, aber wir sind bestens vorbereitet. Wie auch immer die Sache zwischen Volkmann und Burgholz ausgeht, mit einem Fluchtversuch müssen wir in jedem Fall rechnen. Deshalb die weiträumige Absperrung des Areals. Selbst die Wasserschutzpolizei ist involviert, damit auch der Weg über den Main abgeriegelt ist. Unsere Männer werden hier, hier, hier und hier stehen." Julia Will markierte mit dem Kugelschreiber verschiedene Positionen auf der Karte. „Die Kollegen vom Wasserschutz sichern hier und hier. Wenn nicht ein Hubschrauber von oben anschwebt, kommt da niemand raus."

Steinbrechers Gesicht schien sich zu entspannen.

„Wo werden wir sein?", hakte Bohlan nach und rieb sich übers Gesicht.

„Im Technikbus. Von dort können wir die Lage überblicken und bekommen zudem alles mit, was zwischen den beiden besprochen wird."

Bohlan nickte zufrieden. Er war froh, dass er sich auf seine Kollegen verlassen konnte. Insbesondere Julia hatte mal wieder vortrefflich gearbeitet. Vielleicht war es doch der geeignete Zeitpunkt, das Team zu verlassen. Doch Bohlan wollte keine voreiligen Schlüsse ziehen und verdrängte diesen Gedanken.

Marietta Burgholz saß in der Kajüte ihrer Jacht und blickte auf die menschenleere Uferpromenade des Frankfurter Westhafens. Die Straße war nie besonders frequentiert, aber heute lag eine merkwürdige Ruhe in der Luft. Vermutlich war eine der Nachbarstraßen wegen einer Baustelle gesperrt. Oder ein Filmteam drehte ein paar Meter weiter, was hin und wieder vorkam, seit Frankfurt bei den deutschen Regisseuren hip geworden war. Umso besser, dachte Burgholz. Dann bekommen nicht so viele Leute etwas von dem Treffen mit Niklas Volkmann mit. Eigentlich war es ihr egal, was die Leute dachten, aber trotzdem. Es war sowieso schon äußerst verwunderlich, wieso er frei herumlaufen konnte. Wenn sie die Ereignisse der vergangenen Tage richtig mitbekommen hatte, war er verhaftet worden. Offensichtlich ging die Polizei davon aus, dass er hinter der Mordserie steckte, was kein Wunder war. Immerhin deuteten eine Menge Beweise und Indizien auf ihn als Täter hin. Und daran war sie nicht ganz unschuldig. Konnte es wirklich sein, dass all diese Beweise der Polizei nicht ausreichten, um ihn endgültig hinter Schloss und Riegel zu bringen? Sie hatte noch ein oder zwei Joker in der Hinterhand. Wenn sie diese Karten spielte, wäre er endgültig erledigt. Es war höchste Zeit. Das Spiel begann sie zu langweilen.

Sie wollte gerade auf dem Smartphone ihre Mails checken, als eine Gestalt am Ende der Promenade auftauchte. Ein kurzer Blick genügte, um Niklas zu erkennen. Sein Gang verriet ihn auf hundert Meter. Die breiten Schultern waren starr, die Arme hingen fast bewegungslos zur Seite. Er ging zügig. Es würde somit nicht lange dauern, bis er das Boot erreicht hatte.

Marietta Burgholz stieg aus der Kajüte und wartete auf Deck. Volkmann hatte nur noch wenige Meter, bis er das Boot erreichte. Er sah entspannt aus. Nichts deutete darauf hin, dass er schlaflose Nächte in einer Gefängniszelle verbracht hatte. Burgholz stutzte. Irgendetwas erschien ihr anders als sonst. Konnte es sein, dass man ihr eine Falle stellte? Misstrauisch blickte sie an Volkmann vorbei, scannte Straße und Häuser ab. Diese verdammte Ruhe. Doch sie konnte nichts Verdächtiges erkennen. Volkmann hatte mittlerweile das Boot erreicht und sprang an Deck.

„Hallo, Niklas! Das ist ja eine Überraschung. Wie geht es dir?“, flötete sie ihm entgegen.

„Wieder besser. Ich dachte, dass du mich mal besuchst.“

„Dich besuchen? Im Knast? Warum sollte ich das tun?“

„Tja, warum? Um mich zu unterstützen. Aber wahrscheinlich hattest du Angst, dass sie dich auch gleich dabehalten.“

„Sehr witzig." Burgholz lachte auf. „Die Suppe musst du schon alleine auslöffeln. Du glaubst doch nicht im Ernst, dass ich in den Knast gehe. Wofür habe ich mich denn sonst mit dir eingelassen."

„Es scheint tatsächlich zu klappen", stellte Bohlan erleichtert fest. Die Kommissare saßen gemeinsam mit einem Techniker in einem schwarzen VW-Bus und lauschten gespannt dem Dialog zwischen Volkmann und Burgholz. Jedes Wort, das an Deck des Bootes gewechselt wurde, war klar und deutlich zu verstehen.

„Sind wirklich alle Zugänge zum Hafenbecken abgeriegelt?"

Will nickte. „Zu Lande und zu Wasser. Außerdem ist ein Hubschrauber startklar. Aber so, wie es sich dort entwickelt, werden wir den nicht brauchen." Die Kommissare fielen in ein andächtiges Schweigen und lauschten den Worten, die aus den Lautsprechern zu ihnen drangen.

Niklas Volkmann musste schlucken. Hatte sie wirklich *eingelassen* gesagt? Das konnte nicht sein! Sie war doch genauso in ihn verliebt wie er in sie. Sie hatten eine gemeinsame Zukunft geplant – nicht nur geschäftlich, sondern auch privat.

„Wie auch immer", erwiderte Volkmann in einem Reflex und drängte die üblen Gedanken zur Seite. „Nun bin ich ja wieder draußen. Wir sollten die Gelegenheit nutzen und uns vom Acker machen, bevor wieder ein Verdacht auf uns fällt. Ich habe zwei Flugtickets besorgt. Pack deine Sachen, in zwei Stunden geht der Flieger."

Burgholz sah Volkmann verständnislos an. „Ich weiß nicht, was du meinst. Ich werde das Land nicht verlassen. Warum sollte ich auch?"

„Überleg doch mal, Marietta. Sie haben mich freigelassen, weil es keine Beweise gegen mich gibt. Sie werden weiter graben und überall ihre Nase reinstecken, und irgendwann werden sie auf dich stoßen. Und dann sitzt du in der Patsche."

„Pah", Burgholz lachte auf, „das wird nicht passieren. Ich

habe nichts zu befürchten! Alle Beweise sprechen gegen dich. Und ich habe noch mehr in der Hand. Vielleicht sollte ich gleich mal den Kommissar anrufen. Ist schon schlimm genug, dass ein Mörder frei herumläuft."

„Mörder!?", schrie Volkmann auf. „Du solltest mal lieber den Mund halten. Du warst es doch, die sich das alles ausgedacht hat. Aus Rache und Gier!"

„Kannst du das beweisen?" Überheblichkeit zeichnete sich in Burgholz' Gesicht ab. Sie nahm die Antwort auf die Frage vorweg: „Natürlich nicht, du bist doch nur ein verliebter Trottel, der mir aus der Hand frisst und alles tut, um mit mir ins Bett zu dürfen."

Volkmanns schlimmste Befürchtungen entpuppten sich immer mehr als Realität. Sie hatte ihn ausgenutzt. Sein Traum war nicht der ihre gewesen. Aber er war in diesem Moment frei von Wut. Er genoss die Macht, die ihm die Aufzeichnungsgeräte verliehen, die er gut versteckt an seinem Körper trug.

„Ich verstehe nicht. Du hast mir doch immer gesagt, dass du mich liebst."

„Du bist echt der größte Trottel unter der Sonne. Ich habe dich gebraucht, um meine Pläne zur verwirklichen – nicht mehr und nicht weniger. Mich wird niemand belangen können."

„Doch, ich", entgegnete Volkmann mit fester Stimme. „Ich werde gegen dich aussagen. Als Zeuge."

Burgholz lachte erneut auf. „Mach dich nicht lächerlich. Niemand wird dir glauben. Alle werden denken, dass du mich nur belasten willst, um dich selbst aus der Affäre zu ziehen."

„Wenn du dich da mal nicht irrst." Volkmann zog ein Diktiergerät aus der Jackentasche. „Ich habe hier alles auf Band. Diesmal hast du dich geirrt. Ich bin nicht der liebeskranke Idiot, für den du mich hältst." Volkmann drückte triumphierend auf den Tasten des Geräts herum. Für einen Moment war er abgelenkt und ließ Marietta Burgholz aus den Augen. Einen Moment zu lange. Ihre Hand schoss nach vorne.

Blitzartig entriss sie Volkmann das Gerät und schleuderte es mit einer geschickten Bewegung weit über die Reling. Wenige Sekunden später war ein Platschen zu hören.

„Doch, klar bist du der Idiot!" Sie stupste Volkmann gegen die Schulter. Er war von ihrem Angriff zu überrascht, um reagieren zu können. Mit aufgerissenen Augen taumelte er, verlor sein Gleichgewicht und fiel rücklinks auf den Boden des Decks, wo er benommen liegen blieb. Burgholz' Blick flog durch die Luft, auf der Suche nach einem Seil oder etwas Vergleichbarem. Sie musste die Gunst der Stunde nutzen und Volkmann irgendwie fixieren. Danach würde sie die Polizei anrufen. Er hatte sie angriffen – und sie hatte sich verteidigt. Das war ihre Geschichte. Jeder würde ihr glauben, schließlich war Volkmann gemeingefährlich. Ihr Blick fiel auf ein dünnes Tau, das unterhalb der Reling lag. Sie bückte sich, um es aufzuheben. Volkmann stöhnte auf. Er schien sich wieder zu berappeln. Sie musste sich beeilen. Hastig ergriff sie das Tau und kniete sich neben Volkmann. Sie wollte ihn auf die Seite hieven, um die Arme hinter seinem Rücken zusammenbinden zu können. In diesem Moment öffnete Volkmann die Augen und grinste Burgholz an. Sie schaffte es, den immer noch schlappen Körper zu drehen, und begann, das Seil um das rechte Handgelenk zu binden. Plötzlich vernahm sie dumpfe Schläge. Ein schneller Rhythmus, eine hohe Beatzahl. Burgholz blickte auf. Tatsächlich rannte eine Gruppe von vier Personen die Promenade entlang. Sie schienen Kurs auf das Boot zu nehmen. Sie waren bereits so nahe, dass sie die Gesichter erkennen konnte. Es waren die Kommissare der Mordkommission. Was machten die denn schon hier? Wahrscheinlich waren sie Volkmann auf der Spur. Sie hatten ihn entlassen und sich an seine Fersen geheftet. Ja, so musste es sein. Umso besser, dann brauchte sie die Polizei gar nicht mehr anzurufen. „Hierher! Schnell!", schrie sie.

Bohlan hechtete an Deck. Er war völlig außer Atem.

„Gut, dass Sie kommen. Er wollte mich umbringen."

Burgholz schrie hysterisch und deutete auf den immer noch am Boden liegenden Volkmann.

„Da waren wir wohl gerade noch rechtzeitig!“ Bohlan trat einen Schritt auf Volkmann zu, der seine Augen geöffnet hatte und Bohlan seine Hand entgegenstreckte.

„Können Sie mir aufhelfen?“

„Natürlich.“

„Und vergessen Sie die Handschellen nicht. Der Typ ist gemeingefährlich.“ Burgholz schien immer noch völlig von der Rolle zu sein. Das machte sie wirklich gut, sie hätte Schauspielerin werden sollen, dachte Bohlan. Wenn er es nicht besser wüsste, würde er ihr ihre Geschichte tatsächlich abnehmen. Mittlerweile waren auch Will und die Stones auf das Deck des Bootes gestiegen. Bohlan half Volkmann auf die Beine und drehte sich dann zu Burgholz. „Das mit den Handschellen, können Sie gerne haben, wenn Sie drauf stehen. Walter!“

Bohlan blickte zu Steinbrecher, der hinter Burgholz stand.

„Klar, mit dem größten Vergnügen.“ Steinbrecher zückte Handschellen und ließ sie blitzschnell um Burgholz' Handgelenke klacken.

„Moment mal. Ich verstehe nicht richtig. Was erlauben Sie sich?“

Burgholz versuchte die Arme auseinanderzuziehen, doch es war zu spät.

„Das Spiel ist vorbei.“

Burgholz sah Bohlan ungläubig an.

„Wir haben alles auf Band. Sie brauchen nichts mehr zu leugnen.“

„Aber ich habe doch ...“, setzte Burgholz an.

„Sie meinen das Diktiergerät?“ Bohlan grinste übers ganze Gesicht. „Ja, das liegt sicher auf dem Grund des Hafenbeckens. Aber wir haben trotzdem alles aufgezeichnet. Sehen Sie mal hier.“ Bohlan öffnete Volkmanns Jacke und deutet auf die Verkabelung. „Sie glauben doch nicht im Ernst, dass wir uns mit einem popeligen Diktiergerät zufriedengeben. Jedes Wort, das Sie und Volkmann gewechselt haben, wurde live zu unserem Bus übertragen und dort aufgezeichnet."

Burgholz' Gesicht verfinsterte sich. Sie war auf der Zielgeraden tatsächlich in eine Falle getappt.

Bohlan winkte die Polizisten herbei, die am Ufer standen, und ließ Marietta Burgholz abführen.

„Das haben Sie prima gemacht", sagte er zu Niklas Volkmann. „Kompliment! Ich hätte nicht gedacht, dass es so ausgeht."

„Danke", erwiderte Volkmann. Einerseits war er froh, dass die Sache aufgeklärt war und er nicht für etwas in den Bau wanderte, was er gar nicht begangen hatte. Doch andererseits musste er sich eingestehen, dass er sich in Marietta gründlich getäuscht hatte. Wieder einmal hatte er auf die falsche Frau gesetzt, war belogen und ausgenommen worden. Warum musste das immer ihm passieren?

Bohlan klopfte ihm aufmunternd auf die Schulter. „Lassen Sie den Kopf nicht hängen. Spannen Sie ein paar Tage aus. Dann werden Sie sehen, dass die Welt gar nicht so düster ist, wie sie aussieht." Der Kommissar musste über sich selbst den Kopf schütteln. Die Plattitüden, die er von sich gab, passten genauso gut auf seine eigene Situation. „Ihre Kooperation wird den Richter mit Sicherheit milde stimmen."

„Vielleicht haben Sie recht", sagte Volkmann.

„Ja, vielleicht. Vielleicht aber auch nicht, wer weiß das schon", murmelte Bohlan und ging von Deck. „Aber einen Versuch ist es auf jeden Fall wert."

12.

Bohlan steuerte den Lupo in das Flughafenparkhaus. Auf dem Beifahrersitz saß Tamara. Beide hatten die Fahrt über kaum ein Wort miteinander gewechselt. Zu schwer wog der nahende Abschied. In nicht mal einer Stunde würde sie im Flugzeug sitzen und er im Kommissariat die letzten Abschlussarbeiten erledigen. Tamara kehrte zurück in ihr richtiges Leben. Zurück zu ihrem Mann. Vielleicht würden sie sich in ein paar Wochen wiedersehen, wenn der Makler einen Käufer für das Haus gefunden hatte. Aber Bohlan war sich noch nicht sicher, ob das eine gute Idee war. Man sollte Episoden nicht unnötig in die Länge ziehen. Es bestand dann die Gefahr, dass sie sich zu einem unkontrollierbaren Durcheinander entwickelten. Er hatte beschlossen, die Tage mit Tamara in schöner Erinnerung zu behalten. Sie hatten sich bis zur Erschöpfung geliebt und alte Zeiten aufleben lassen. Aber nun war es auch gut. Wer weiß, wie es weiterginge, wenn sie versuchten, die Affäre auf Distanz weiterzuleben. Wahrscheinlich wäre das eine ziemlich schlechte Idee. Man sollte etwas beenden, wenn es am schönsten ist, und nicht in eine zwanghafte Verlängerung gehen.

Seit der Festnahme von Marietta Burgholz waren gerade einmal zwei Tage vergangen. Tage, die Bohlans Team damit verbracht hatte, die Hintergründe und Verstrickungen zu entwirren. Burgholz hatte nur noch wenig Widerstand geleistet. Sie war intelligent genug, um zu realisieren, dass das Spiel zu Ende war. Nahezu meisterhaft hatte sie auf der Klaviatur der Intrigen gespielt. Virtuos waren ihre Todesinszenierungen gewesen. Doch kleine Fehler waren ihr zum Verhängnis geworden. Alina Wagenknecht hatte die Kelterei zu einem Wahnsinnspreis an einen russischen Großinvestor verkaufen wollen, sich dabei aber an Johannes Wagenknecht die Zähne ausgebissen. Er wollte die Kelterei in jedem Fall im Familienbesitz halten und mit neuen Produkten die Überlebensfähigkeit auf dem hart umkämpften Markt sichern. Dazu hatte er den jungen, innovativen Niklas Volkmann eingekauft. Zunächst war Burgholz skeptisch gewesen. Sie selbst hätte viel lieber komplett auf ökologische, aber althergebrachte Produkte gesetzt. Aber sie hatte kein Mitspracherecht, was diese Dinge betraf. Schließich war sie nur eine uneheliche Tochter des großen Heinz Wagenknecht. Dessen Vertrauter, Daniel Servatius, hatte dafür gesorgt, dass sie zwar mit einem gewissen Vermögen ausgestattet war, aber ansonsten fast nichts zu sagen hatte. Dass Niklas Volkmann sich in sie verguckt hatte, war ihr schon bei der ersten Begegnung mit ihm nicht entgangen. Seine Blicke verzehrten sich nach ihr. Der junge Produktentwickler war neu in der Stadt und sah auch ziemlich gut aus. Sie witterte die Chance, über ihn mehr Einfluss auf die Kelterei zu bekommen. Und tatsächlich stellte er sich als eine Art Seelenverwandter heraus. Genau wie ihr lagen ihm natürliche, fair gehandelte Produkte am Herzen. Tatsächlich konnte Volkmann Wagenknecht und Servatius zunächst von seinen Ideen überzeugen. Seine erste Kreation *Apfel trifft Holunder* war nicht nur cool, stylish und trendy. Das Getränk enthielt keinerlei Aromen, keine Konzentrate und keine Geschmacksverstärker. Die Zutaten kamen von Biobauern, die höhere Preise bekamen als üblich und deshalb faire Löhne zahlen konnten. Aber dann kam es zum Streit zwischen Volkmann und Servatius. Während Volkmann idealistisch blieb, ließ Servatius den Betriebswirtschaftler heraushängen und wollte mit wachsendem Erfolg das eine oder andere Zugeständnis machen. Hier ein wenig tricksen, dort ein wenig vom Biostandard abrücken. Das Übernahmeangebot der Russen saß ihm im Nacken. Käme es zum Verkauf der Kelterei, würden sämtliche Verträge mit den Fair-Trade-Kooperationen gekündigt und stattdessen billige Lieferanten installiert. So jedenfalls argumentierte Servatius. Burgholz sah sich zum Handeln gezwungen. Zunächst schaltete sie Alina Wagenknecht mittels einer russischen Kampfdrohne aus. Das Gerät hatte sie im Internet entdeckt und an Volkmanns Adresse liefern lassen. Das war eigentlich nur eine reine Vorsichtsmaßnahme gewesen. Die Spur zu ihm sollte ein Rettungsanker für den Fall sein, dass man ihr tatsächlich auf die Schliche kam. Auf diese Idee war sie gekommen, nachdem Volkmann ihr erzählt hatte, Interesse an der leer stehenden Villa auf dem Lerchesberg zu haben. Von Anfang an geplant war indes, Servatius aus dem Weg zu räumen. Ihm hatte Burgholz noch nie über den Weg getraut. Der durchtriebene Vertraute ihres Vaters war dafür verantwortlich, dass sie nicht wirklich zur Familie gehörte, sondern schon immer als eine Art Bastard mit Geld ruhiggestellt worden war. Um eine Verbindung zwischen den beiden Morden herzustellen, ließ sie eine App auf das beim Drohnenangriff verwendete Tablet programmieren. Zudem legte sie wieder eine zu Volkmann führende Spur. Bei einem gemeinsamen Training im Fitnessstudio vertauschte sie die beiden Zugangsschlüssel. Zwischenzeitlich hatte sie herausbekommen, dass ihr Stiefbruder eine Affäre mit Valerie Mittag hatte. Die junge Marketingleiterin war eine enge Vertraute von Servatius und schien immer mehr Einfluss auf Johannes Wagenknecht zu nehmen. Da Marietta noch nie eine Freundin halber Sachen gewesen war, erschien ihr die Gelegenheit günstig, auch dieses kleine Problem zu beseitigen, bevor es zu einem wirklich großen werden konnte. Sie lieh sich Volkmanns Auto und erschlug Mittag. Dass irgendjemand Volkmanns Wagen vor Mittags Haus sehen könnte, nahm sie billigend in Kauf. Schlussendlich unternahm sie einen Versuch, ihren Geliebten aus der Schusslinie der Polizei zu nehmen, indem sie eine Spur zum Ex-Knasti Guth legte. Im Nachhinein war dies vermutlich der größte Fehler, den sie begangen hatte.

Niklas Volkmann war ihr die ganze Zeit über ein Gehilfe gewesen, der entweder kleine Hilfsdienste leistete oder als eine Art Strohmann fungierte. Ab welchem Zeitpunkt er Burgholz' Umtriebe im vollem Umfang durchschaute, war nicht eindeutig zu klären. In jedem Fall hatte er das Puzzle in Auftrag gegeben und den Bembel erworben. Beides hatte er Burgholz übergeben, die ihn um diese Dienste gebeten hatte. Über das Maß seiner Schuld würden die Richter entscheiden müssen – der Kommissar war froh, nicht in deren Haut zu stecken.

Bohlan parkte den Wagen und bestieg gemeinsam mit Tamara den Aufzug. Sie fuhren nach unten, durchquerten endlos wirkende Gänge und erreichten schließlich die Check-in-Halle des Frankfurter Flughafens.

„Dann ist das jetzt wohl der Zeitpunkt, Abschied zu nehmen", sagte Bohlan mit belegter Stimme. Tamara drehte sich zu ihm herum.

„Ja, sieht so aus. Es war schön mit dir." Sie lächelte.

„Dito", entgegnete Bohlan. Mehr fiel ihm nicht ein. Stattdessen wollte er ihr zum Abschied einen Kuss auf die Lippen geben, doch sie schüttelte den Kopf. Für einen Moment glaubte der Kommissar, eine Träne auf ihrer Wange zu sehen. In diesem Moment wandte sie sich ab.

Bohlan beschloss, noch einen Espresso in der Flughafenbar zu trinken. Er machte sich auf den Weg nach oben, suchte sich einen Platz am Fenster. Versonnen sah er den Fliegern hinterher, die sich auf den Weg in alle Herren Länder machten. Sie hatten die unendliche Weite der Welt im Blick, brachen auf zu neuen Zielen und Herausforderungen. Er hingegen saß hier in Frankfurt, der Stadt, in der er sich verwurzelt fühlte, die seine Heimat war, seit er denken konnte. Trotzdem war es immer der gleiche Trott, jeden Tag das gleiche Spiel. Auch Verbrecherjagd konnte zur Monotonie werden. Tage konnten sich bleischwer anfühlen, Träume nur ein müder Abklatsch der Realität sein. Vielleicht sollte er eine Veränderung wagen? Vielleicht sollte er Gerdings Angebot annehmen? Vielleicht sollte er Tamara hinterherrennen? Nachdenklich rührte er im Espresso und verfolgte die braunen Kreise, die der Löffel hinterließ. Dann setzte er die Tasse an und trank sie in einem Zug aus.

– Ende –

Infos über weitere Krimis
von Lutz Ullrich
und weitere Bücher
aus dem Röschen-Verlag
sowie dem Verlag Vogelfrei
finden Sie
auf den folgenden Seiten

Röschen-Verlag

Auch als eBook erhältlich!

Ein Taunus-Krimi:

Sterbeläuten

von Helen Endemann

ISBN: 978-3-940908-19-3 · Taschenbuch, 260 Seiten · 11,95 Euro

Alle Jahre wieder fällt ein milder Nieselregen auf die Buden des Sulzbacher Weihnachtsmarkts. Pfarrer Henry ist im Stress. Seine Frau Elisabeth kriegt sich mit Küster Thomas in die Haare. Ortspolizist Kramer jagt rätselhafte „Festplatten-Diebe“, die die Kirchenverwaltung mit einer Welle von Einbrüchen überziehen. Im Todesfall der alten Frau Fromme mehren sich die Hinweise, dass diese keines natürlichen Todes gestorben ist. Aber das sind nur die Vorboten eines hinterlistigen Angriffs, der mitten ins Herz der Kirchengemeinde zielt.

Röschen-Verlag

Alle Bände auch als eBook erhältlich!

Nordic Stalking

von Martin Beer

Schauplatz Frankfurt am Main. Der frischgebackene Privatdetektiv und von seiner Freundin – der Wirtin Sandy – zum Nichtrauchen verdammte Kneipenveteran Kurt Bratfisch wartet auf seinen ersten Auftrag. Ausgerechnet seine erste Klientin ist prominent. Klar, dass Bratfisch keine Ahnung hat, wer da vor ihm sitzt. Er soll dem aufstrebenden Topmodel Sarah Morgentau einen Stalker vom Hals schaffen. Bratfisch bezieht vor der Villa des Models Posten. Doch plötzlich fällt ein Schuss – und der harmlose Überwachungsauftrag läuft schwer aus dem Ruder.

ISBN: 978-3-940908-11-7 · 160 Seiten · 9,80 Euro

Der Hiob ist weg

von Martin Beer

Nicht zu glauben: Aus dem Frankfurter Dom wurde das avantgardistische Gemälde „Hiob" gestohlen. Eine echte Hiobs-Botschaft steht am Beginn des neuen Falls, den der Ex-Aushilfsdetektiv Kurt Bratfisch lösen muss. Auf unorthodoxe Weise assistiert von seinem alten Kneipenkumpan und neuen Praktikanten Kanonen-Robert macht sich Bratfisch an die Arbeit. Weder dubiose Offenbacher „Handwerker" noch russlandhessische Schutzgelderpresser oder bigotte Praunheimer Andrea Sawatzki-Doubles können verhindern, dass er auch diesen Fall erfolgreich abschließt.

ISBN: 978-3-940908-15-5 · 160 Seiten · 9,95 Euro